ノベルアンソロジー◆悪女編

なりきり悪女は溺愛までがお約束です

アンソロジー

Contents

この作品はフィクションです。
実際の人物・団体・事件などには関係ありません。

初夜に抱いてくれなかった旦那様へ。
私は今日から悪女になります

櫻《さくら》田《だ》りん
ill. すがはら竜《りゅう》

「あーもう……腰がいったぁい……。旦那《だんな》様ったら、朝までしつこいんだから……」

独《ひと》りでにそう愚痴《ぐち》る侍女は、わざとらしく腰を擦《さす》る。

『腰』『旦那様』『朝まで』――そして、彼女が醸《かも》し出す色気を孕《はら》んだ倦怠《けんたい》感に、アイラは全《すべ》てを悟った。

「旦那様、本当に可哀想《かわいそう》だわ……。あんな、色気の欠片《かけら》もない奥様を持って……。ふふ、今夜も慰めてさしあげなければ、ね！」

「……！」

その瞬間、遠目に彼女を見つめていたアイラと、侍女の目がバチリと合う。

その勝ち誇った瞳《ひとみ》にアイラは咄嗟《とっさ》に物陰に隠れると、ショックで蹲《うずくま》り、少し経《た》ってから決意した。

「セシル様……私、悪女になってみせますわ」

――そして、必ず離縁を切り出していただきます。

◇◇◇

――十八年前、アイラは伯爵家の長女として生を受けた。

だが、アイラがまだ母親のお腹《なか》の中にいる頃《ころ》から、彼女には婚約者がいた。

婚約者の名前は、セシル・ゼスター。

公爵家の長男で、アイラよりも十歳上の男性だ。

アイラとセシルの両父の仲が大変良く、互いの子どもたちを絶対結婚させようと昔から決めていたらしい。

当時、赤ん坊のアイラと十歳のセシルの婚約は貴族界隈《かいわい》でかなり話題になったようだ。

貴族同士の結婚なら、この程度の年齢差は珍しくなかったのだが、齢《よわい》十歳では考えられないくらいに、セシルがモテていたからだ。

まず、公爵家の長男で将来が保証されていること。

更に、太陽に当たるとキラリと光る銀色の髪の毛から覗《のぞ》く、端正な顔立ち。

一見冷たく見える灰色の瞳をスッと細めた、穏やかで優しい笑顔。

人当たりもよく学業も優秀なセシルは、国中の貴族令嬢から大人気だった。

だから、令嬢たちは密《ひそ》かに、セシルとアイラの婚約が解消されることを期待していたのだが、その未来が訪れることはなかった。

というのも、セシルはアイラを一目見た瞬間から、溺愛し始めたからだ。

アイラがまだ赤ん坊の頃は、セシルは伯爵邸に遊びに行くたびに、アイラにミルクをやったり、寝かしつけたり、遊んだりして、彼女の傍《そば》を離れることはなかった。

アイラが歩けるようになったら、庭園を散歩したり、絵本を読んでほしいと言われれば、アイラが飽きるまで付き合ったり。

まるで、その姿は、妹を溺愛する兄のように周りには見えたらしい。

しかし、アイラが十六歳を迎え、セシルを男性として見るようになった頃から、二人の関係性は徐々に変化していった。

今までは何気なしに手を繋《つな》いでいたのに緊張するようになったり、話しているだけで、どうしようもなく幸せだと感じたりしたアイラは、当時の自身の感情にかなり困惑したことを覚えている。

けれど、セシルが改めてアイラに告白をし、アイラもそれを受け入れたことで、二人の絆《きずな》はより一層深まることになった。

二人は両父がきっかけで婚約者になったけれど、いつの間にか本当に愛し合うようになっていたのだ。

もちろん、十歳の差があるので、趣味や好みが合わないこと、セシルがアイラを子ども扱いしすぎてしまうことも多々あった。

だが、二人は互いに尊重し合ったり、話し合いをしたりすることで、穏やかな婚約生活を過ごしてきたのだ。

そんなアイラとセシルは先日、ようやく夫婦になった。

ステンドグラスが美しい大聖堂。王都で一番有名なデザイナーが手掛けた美しいドレスを着て、互いの名前が刻印された指輪をはめ合って、家族や友人たちに祝福されて……。

『必ず幸せにする。愛しているよ』とセシルに言われた時なんて、この世で一番幸せ者だと思った。

セシルと幸せになりたいと、アイラは心の底から思ったというのに。

「アイラ、今日も遅くなるから先に寝ておくんだよ」

「…………」

セシルの優しい言葉に不満げな表情を見せたのは、彼の妻であるアイラだ。

菫《すみれ》色の宝石を埋め込んだかのような目をキッと吊《つ》り上げ、口角はこれでもかと下がっている。

「アイラ……？」

心配げな目を向けてくるセシルに対して、アイラは言いようのない悲しみに苛《さいな》まれた。

「……セシル様。毎日こんなに帰りが遅いなんて、本当は仕事じゃなくてどこかで遊んでいらしてるんじゃないんですか？　まあ、その方が私も一日中自由にお買い物ができますし？　構わないですけれど？」

腰の長さまである、艶《つや》やかな亜麻《あま》色の髪。その毛先を指先で弄《いじ》りながら、アイラは吐き捨てるようにそう口にする。

まさかこんなことを言われるとは一ミリたりとも思っていなかったのだろう。セシルは驚いて、素早く目を瞬《またた》かせている。

そんなセシルの表情を見ながら、アイラはつい昨日のことを思い出した。

――あれは昨日の朝食後のこと。

アイラは衝撃の発言を聞いてしまったのだ。

『あーもう……腰がいったぁい……。旦那様ったら、朝までしつこいんだから……』

怠《だる》そうな声色で言っていたのは、以前から公爵家の侍女として働くレミーナだった。

その発言はセシルと一夜を共に過ごしたことを匂わすようなものだ。

更に、偶然目が合った時なんて、レミーナにこれでもかと勝ち誇った顔をされたアイラは、酷《ひど》く混乱した。

あのセシルに限って不貞を働くはずはない。レミーナが言っていたことは全て事実無根なのだと、アイラはそう思おうとした。

けれど、消すことのできないとある事実が、アイラの淡い希望を粉々にした。

(セシル様…………。結婚してからもう一ヶ月も経つのに、一度たりとも私には何もしてくださらない……)

結婚しても、初夜を迎えても、セシルはアイラの頭を撫《な》でるだけで、それ以上は何もせずに眠ってしまうのだ。

……初日は結婚式で疲れたから眠ってしまったのだと思っていた。

けれど、次の日、またその次の日も頭を撫でてから隣で眠るだけ。

もしかしたらセシルは、公爵として多忙のため、眠気が勝ってしまっているのかもしれない。

そう、何度も思おうとしたのだけれど、それは違ったようだ。

(セシル様は……レミーナにはそういう気が起こるのね。もしくは、二人はひっそりと愛を育《はぐく》んできた仲だったのかしら……)

初夜から三日間、セシルは寝所を共にしても全く手を出してこなかった。

仕事が忙しいからとアイラに先に眠るよう諭《さと》してきたことも多々ある。

時々、朝になって寝室に入ってくることもあった。

アイラが寝ているふりをしているなんて知らないで、耳元で「愛している」なんて囁《ささや》くセシルは、一体どういうつもりなのだろう。

罪悪感から、眠る妻に愛の言葉ぐらいは囁いてやろうと思ったのだろうか。

(けれど、そんな言葉にさえ浮かれてしまうくらい、私はセシル様が好き。大好き。もし彼の心がレミーナにあったとしても、傍にいたい。妻で、ありたい)

格好良くて、穏やかで、優しくて紳士なセシルが、大好きだった。

セシルに告白された時のことなんて、今も鮮明に覚えている。一生、忘れることはないだろう。

……いや、セシルとの日々は全てかけがえのない宝物だから、忘れたくたって、忘れられないだろう。

(これからもずっとずっと、一緒にいたかったなぁ……)

けれど、それはアイラの我《わ》が儘《まま》というもの。

アイラは愛してやまない夫――セシルが、この長きにわたる呪縛《じゅばく》から解き放たれて、本当に愛する人と幸せになれるようにしてあげたいと願った。

(そのためには、離縁をしないとね……。けれど、この国では女である私からは離縁はできない……。でも、ぐずぐずしていたら、レミーナとのことが明るみに出てセシル様の評判が落ちてしまう可能性があるわ。セシル様には幸せになってほしいから、それは絶対に嫌だし……。何か良い方法は……あっ――)

アイラは自身が悪女となり、セシルに嫌われることによって、彼に罪悪感を抱《いだ》かせることなく、離縁してもらう方法を思いついた。

我ながら素晴らしいアイデアだ。

これで全てが上手《うま》くいくはずだと、アイラはそう思っていた。

だが、実際はそうではなかった。

「済まないね、アイラ、淋《さび》しい思いばかりをさせて。明日からは早く帰れると思うから、夜はゆっくり過ごそう。それと、明後日は休暇日にするから、せっかくなら俺《おれ》と一緒に買い物に行ってくれないか？」

「え!? そ、そこは頑張って働いているセシル様を疑うことに嫌悪して、好き勝手買い物をしている妻を叱るところではありませんの!?」

何故《なぜ》なのか、セシルに怒った様子は見られない。

アイラは訝《いぶか》しげな眼差《まなざ》しを向けた。

すると、セシルは一度、こてんと首を傾《かし》げる。

その仕草に胸が疼《うず》きそうになるのを、アイラは必死に堪《こら》えた。

「……？ アイラは淋しくて、そんなふうに言っただけだろう？ 分かるよ。それに、この家のお金はアイラのものでもあるんだから、自由に使って構わない。何ならもっと使ってくれてもいいし……。ああ、明後日には新作のドレスと流行《はや》りのアクセサリーを見に行こうか？ 今着ている水色のドレスもとっても似合っているけれど、アイラは何を着ても似合うから、店のもの全てを買ってしまうかもしれないね」

「……なっ、な……!?」

「あ、それと、せっかくだから俺の服も選んでほしい。アイラに選んでもらった服を着たら、仕事が捗《はかど》ると思うんだ」

「はっ……はい……!?」

怒るどころか、セシルはにこにこしながら、そう話す。

今までならばアイラもつられて笑顔を浮かべていただろう。

だが、今はそれどころではなかった。

(小説で読んだ悪女のふりをしてみたのに、全然効果がないわ……!? いつも通り優しいセシル様だわ!? 何で……!?)

アイラはある程度の年齢になってから今まで、セシルに対して我が儘なんてほとんど言わなかった。

控えめで優しい性格だと、セシルや家族からは言われてきたのだ。

そんなアイラが急に嫌な女——悪女になったのだから、もう少しいつもと違うセシルが見えるかと思っていた。

しかし、セシルはいつも通り……どころか、いつにもまして甘やかしてくる。

アイラは頭を抱えたくなった。

(……でもまあ、まだ悪女のふりを始めたばかりですものね! それに、セシル様がいくらレミーナを求めていたとしても、根本的にお優しい方だもの……。これくらいでは、そう態度は変えないのね……!)

とはいえ、このままではいけない。

セシルに嫌われ、離縁を切り出してもらわないといけないのだから、もっと悪女のふりを極めなければ。

そう考えたアイラは、様々な悪女作戦を実行した。

――はずだった。


「全然嫌ってくれないわ……!!　どころか前より私のことが大好きオーラを放っている気がするわ!?　何で……っ!?」

悪女のふりをして二週間が経った頃。

侍女たちを下がらせた一人きりの自室で、アイラはそう叫んだ。

そして、ソファに深く腰掛け、この二週間自身が行った悪女としての振る舞いを、頭に思い浮かべた。

(毎日朝食を一緒に摂《と》る時には、グリンピースは嫌い！　と騒ぎ立てて、セシル様のお皿に入れたり……)

好き嫌いして、騒ぎ立てて、自身の分の食事の一部をセシルの皿に入れるなんて、貴族令嬢としてあり得ない。

これこそ悪女だ！　とアイラは思っていたのだが、何故かセシルは喜んでいた。

(他には、レミーナ以外の侍女や使用人に、もっとしゃきしゃき働きなさい！　と強く当たってみたり……）


自分よりも立場が低い者に当たるのは、最低最悪の悪女のはず。

このことが噂《うわさ》となってセシルの耳に届き、離縁を突き付けられると思っていた。

それなのに何故か、侍女やメイドたちは微笑《ほほえ》ましい目を向けてくるだけで、アイラを嫌ってくれなかった。

セシルの耳に届くも何も、それ以前の問題だった。

（極めつけには、セシル様が頭を撫でてきた時……。子ども扱いしないで！　と言って、その手を振り払ったり……）

夫であるセシルのスキンシップに、文句を垂れて拒絶したのだ。

可愛《かわい》げのない妻、暴力的な妻として、きっと悪女の中の悪女になれているはず。……はず。

だというのに、一体どうして——。

（しっかり悪女になれているはずなのに、不思議でならないわ……）

一向にセシルが離縁を切り出してくる様子はなく、アイラは困惑していた。

どうすれば、彼を解放できるのだろう。

どうすれば、彼を幸せにしてあげられるのだろう。

（ハァ……。これからどうすれば良いのか全然分からない……。気分転換に、外の空気でも吸おうかしら……）

アイラは立ち上がると、窓際まで歩いて行く。

そして目線の高さにある窓を開くと、肌を刺すような強い風を感じた。

と同時に、中庭を歩いている、とある侍女の姿に目を奪われた。

「……っ、レミーナ」

一番見たくない相手ではあるが、見ないでおこうと意識すればするほどに目で追ってしまう。

そして、次の瞬間、アイラは窓の外の光景に目を見開いた。

「あれは……セシル様……」

セシルは今日、確かに公爵邸内で仕事をすると言っていた。

だから、息抜きがてら中庭に現れたことはおかしくないのだが、彼のもとに走っていくレミーナの姿なんて見たくなかった。

強風と距離があるため、彼らの会話を聞くことはできない。

けれど、近い距離でなにやら話しているのは間違いなかった。

「……っ」

しかも、レミーナはアイラの存在に気付いているようで、こちらに目配せをしてくる始末だ。

その目のぎらつきは、早く本妻の座を譲れという意思表示なのだろうか。

それとも、アイラのことを嘲笑《あざわら》っているのだろうか。

(……もう、耐えられないわ……っ)

セシルの幸せのために悪女を演じ切ると覚悟を決めたはずなのに、実際二人が一緒にいるところを目にするのは辛《つら》い。

これ以上は自分の心が壊れてしまいそうで、大好きな人が他の女性と幸せになることをアイラはもう願えそうになかった。

（……今夜、離縁してくださいとお願いしましょう。そうよ、セシル様から切り出さなくたって、私からお願いして彼が手続きすれば、済む話なんだから……）

アイラはそう強く決心すると、窓とカーテンを閉めて、ソファに横になった。

涙で濡《ぬ》れたクッションの気持ち悪さよりも、ズキズキとした心の痛みの方が辛かった。


——来たる夜。

珍しく早めに仕事が終わったセシルと共に、アイラはキングベッドに腰掛けていた。

「アイラ、今日は屋敷で何をしていたんだい？」

「…………」

蕩《とろ》けるような笑顔を向けて問いかけてくるセシルに対し、アイラはすぐに答えることができなかった。

（……離縁をお願いしたら、セシル様とこうやってお話しすることもなくなるのね……）

セシルの幸せのため、どこかのタイミングでセシルと人生を分かつことは決めていた。

離縁してほしいと話すことに対しても、迷いはない。

そう、迷いはない……けれど、もう彼の笑顔を見ることはなくなり、隣を歩くことはできなくなるのだと思うと、どうしようもなく悲しい。

(でも……言わなきゃ)

アイラは一度深呼吸をして、セシルの美しい灰色の瞳を見つめる。

そして、意を決したように口を開いた。

「……離縁を、していただきたいのです」

ナイトドレスのつるりとした生地を思い切り掴《つか》みながら、アイラは別れを告げた。

声が震えなかった自分を褒めてあげたいと、アイラは心の底から思う。

(セシル様……大好き……)

もう口に出すことはないだろう愛の言葉を内心で囁きながら、アイラはセシルの返答を待った。

「そのセリフは、最近君の性格が変わったことに関係があるのか」

「えっ……」

十八年の付き合いの中で、今まで一度も聞いたことがないほど低い、セシルの声。

普段に比べ、口調もやや硬い。

アイラは背筋が粟立《あわだ》ち、更に上擦《うわず》った声が漏れた。

そんなアイラに追い打ちをかけるように彼女の手首を掴んだセシルは、ぐいと顔を近付ける。

「いきなり悪女のような振る舞いを始めた君に少し驚いたし、何かしら理由があるんだろうとは思っていた。けれど……その姿があまりに可愛いから敢《あ》えて指摘してこなかった」

「あ、あの、セシル様?」

「……だが、離縁したいとはどういうことだ。……もしかして、悪女のふりをして俺に嫌われようと思ったのか？　それで離縁が叶《かな》うと思ったのか？」

いつものお日様のような笑顔は、ホッとするような声はどこにいったのだろう。

こちらを責め立てるセシルの表情と声が、恐ろしい。

（こわ、い……。まるで、セシル様じゃないみたい……っ）

アイラの瞳に涙が滲《にじ》む。

けれど、ここで泣いては話が進まないからと、必死に言葉を紡《つむ》いだ。

「そ、れは、その……」

必死に唇を震わせたアイラが、咄嗟に指先で毛先を触った時だった。

「……そうやって、毛先をやたらと触る仕草。なにか隠し事がある時にする癖だよね。アイラのその癖、俺が知らないと思った？　態度が一変した日にもしていたから何かあるってことは分かっていたけれど……。やはり図星のようだね」

「〜っ、だって……!!」

「だって……何？」

思えば、何故責められなければいけないのだろう。

アイラは確かに、セシルが大好きだという気持ちを完全に捨てられていない。

それに、もうセシルとレミーナが一緒にいるところを見ていられなくて、当初の計画とは違い、自ら離縁を切り出した。

しかし、それの何がいけないのだろう。

(そうよ！　一般的に考えれば、悪いのはセシル様とレミーナなのに！　私が責められるのはおかしくないかしら……!?)


──もう、やってられない‼


怒りがわなわなと込み上げてきたアイラは、キリッと目を吊り上げる。

その目でセシルを射抜けば、彼は動揺の表情を見せた。

「……何も知らないと思って……！　セシル様！　浮気してるじゃないですか！　私、知ってるんですからね‼」

「──は？」

セシルは、まるで鳩《はと》が豆鉄砲を食らったような顔をする。

一瞬そんなセシルに違和感を覚えたアイラだったが、事実を突き付けるのを止めることはなかった。

「相手は侍女のレミーナなのでしょう⁉　彼女、旦那様が朝までしつこくて腰が痛いと言ってましたわ……！　私との初夜にも何もなさらなかったくせに！　その次の日もその次の日も……っ、何も……！　しかも、朝方にしか帰ってこない日もあったじゃないですか！　私が一人淋しくベッドにいる時、セシル様は──」

そこまで言って、アイラの頬《ほお》には涙がツゥ……と流れる。

同時にセシルは額に青筋をピキピキと浮かべたが、アイラがそれに気付くことはなかった。

セシルは少しだけ間をおいてから、先程までとは違う冷静な表情で、アイラの涙を親指で拭《ぬぐ》った。

「泣かせてごめんね。アイラ。……ああ、なるほど、やっと全てが理解できた」

「うー！　浮気者……!!　でも、私はセシル様が大好きだから……っ、セシル様が幸せになるなら、妻の座を降りようと思ったのにぃ……!!　それなのに、優しく涙を拭わないでくださいまし……！

中途半端なことしないでください……！」

「いいや、拭うよ。妻の涙を拭うのは夫の権利だからね。それと、俺も大好きだよ、アイラ」

「……っ」

大好きなら浮気なんてするはずがないだろう。

いくらセシルと十も歳が離れているアイラとはいえ、それくらいのことは分かる。

「嘘《うそ》つかないでください……!!」

「嘘じゃないよ。今から全部説明するから、聞いてくれる？」

どう説明されたって、浮気の事実が――セシルとレミーナが愛し合っている事実が消えるわけではないのだ。

アイラは拒絶を示すように、首を横に振った……のだけれど。

「聞いてくれる、よね？」

目の奥が笑っていない笑顔でそう話すセシルに、アイラは頷《うなず》くほか選択肢はなかった。

自分でも驚くくらい、涙は一瞬にして引っ込んだ。

「――えっと……？」

それから、セシルから話を聞いたアイラは、なかなかすぐには彼の言葉を理解できなかった。

「つまり、レミーナの発言は全て嘘で、セシル様は浮気なんてしていなくて、レミーナとの関係は一切ない、と？」

セシルが説明してくれたことを要約して話せば、彼はこくりと首を縦に振った。

「ああ。レミーナという女はね、昔からよく嘘をつくことで公爵家では有名なんだ。……ただ、過去の嘘は可愛い程度のもので、この屋敷や屋敷の人間が不利益を被《こうむ》ることがなかったため、放置していた。だから、敢えてアイラに言う必要はないと思っていたんだけど、まさかそんな重大な嘘をつくとはね……。因《ちな》みに、俺の帰りが深夜になった日や朝方になった日のことを疑うのなら、俺の部下たちに聞けば良い。朝まで仕事に付き合わせていたから」

「な、なるほど……」

セシルの発言をきっかけに、アイラは公爵家に嫁いできた時のことを思い出す。

(……言われてみれば、レミーナが嘘をつくところを何度か見たことがあったわ)

掃除の割り振りを間違えたとか、今日のディナーは鴨《かも》肉ですよ（本当は白身魚）みたいな、些細《ささい》で可愛らしいものだった。

そのためアイラは、当時は嘘というより勘違い程度だと思っていたのだ。

だが、セシルの話によれば、彼女は生粋《きっすい》の嘘つきらしい。

（……つまり、ここまでの話を整理すると、セシル様は本当に仕事が忙しくて、帰りが深夜や朝になっていたってことよね……？　レミーナと浮気をしていたわけじゃなくて……）

仕事が休みの日は、セシルは朝から晩までずっと一緒にいてくれていたため、その際に浮気していたとは考えづらい。

（じゃあ、セシル様は本当に……レミーナを愛していないの……？）

思いもよらず芽生えた希望に、アイラの表情は少し明るくなる。

しかし、アイラにはまだ疑問があったため、完全にセシルを信じられなかった。

「け、けれど……。今日の昼間、中庭でレミーナと至近距離で話していたじゃないですか！　あれはどう説明するのですか？」

「ん……？　ああ、仕事の合間の気分転換に中庭に出た時のことだね。あれは突然、あの女にアイラのことで話があると言われたんだ。アイラに何かあったのかと思って、話を聞いていただけだよ。顔が近かったのは風が強くて聞き取りづらかったせい。実はあの女……アイラが悪女の本性を出してきたから、気を付けてください、とぬかしてきてね……。よく嘘をつくことに加え、公爵夫人であるアイラを悪く言う人間なんてこの屋敷にはいらないから、追い出すつもりだったんだけど……。それだけじゃ足りないな……」

「ヒィ……！」

自分に言われているわけではないのに、アイラはセシルに恐ろしさを覚えた。

顔が整っている人の目が笑っていない笑顔ほど、怖いものはないのかもしれない。

（……って、そうじゃない……！　まだ言わなきゃいけないことがあるんだから……！）

アイラは一度頬をぱちんと叩《たた》いて気合を入れてから、再びセシルに向き直った。

「でも、初夜の日も、その後も！　共に眠ることはあっても、セシル様は私に何もしなかったではないですか……！　私……やっと、セシル様のものになれるんだって、期待していたのに……！」

女として求められていないのだと、悲しかった、辛かった、切なかった。

セシルに気付かれないよう、枕を濡らしたこともある。

「アイラ……」

セシルは、必死に訴えたアイラの名前をぽつりと呟《つぶや》いてから、喉をゴクリと上下させた。

「……ここが寝室で、二人きりだって分かってる？　今そんなことを言われたら――」

「ひゃっ」

そして、セシルはひんやりとしたシーツの上にアイラを押し倒した。

彼女の両手を頭の上で拘束するように束ねれば、アイラの頬は色気を孕んだ朱色に染まった。

セシルは恍惚《こうこつ》とした瞳で、アイラを見下ろした。

「――一ヶ月前の結婚式の時。軽く触れるだけの誓いのキスで腰砕けになっていたアイラに、初夜で手を出すことなんてできないよ。……俺はね、大事な大事なアイラを、怖がらせたり、傷付けたりしたくなかった」

「……っ！」

アイラとセシルは、婚約期間だけを見れば十八年ととても長い。

しかし、そのほとんどは兄妹のように過ごしていて、恋人同士として振る舞うようになったのは、ここ二年ほどだ。

といっても、アイラは好奇心だけ一丁前のわりに恥ずかしがりやだったので、恋人らしいスキンシップのほとんどは、手を繋いだり、頭を撫でられたりすることくらいだった。

抱き締められることだって数回あったけれど、その度に緊張して息を忘れるくらいだった。

結婚式で初めてのキスを捧《ささ》げた時のことなんて言わずもがなだろう。

セシルがアイラを気遣うのは、なんら不思議なことではなかった。

「……だが、一緒のベッドにいるだけで何度も手が出そうになったから、我慢の限界が近そうな日は部下たちを仕事に付き合わせて、暗いうちには寝室に行かないようにしたんだ」

「そ、そんな……」

「それに俺は、待つのは得意だからね。アイラが十八になって結婚ができるようになるまで、本当に長かったよ」

「……っ」

セシルの気持ちを聞いて、彼の優しさにアイラは息を呑《の》む。

「とはいえ、不安にさせて本当にすまない」

「セシル様が謝ることなんてありません……っ、私のことを思いやってくれていたのに、私ったら、セシル様のことを信じられずに……ごめんなさい……っ」

「ううん。アイラが謝る必要はない」

「けど……！　私がわる――」

あまりの申し訳なさにもう一度謝罪をしようとすると、セシルはそんなアイラの頬にそっと手を這《は》わせた。

突然のことにアイラは少し驚いて、口を噤《つぐ》む。

「そこまで言うなら、おあいこってことにしようか。それなら良いだろう？」

「……っ」

セシルにここまで言われても、彼に対しての申し訳ないという感情がアイラの中から完全に消えたわけではなかった。

けれど、穏やかに微笑むセシルの顔を見ていると、申し訳なさよりも愛《いと》おしさが募ってくる。

アイラはこくりと頷くと、少しだけ顔を横に向け、自身の頬を撫でるセシルの手のひらに、そっと触れるだけのキスをした。

「セシル様、好き……大好き……」

「……っ」

それに何よりも、ごめんなさいよりも大好きだって、伝えたくなったから――。

「……アイラ、もう俺は我慢しない。あんなに可愛く手にキスして、好き……いや、大好きとまで言われたんだ。……覚悟はできてるんだろう？」

「は、はい！　お好きなようにどうぞ！　今夜は思い切り、愛してくださいませ……！　あっ、でも、もし変なところがあったら教えてほしくて……っ」

「……君に変なところなんてないよ。それと、もう本当に我慢の限界だから……おしゃべりはまた後でね」

切羽詰まったセシルに、アイラの心臓はドクドクと脈を打つ。

「愛してるよ」

「私も、愛しています――」

一度ちらりと赤い舌を覗かせたセシルの顔が、少しずつ近付いてくる。

アイラはそっと目を閉じて、彼を受け入れた。

◇◇◇

――それから、約二ヶ月後。

「ねぇ、そういえばレミーナって、侍女の仕事やめたの？」

古株のメイドが中庭の一画で休憩しながら、同僚にそう問いかける。

同僚のメイドは「知らないの!?」と声を荒げると、意気揚々と語り始めた。

「レミーナはね、伯爵家に嫁いだのよ！　あの、オッサカン伯爵のもとにね！」

「えっ、あの子、男爵家の子でしょ？　伯爵家に嫁ぐなんて凄《すご》いじゃない！　玉の輿《こし》じゃない！　玉の輿!!」

「ちょっと、あんた知らないの？　相手はあのオッサカン伯爵よ！　オッサカン伯爵！　七十歳の！　名前通りの！」

その説明に、玉の輿だと騒いでいたメイドは、一瞬体を硬直させた。

オッサカン伯爵がどんな人物なのか、思い出したからだった。

「あっ！　あのオッサカン伯爵ね！　名前通り、あの歳でもお盛んで、好きにできる若い妻を探してるって有名な……」

この国で夫にしたいランキングがあったとしたら、間違いなくセシルが一位で、オッサカン伯爵が最下位だろう。

「うわぁ……。レミーナ、ご愁傷《しゅうしょう》さま」

「まあ、良いんじゃない？　あの子たまに、腰が痛いとか嘘をついてたでしょ？　七十歳を相手にするなら、きっと本当に腰痛になるわよ」

「ひゃぁ～～可哀想に……」

二人はそんな話をしながら、同時に疑問に思う。

何故突然、そんな相手にレミーナが嫁いだのか、ということだ。

一介のメイドでもオッサカン伯爵についてここまで知っているのだから、男爵家に生まれたレミーナが、彼の性癖を知らないはずはない。

——実家が傾いて借金の形に？　それとも、見初《みそ》められて半ば強制的に？　まさかの純愛？

二人は様々な可能性を思い浮かべる。

しかし、中庭のガゼボで身を寄せ合うアイラとセシルの姿を見つけた二人は、主人たちの幸せそうな姿に目を奪われた。

「アイラ、寒くない？　お腹に赤ちゃんがいるんだから、無理をしたらいけないよ」

「ふふ。大丈夫ですわ。セシル様とぴったりくっついていたら、とっても暖かいですもの」

アイラは隣のセシルの肩にそっと頭を寄せ、幸せそうに顔を綻《ほころ》ばせる。

セシルは片方の手でアイラの肩を抱き、もう片方の手はアイラの手に絡《から》ませていた。

「それに、今日は比較的つわりが軽いから、もう少し外の空気を感じていたいのです」

「分かった。だが、もしも辛くなったら、すぐに言ってくれ」

「はい！　けれど、セシル様ったら心配しすぎですわ？　まだ全くお腹も大きくなっていないのに、転げたら危ないからって、階段を上り下りする際は絶対にお姫様抱っこをしたりして……。妊婦の無理は禁物らしいですけれど、体重が増えすぎたり、体力を落としたりしないために、適度な運動はした方が良いとお医者様が仰《おっしゃ》っていました」

「それは分かっているんだけどね……。アイラのことも、俺たちの赤ちゃんのことも大切だから、つい」

セシルはそう言うと「赤ちゃんの名前はどうしよっか？」と、幸せそうにアイラに問いかける。

アイラは気が早いなと言わんばかりの表情を一瞬見せてから、「会える日を待ってますからね～」と自らのお腹に向かって語り掛けた。

主人たちの様子を少し遠いところから眺めていたメイドたちは、その幸せいっぱいの姿につられて頬が緩む。

しかしここで、一人のメイドが「あっ」と何かを思いついたように声を上げた。

「ど、どうしたの？」

「……ねぇ、旦那様って奥様のこと大好きよね？　もしも奥様が傷付いたりしたら、物凄く怒るわよね？」

何を今更当たり前のことを聞くのだろう。

問いかけられたメイドは、深く頷いた。

「そりゃあもう、見ての通りよ。旦那様はこの国一番の愛妻家！　奥様を傷付ける者は何人《なんぴと》たりとも赦《ゆる》さないって考えをお持ちだってことは、この屋敷で働いている者には有名な話、って……あ」

その瞬間、二人はゆっくりと顔を見合わせる。

「「……まさか？」」

メイドたちは、あはははと乾いた笑みをこぼした。

家出を決行した結果

棗《なつめ》
ill. 風《ふう》ことら

期待した自分が馬鹿《ばか》だった。

今日は婚約者のミゲルと観劇に行く日。何日も前から侍女と共に準備をし、好きな人に綺麗《きれい》に見られたくて当日の朝は沢山《たくさん》お洒落《しゃれ》をしようと楽しみにしていた。観劇のチケットは人気の為、滅多に手に入らず、今回友人に二枚のチケットを譲ってもらえた。ずっとミゲルと行きたかった劇だったのに……。

今朝になって婚約者が寄越した使者が訪れた。今日の観劇は一緒に行けなくなったとの事。理由は一つしかない。

痛ましげに見つめる執事と侍女にフィービーは作り笑いすら浮かべられなかった。

「お嬢様……」

「あんまりですよ……！　お嬢様はずっと楽しみにしていたのに」

「……いいのよ二人とも。ありがとう」

――もういい。

その一言にフィービーの覚悟が詰まっていた。微笑《ほほえ》みも浮かべず、泣きもせず、感情が削《そ》げ落ちた相貌《そうぼう》だけがそこにあった。

●○

鞄《かばん》に数着の着替えと亡き母から貰《もら》ったハンカチ、自分の持つ宝石類を全《すべ》て詰め込んだ。ふと、机に近付き引き出しを開けた。大好きな婚約者の彼から貰った栞《しおり》があった。フィーピーは大切にしてきた栞を机の上に置き、姿見の前に立った。

亡き母と同じピンクがかったシルバーの髪、濃い青の瞳《ひとみ》。顔も母と瓜二つ《うりふた》。母を愛していた父や母が大好きな兄とは距離ができ、後妻として嫁いできた義母とはぎこちないながらも上手《うま》くやってきた。歳が離れた異母妹は父に似ており、亡き母そっくりなフィーピーとは距離を作るのに異母妹の事は愛している。

きっと母が亡くならなかったら、昔のように愛してくれていたんだろう。

フィーピーにとっても異母妹は可愛《かわい》い妹で、彼女もねえ様と慕ってくれる。

四人の家族から疎外感を感じている自分が捻《ひね》くれているだけ。

姿見から離れ、鞄をベッドの下に隠したフィーピーは丁度鳴ったノックに応《こた》えた。入って来たのは父の側近として仕える執事だった。

「お嬢様……」

何かを決意してからのフィーピーは変わった。前妻が亡くなって以来、フィーピーを見ようとしない侯爵や兄では決して気付けない。フィーピーはそっとベッドの下に隠した鞄を見せた。これだけで執事は全てを悟った。

「どうしても、考えを変えてくださらないのですね」

「私がもっと強い人間だったら良かったのに」

執事は「いいえ」と首を振った。

「お嬢様は十分耐えました。……もう、耐えなくて良いのです」

「うん……」

「本当に……決めたのですね」

「うん………」

「私が願うのはお嬢様の幸せです」

「ありがとう」

涙ぐみそうになるのを堪《こら》え、執事に部屋を訪れた理由を訊《たず》ねた。

言い難《にく》そうにしながらも婚約者の来訪を知らされた。

「会わないわ。会う約束はしていないもの」

「お嬢様に贈り物があると」

「どうせ、幼馴染《おさななじみ》のご令嬢に付き添って行けなかった観劇のお詫《わ》びでしょう。贈り物は要らない、謝罪も必要ないと追い返して」

「……畏《かしこ》まりました」

執事から向けられた同情の眼に苦笑し、それ以上は何も言わずフィービーに従ってくれた執事に感謝した。

婚約者はミゲル＝アリアージュ。アリアージュ家は帝国の忠臣と名高い騎士の家系。皇太子の懐《ふところ》刀《がたな》と名高いミゲルには病弱な幼馴染がいた。皇帝の妹を母に持つダイアナ＝ローウェル公爵令嬢。

漆黒の髪と冷たい印象が強いアイスブルーの瞳のミゲルとふわふわのプラチナブロンドに空色の瞳

を持つ天使のように可憐《かれん》なダイアナが寄り添っている場面は何度も見た。フィービーとミゲルが婚約した時、母はまだ生きていた。元々、アリアージュ公爵夫人と亡き母が親友で、歳も同じで身分も釣り合うからと婚約が結ばれただけ。

「ミゲルにとって大事なのはダイアナ様で、私はどうせ……」

初めて会った時からミゲルは常に無表情で、感情があるのかと何度も思った。だがダイアナに向ける愛《いと》おし気《げ》な目や常にダイアナを気遣う姿を見ていると感情はあるのだと知り。同時に、フィービーには義務的な対応しかしないのを見ると母親同士が親友だからと結ばれた婚約が嫌なのだと実感した。

誕生日には贈り物を、月に二度互いの家を行き来し、行事があると一緒に出掛ける。普通に婚約者として上手くやっている方だとは思う。

が、何度かミゲルは体調を崩したダイアナを心配して予定をキャンセルする時があった。今さっきお詫びの品を持って来たのもそれ。

先日、滅多に手に入れられない観劇のチケットを友人に譲ってもらい、ミゲルを誘った。了承してくれたのに当日の朝になってダイアナが熱を出したから行けないと使者が来た。

常に満席でチケットが手に入りにくい観劇へ婚約者と行くよりも、病弱な幼馴染を優先した。元々愛されていないと分かっていても、フィービーの心は疲れていた。

父や兄からは距離を置かれ、婚約者からは愛されない。

結婚してもミゲルは何かあればダイアナを優先するだろう。ひょっとすると白い結婚を強《し》いられるかもしれない。

観劇は異母妹のジゼルを誘った。長時間席に座っていないといけないがそれでもいいかと誘ったら、大いに喜んでくれた。途中動きたそうにしながらもフィービーの言い付けを守り、最後まで大人《おとな》しく観賞してくれた。帰りはカフェに寄り、感想を言い合った。ミゲルとは行けなくてもジゼルと行けて良かったと思えた。

「お嬢様……」

申し訳なさそうな顔をした執事が戻って来た。どうやら、フィービーと会うまで帰らないとミゲルは断固として動かないのだとか。

フィービーが行かないとならない。執事にお礼を言い、ミゲルがいる玄関ホールまで行った。片手に薔薇《ばら》の花束を持ち、もう片方の手には小箱が握られていた。フィービーの顔を見ると少し安《あん》堵《ど》した表情を見せた。彼の表情が変化したのは初めて見た。

「約束もしていないのに突然来られても困ります」

「すまない……観劇に行けなかったお詫びをしたくて」

「ダイアナ様の体調は如何《いかが》ですか」

「今朝、快復したと聞いた。フィービー、埋め合わせをさせてほしい。それとこれを受け取ってもらいたい」

そう言って薔薇の花束を差し出された。

受け取ったフィービーは花に罪はないと罪悪感を感じながらも、ミゲルへ投げつけた。呆然《ぼうぜん》とするミゲル、一緒に来た執事が焦《あせ》りの混ざった声で呼ぶもフィービーは構わなかった。

「貴方にはもううんざり。これで何度目なの？　どんなに早く予定を入れても、入手困難なチケットを手に入れても、貴方はダイアナ様に何かあれば必ずダイアナ様を優先する。私よりダイアナ様が大事なんでしょう？　こんな物さえ贈れば満足する安い女だと私を下に見ているようだけれど」

「違う、そんな事は決してない！　ダイアナについては悪いと思っている。けど、私がいないと怖いと……」

「……だったら、ダイアナ様と婚約されては？　好きなのでしょう？」

「何故《なぜ》そうなるんだ」

「そうなるでしょう」

心が悲鳴を上げていた。険悪な相貌を浮かべるミゲルに泣きたくなる。ダイアナには絶対に見せないだろうに。

とことん嫌な女を演じよう。演じて、ミゲルに心底嫌われよう。

「それに、私自身ミゲルが好きじゃないんです。いいえ嫌いです、大っ嫌い」

「な……」

「花も要らない、そこの手にあるプレゼントも要らない。顔も見たくないから帰ってちょうだい」

「フィービー、待て、待ってくれ、な、なんで」

嫌いと言ったら面白《おもしろ》いくらいに顔を青褪《あおざ》めさせ、焦り出すミゲルが不思議で堪《たま》らない。好きでもないのに何故そう焦るのか。

「私は社交界でミゲルとダイアナ様の仲を引き裂く悪女だそうよ」

「誰がそんな……！」

「誰が見たってそう思うわ。ミゲル、お互い正直になりましょう。私はミゲルが嫌い、ミゲルはダイアナ様が好き。それでいいじゃない」

「良くあるか！　第一、私はフィービーが好きだ！」

「嬉《うれ》しくもない嘘《うそ》をありがとう」

「嘘じゃない！」

何を言われても心に響かない。今までミゲルのダイアナへの態度を見て来た。自分との態度の違いに何度心折れたか。

フィービーの家は侯爵家だがミゲルの家と繋《つな》がりを持っても特に利益はない。父は亡き母の遺志を汲《く》みたいが為に婚約を継続させているだけに過ぎない。前に、ミゲルがダイアナばかり優先すると愚《ぐ》痴《ち》を零《こぼ》した時、叱られた。

『ダイアナ様は病弱で幼馴染のミゲル様が気に掛けて何が悪い。下らん嫉《しっ》妬《と》を起こすな』と。

母に瓜二つでも母じゃないフィービーは父の中で既に要らないのだ。兄も似たような事を言ってフィービーを叱った。

家を出る準備をしていると知るのは側《そば》にいる執事とこの場にはいない侍女のみ。何度か止められたがフィービーの意志が固いと知ると止めなくなった。

「ミゲルがお帰りよ。お見送りを」

「フィービー！　まだ話は終わってない！」

うんざりとした溜《た》め息《いき》をつくと何故かミゲルは傷付いた面持《おもも》ちをする。今日で会うのを最後にしようと決めたが、最後の最後で彼の色んな表情が見られるとは思わなんだ。

「結婚はします。アリアージュ公爵夫人としての役目も果たします。これで満足ですか？」

「そういう話じゃない、ダイアナの事は悪いと思っている。だけど私は……」

「……さっき言いましたよね？　嫌いだって、大嫌いだって」

「っ……嫌いでもいい、隠れてなら恋人も作っていい、だが私がフィービーを好きだというのは信じてくれ」

「今までのミゲルの態度のどこを見て私は信じたら良いですか？」

記憶の引き出しを探ってもどこにもないのだ。嫌われていないのは分かっていても好かれてもない。ミゲルも心当たりはあるのか、苦し気に顔を歪《ゆが》め口を噤《つぐ》んだ。無言は肯定と同意。

何も言えないミゲル。結局、そういう事なのだ。

執事に目配せをし、ミゲルを帰してもらう。部屋に戻ろうと踵《きびす》を返すも、ハッとなったミゲルに呼ばれた。

振り向くと小箱を持つ手を向けられた。

「せめて、これだけでも受け取ってほしい」

「要らない。ダイアナ様に渡したら喜んでくれるわよ」

「フィービーに似合うよう作らせたんだ。他の相手に渡したって意味がない」

お詫びとして贈られる物を貰っても嬉しくない。フィービーが拒否してもミゲルは諦《あきら》めようとしない。いい加減しつこいと苛立《いらだ》った時、出掛けていた父と兄が戻った。義母と異母妹はお茶会に参加して不在なので、フィービーだけがいた。

玄関ホールでの異様な光景に戸惑う二人に執事が簡単に事情を説明すると呆《あき》れた目をフィービーに向けた父と兄。

父はミゲルに謝り、彼の贈り物を受け取りフィービーに差し出した。

「下らん意地を張るな。何が気に食わないのだ」

父の手を振り払ったと同時に小箱も一緒に飛んでいった。呆然とする父を睨《にら》むように見上げた。徐々に怒気に染まる父の相貌に嗤《わら》いたくなった。母には絶対に向けないくせに、と。

玄関ホールに乾いた音が響いた。父に頬《ほお》を叩かれた。「フィービー!」駆け寄ろうとしたミゲルを手で制し、痛みに負けじと父を見上げた。

「親に向かってなんだその目は!」

「親? お母様が亡くなってから、一度も私を見ていないお父様が今更父親面《づら》するのですか?」

「なっ」

「お父様もお兄様もお母様に瓜二つでもお母様じゃない私になんと言ったか覚えていますか? お前が死ねば良かったのに、と」

絶句するミゲルと執事の目は呆然とする父と兄に向けられた。二人は言っていないと反論するがフィービーは覚えている。

母が亡くなってからすっかり落ち込んでしまった二人を元気付けようとしたフィービーに——

『お前は生きて……どうして妻が……』

『……フィービーはお母様じゃないんだ……暫《しばら》く視界に入って来るな』

仕舞いには死ねば良かった、という発言。

思い出したらしい二人は先程のミゲル以上に顔を青くさせ、返す言葉がないのか何も言えず俯《うつむ》いてしまった。

「……失礼します」

飛んでいった小箱を拾ってミゲルに返した。フィービーに渡そうともせず、受け取られた。

「僭越《せんえつ》ながら、旦那《だんな》様」

呆然とフィービーの背を見ているだけの侯爵に執事がそっと前に出た。

「前奥様が亡くなられてから、旦那様も坊ちゃまも一度もまともにフィービーお嬢様を見ようとしませんでした。今になって親だなんだと言ったところで、お嬢様には届きません」

「……」

信頼する執事にも言われ、侯爵は力無く項垂《うなだ》れた。倒れそうな父を支えた兄もまたフラフラで。ミゲルに頭を下げ奥へ行ってしまった。

部屋に戻ったフィービーは扉に鍵を掛けベッドに飛び込んだ。

「っ……」

フィービーが言わなければあの二人はずっと忘れたままだった。所詮《しょせん》、あの二人にとってフィービーはその程度なのだ。

家出決行は今夜。この家のどこにも、ミゲルの側にも、居場所はない。

●○

フラフラとした足取りで馬車を降りたミゲルがやって来たのは、帝国が崇拝する女神を祀《まつ》る大教会。正門前の花壇に水をやる男性の瞳が真っ青な表情でやって来たミゲルを捉えた。只《ただ》ならない様子に如《じょ》雨露《うろ》を土に置いた男性が駆け寄った。

「ミゲル？　どうしたんだい、顔が真っ青じゃないか。具合でも悪いのかい？」

「司祭様……私は……」

私は……。その続きを紡《つむ》ごうとする度に口が震え、何も話せなくなる。言葉にしてしまったら現実になってしまいそうで。「取《と》り敢《あ》えず落ち着こう」と身体《からだ》を支えられ、大教会の裏口から建物内に入った。司祭の部屋に入れられ、椅子《いす》に座らされたミゲルはお茶を持って来ると部屋を出ようとした司祭を呼び止めた。

「いえ……大丈夫です。具合が悪い訳ではないのです」

「では、何があったんだい」

先帝の弟である司祭には、子供の頃から可愛がってもらい、ミゲル自身司祭に懐《なつ》いていた。フィービーについても時折相談していた。

先程あった事を全て司祭に話した。最後まで黙って聞いていた司祭は、ミゲルが話し終えたタイミングで鋭い指摘を入れた。

「ミゲル。何故、君は毎回ダイアナの望みを聞き入れていたんだい？」

「え」

予想もしていなかった問いにミゲルは顔を上げるが言葉は出なかった。

「フィービーが君を見限ったのは、婚約者であるフィービーよりも幼馴染であるダイアナを最優先にしてきたからだ。違う？」

「最優先だなんて誤解ですっ、私はフィービーを――」

「今までの自分の行いを思い出してごらん。君のどこを見たら、ダイアナを大切にしていないと見える？」

「……」

言葉通り、自分の今までを振り返ったミゲルは呆然となり床に視線が下りた。フィービーと約束していた観劇。当日になってダイアナの体調が悪いと報《しら》せが届いた。フィービーと観劇へ行くのをミゲルも楽しみにしていた。やって来た使者を最初は帰したが、今度は別の使者にダイアナの体調が悪化する一方だと切羽詰まった様子で訴えられた。幼馴染であるダイアナは生まれつき体が弱い。好きな女性はフィービーだとしても、昔から一緒にいたダイアナを放っておく事がミゲルには出来なかった。ローウェル公爵家へ行こうとすると両親に止められるも、使者にダイアナの容態はどんどん悪くなると急《せ》かされフィービーへは今日の観劇は行けないと執事に報せを届けに行かせ、自身は使者と共にローウェル公爵家へ向かった。

見舞いに行ったダイアナは高熱に苦しみ、息をするのもやっとだったがミゲルが顔を出すと安心感から泣き出してしまった。今日は一日側にいてほしいと頼まれい続けた。

「ミゲル。フィービーを解放してやりなさい。君は誰の目から見てもダイアナが大事なんだから」

「違いますっ!!」

憐《あわ》れむ司祭に大きな声で否定したミゲルは勢いのまま司祭に迫った。

「なら、何故君はフィービーの側にいてやらない？　幼馴染と言っても、君にはもうフィービーがいるのに」

「っ……」

自分に放たれている言葉は全て正論で反論する余地が全くない。直前になって約束を無かった事にした時、フィービーはいつもどんな様子だった？　仕方ないと受け入れてくれた？　ダイアナの心配をしていた？　──諦念が混ざった悲し気な表情をしていた。

司祭の言葉に何も言えなくなったミゲルは何とか声を絞り出し、明日フィービーに今までの事を誠心誠意謝罪すると、もう二度とダイアナの許《もと》へは行かないと語った。

「手遅れだよ、もう」

「どういう、意味ですか」

諦念と呆れが混ざった司祭の瞳に見つめられると無性に嫌な予感がする。

「──……」

司祭から告げられた言葉にミゲルの面から感情が削げ落ちた……。アイスブルーの瞳に濃い翳《かげ》りが浮かび、ゆっくりと視線が再び床を向いた。司祭に聞かされた話に思考が追い付かない。同時に自分が恥ずかしくて、愚かで殺したくなった。

侯爵やフィービーの兄と変わらない。フィービーを追い詰めていた。

それでもフィービーの側にいたい、フィービーに側にいてほしいと願う自分が最も傲慢《ごうまん》だ。自覚があっても抑えられない。

ミゲルは顔を上げると椅子から立ち上がり、司祭に深く頭を下げた。

「お願いです……っ、私に一度だけ機会《チャンス》をください。フィービーと話をさせてくだささい」

「何時《いつ》彼女が来るか分からないのに？」

「待ちます。どんな時にフィービーが来ようと必ず来ますっ」

「その心意気を以前からもっとフィービーに向けなさい」

ぐうの音《ね》も出ないとはこの事。けれどミゲルにはもう時間がない。仕方ないと溜め息をついた司祭に許可を貰うとお礼を述べ、急いでアリアージュ公爵邸に戻った。屋敷に到着してすぐに両親の居場所を出迎えた執事に聞き、大急ぎで向かったのだった。

●○

気付くとフィービーは眠ってしまっていた。起きると外は夕焼け色に染まっていた。母が生きていた時は家族四人、庭で夕焼けを眺めていた。邸内に戻る時は兄とどちらが早く戻れるかを競った。偶《たま》に父が交ざり、母は微笑ましく見守ってくれた。あの頃には戻れない。

控え目にノックがされた。ベッドから降り、扉に近付き鍵を開けると執事だった。

「お嬢様、皆様は今夕食を召し上がられています」

「そう……」

「……出るのなら、今の内です」

「ありがとう」

執事の後ろにはフィービー付の侍女ハンナがいた。今日は休みを取って実家へ帰っているものだと思っていた。

ハンナは掃除道具を運ぶカートを押していた。

「お嬢様なら入れます。此処《ここ》に入ってください」

「分かったわ。ありがとう」

「本当に大丈夫なのですか？」

「ええ。大丈夫よ」

心配しないで。と執事とハンナに微笑み、机の上に置いたままの栞を持ち、ベッド下に隠した鞄を引っ張り出して中身を開け栞を入れた。そして鞄を持ってカートの中に潜った。上からは布を被《かぶ》せているので外からは見えない。

誰にもバレない事を祈った。

執事は別ルートを使って落ち合うこととなった。

途中、休みの筈《はず》のハンナがいる事に声を掛けられるもフィービーが心配で休みを返上して戻ったと誤魔化《ごまか》した。

誰にもバレず、屋敷の裏口から外へ出てもそのまま進んだ。被せた布が上げられるとフィービーはカートから出た。裏門に執事が手配した質素な馬車が待機していた。

「二人とも、今までありがとう。どうか元気で」

「お嬢様……っ、わ、私絶対に後からお嬢様を追い掛けます！」

「駄目よ、此処の方がお給金が高いでしょう？」

半年に一度は執事宛にハンナへの手紙を書くからと言っても納得してくれず、二ヵ月に一回でやっと納得してもらえた。泣いているハンナを慰めつつ、後は執事に任せフィービーは馬車に乗り込んだ。

思い出の品は鞄に詰め込んだ。

「さようなら」

今からフィービーが向かうのは帝国が崇拝する女神を祀る大教会。来る者拒まずで、半年前から地方の教会で働きたいと相談していた。大教会の司祭は先帝の弟でミゲルとダイアナについて悩んでいたフィービーに声を掛け、よく相談に乗ってくれた。その内家族の話もするようになり、覚悟があるのなら教会で働かないかと提案した。

地方の教会では平民の子供達や孤児院にいる子供達に勉学を教えているのだとか。アリアージュ公爵夫人になるのだからと、公爵家が運営する孤児院に夫人と足を運ぶので子供の相手は苦じゃない。

二度と侯爵令嬢として戻れず、ミゲルとも二度と会えなくなるがそれでもいいかと問う司祭に勢いよく頷《うなず》いた。

「頑張らなきゃね」

馬車は大教会の裏口に到着した。馬車を降りると司祭が待っていてくれた。

「フィービー、本当に良いんだね？」

「はい。今日ですっかりと腹を決めましたわ」

「はは。そうかそうか。君の後悔がないようにしたらいい」

「勿論《もちろん》です」

子供達が将来働き口に困らないよう手助けをしたいと孤児院を訪問する度に考えていた。アリアージュ公爵夫人としてなら出来る事は沢山あっただろうが、もうフィービーにその道はない。なら、ただのフィービーとして知識を与えようと考えた。幸いにもフィービーは家庭教師からの評判はよく、勉強も嫌いじゃなかったので幅広い分野の知識を脳に収めた。活躍する場がなくても貯《た》めて損にはならないと学んで来た。子供達に使って喜んでもらえるのなら本望だ。

「出発は明日だよ。出向する女性神官と一緒に向かってもらうよ。彼女には僕の知り合いの娘だと話を通してあるからね」

「ありがとうございます、司祭様」

此処で今日は泊まって、と大教会にある客室に入った。ベッドとテーブル、クローゼットや鏡台がある。テーブルに鞄を置き、司祭が去って行くと扉を閉めた。

鞄を開けて持って来てしまった栞を眺めた。

幼い頃、お気に入りの栞を失くして新しい栞を探しているとミゲルに話したら、翌日フィービー宛に贈られた。青い小鳥が木の枝に止まっている可愛い栞だ。次にミゲルに会った時、栞のお礼を述べ感想を言った。ミゲルの表情は変わらないままだった。

好きだと言われても心に響かなかったのはミゲルへの想いが完全に消え失せたからじゃない。もう、疲れ切ってしまって何も感じなくなったから。ただ、父と兄への怒りは健在だった。先に捨てたのはそっちなのに、フィービーが拒絶したら怒る。自分の事は棚に上げるのにおかしな人達だと笑うと扉がノックされた。

司祭だと思って名乗りを待たずに開けて——後悔した。

すぐ閉めようとした扉は訪問者——ミゲルの手によって阻まれ、力の差では敵《かな》わないフィービーはあっという間に部屋に押し込められた。

「な……なんで……」

どうしてミゲルが此処にいるのか。愕然《がくぜん》とするフィービーにミゲルは無表情で答えた。

「……今日、侯爵家を出て大教会に来たんだ。司祭様に会って、フィービーの事を相談したんだ。そうしたら、君が侯爵家を出て地方の教会で働くと聞いたんだ」

心の中で司祭に絶叫するも表面は冷静を装った。

「フィービー……お願いだ、行かないでくれ、ずっと私の側にいてくれっ」

「アリアージュ公爵夫人になって、貴方とダイアナ様の仲睦《なかむつ》まじい姿を見ていろと？」

「そうじゃない、妻として私の側にいてほしいんだ」

「言ったでしょう。貴方が嫌いなの」

「……」

　本当に嫌いになれたらどれだけ楽になれるか……。気持ちを表に出さず、嫌いだと分からせる表情と声色を貫いてさえいればミゲルだって諦める。綺麗なアイスブルーの瞳に濃い翳りが出た気がしたが気のせいだろう。ふん、とそっぽを向いた。嫌な女というのは、なんとも演じやすい。素質があったのだろうか、演者にも向いてそうだと内心苦笑した。

「……それでもいい。それでも、君に側にいてほしい」

「私にとっては大きなストレスね」

「フィービーは……他に好きな相手でもいるのか？」

「幼馴染と堂々と仲良くするから、私も同じような相手がいると？　馬鹿にしないで」

　悔しいがずっとミゲル一筋で生きてきた。他に好きな相手がいれば良かったのだが、フィービーにとって好きな人は今も昔もこれからもミゲルだけ。

「ごめん……」

「謝るなら、最初から聞かないでいたら良いじゃない」

「そうだな……。こうやって……君と話すのは初めてだ……ずっと侯爵に止められていたんだ」

「父に？」

　思いがけない相手が出て目を丸くした。力無く笑うミゲルを見て胸が痛んだ。初めて向けられた笑みがこんな悲しいものだと思わなかった。

聞くとミゲルがフィービーに対し無表情なのも、会話もあまりなかったのも、全て父である侯爵に頼まれていたからだと。

フィービーはあくまで亡き母とアリアージュ公爵夫人の縁によって結ばれた婚約を守ろうとしているだけでミゲルをどうこう思っていない。そう見えても侯爵令嬢として当然の行いをしているだけだと。フィービーに笑い掛けず、愛想良くしなくていい、必要最低限の役目だけを果たしてくれと頼まれたとか。

初めて聞かされた話にフィービーは動揺した。

「な、何故、どうして父はそんな事を……」

「きっとフィービーには侯爵家にずっといてほしかったんだろう。亡き侯爵夫人そっくりな君を手放したくなかったんだ」

「そんな訳ないでしょう！　ミゲルだって聞いていたでしょう？　私が過去に父や兄に何と言われていたかを……」

「……ああ。私も聞いて驚いた。そして分かった。君が侯爵達と距離を置く理由が」

フィービーには突き放す態度を示し、ミゲルにはフィービーを侯爵家から出さないよう手を回していた。

有り得ない、信じられないと首を振るフィービーを痛ましげに見つめていたミゲルは不意にある物を差し出した。フィービーが父の手を振り払った事で飛んでいったあの小箱。綺麗に包装し直したのかどこも傷んでいない。

「フィービー。これは君の為に作らせた。要らないなら捨ててくれて構わない」

「……捨てて良いものを渡さないで」

「なら、捨てないでくれ。要らないなら……どこかに仕舞ってくれて構わないから。フィービー、受け取ってほしい」

フィービーは緩く首を振った。

「ミゲル……此処でお別れをしましょう。父については私が代わりに謝る。ミゲルは幸せになって。私はこのまま地方へ行く」

「フィービー」

「ずっとミゲルはダイアナ様が好きなんだと思ってた……一度や二度くらいなら、偶々《たまたま》なんだって自分に言い聞かせた。でも、何度もデートをダイアナ様を理由にキャンセルされて……挙句《あげく》に贈り物さえ渡せば気が済むと思われた事に腹が立った」

「わ、悪かった。それについては本当に悪かった。両親にかなり叱られた」

ダイアナからの要請に無理に応える必要はないと言われていたものの、ミゲルが行かなかった日には更に体調を悪化させ生死を彷徨《さまよ》ったダイアナを見てしまうと幼馴染としての情で行かないという選択肢がなくなってしまう。フィービーに愛想を尽かされるのは当たり前だと、諦めて婚約解消の手続きを始めるとアリアージュ公爵夫妻に言われた時は本気で焦ったとミゲルは語った。婚約解消になってしまえば侯爵の思い通りになってしまい、二度とフィービーに会えなくなる。

司祭からフィービーの話を聞いたミゲルは両親にたった一度の機会として今夜此処へ来た。フィービーを説得出来たなら良し、出来なかったら大人しく婚約解消を受け入れると。

「フィービーは薔薇が好きだから、渡したら喜んでくれると思って……」

「……私の好きな花、知っていたの？」

「知ってる。フィービーの好きな物はなんだって。フィービーが話した事も全部覚えてる」

「私はミゲルが嫌いよ……ミゲルの好きな物なんて知らない……」

「うん……嫌いでもいい……それでもフィービーと一緒にいたいんだ……」

このまま受け入れてしまえば、きっと楽になれる。それでもフィービーにも意地があった。何より、危険を承知で家出に手を貸してくれた二人の為にも無駄にはしたくなかった。

「地方の教会で子供達に勉強を教えてあげたいの……」

「うん」

「お父様やお兄様と二度と会いたくないの……何なら話だって耳に入れたくない……」

「うん」

「でも、お義母様《かあ》は良い人で……ジゼルは良い子で……もっと仲良くなりたかった……ただ、あの二人の前で笑いたくないの……」

「うん……」

「ダイアナ様と一緒にいるミゲルを見るのも嫌だったの……どこにも私の居場所がないなら……自分から出て行って新しい居場所を見つけたかった」

「……フィービー……」

　気付くとフィービーの瞳から幾つも涙が流れ落ちた。

　ミゲルを嫌いじゃない事、ダイアナを優先してほしくない事、何度もデートを無しにされて悲しかった事、ダイアナに見せるような表情を自分にも見せてほしかった事。今まで溜めに溜めていた気持ちを涙と共に出していくとミゲルはどんどん項垂れていったが、最後には顔を上げてフィービーを抱き締めた。

　フィービーは拒絶しなかった。

「ごめん……フィービー……ごめん。私が大馬鹿だった。これからは二度とフィービーを傷付けたりしない。侯爵もダイアナも関わらせない。私もフィービーと一緒に行く」

「え……」

　泣いた顔のままミゲルを見上げた。今、何と言われたかフィービーは再度訊ねた。一緒に行くとはつまりミゲルも地方の教会に行くということ。理解すると慌てだし、ミゲルに落ち着くよう背中を撫《な》でられた。

「両親には明日話す。フィービーは先に地方へ行って。必ず後を追うから」

「何を言ってるの、ミゲルはアリアージュ公爵家を継がなきゃならないのよ？」

「ずっとはいられない。フィービーが戻ると言うまでいるつもりだ」

「私は戻るつもりはない。だって……」

「……ここだけの話だけど。ダイアナは半年後、熱砂の国の王子に嫁ぐ。ダイアナはずっと嫌がっているけど既に決定されている」

「ダイアナ様が……」

嫌がっているのはきっとミゲルの存在があるからだろう。ダイアナがミゲルを好きなのは誰の目から見ても明らか。病弱を盾に周囲の取り巻きを使って何度か嫌がらせを受けて来た。

「侯爵達に会いたくないなら、会わなくていい。アリアージュ公爵家に嫁げば、会うのは社交の時だけだ。君が望むなら、もし彼等が来ても追い払ってみせる」

「……それでも私が戻らなかったら……？」

「君を待ち続ける。フィービー……どうか……君の側にいさせてほしい」

そっと体を離したミゲルに小箱を渡された。今度は受け取ったフィービーは言われるがままリボンを解《ほど》き、包装を外して箱を開けた。中にあったのは薔薇の形をしたルビーが埋め込まれた金色の腕輪。宝石がルビーなのはフィービーの好きな薔薇を連想させるから、腕輪が金色なのはフィービーの好きな色だから。フィービーの好きを詰め込んだフィービーの為だけの腕輪。他の誰かに贈っても似合いはしない。サイズもぴったりですっぽりと通った。

綺麗……と呟《つぶや》くとまたミゲルに抱き締められた。

「フィービー……お願いだ……君が好きなんだ……、私に最後の機会をくれ」

「ミゲル……」

切ない声でフィービーに許しと愛を乞《こ》う男が今まで見て来たミゲルという印象から大きく離れていく。

ゆっくりとミゲルの背に手を回した。こうして抱き締め合った事もない。ミゲルの背はフィービーが思っていた以上に大きくて固い。

「ずっと信じないかもしれないわよ」

「それでもいつかは信じてもらえるようにする」

「他に好きな人が出来るかもしれない」

「そうなったら、その男以上に君が好きだと証明してみせる」

「……ミゲルだって、魅力的な女性に会って好きになるかもしれないわ」

「決してないよ。私の一番はフィービーだ」

「……」

きっと、何を言ってもミゲルは諦めたりしない。

そっと……息を吐いたフィービーは体を離してもらい、不安げに見つめるミゲルに微笑んだ。

「なら……私がもう一度ミゲルといたいと思わせて……」

「！　ああ、絶対に、約束する」

二人は再び抱き合った。

強い抱擁に息苦しさを覚えつつも、薔薇の花束を台無しにした件を謝罪した。

「いいんだ、私が悪かった。今度、新しい薔薇の花束を持って来る。受け取ってくれる？」

「ええ、必ず」

――その日の夜、ミゲルは一旦アリアージュ公爵家に戻り、フィービーは大教会の客室で眠った。

翌日、司祭に文句を言いつつもミゲルに会わせてくれた礼を述べた。

「仲直りが出来て良かった。あのまま、何も言わずにフィービーが消えたら、彼は何をしでかすか分からなかったから」

「言い過ぎでは……」

「勘というものは意外と当たるのだよ？　さあ、そろそろ時間だ」

司祭の言う言葉が正しいかは置いておき、出向する女性神官と馬車に乗り込み出発した。男爵令嬢で歳も近く、初めは身分の差で恐縮されるも時間が経《た》つとお互いに慣れ、口調も砕けるようになった。

道中何事もなく、予定の日数通りの移動で地方の教会に到着した。驚く事にミゲルは先に到着してフィービーを待っていた。

「フィービー！」

フィービーを見るなり抱き締めて来たミゲルの背を叩き、恥ずかしいと文句を言っても破顔するミゲルを見ると何も言えなくなり、しょうがないと笑った。

「父上や母上には了承してもらった。私が少しいないくらいでどうにかなる家じゃないから、フィービーを口説《くど》いて来いと背中を蹴られたよ」

「だ、大丈夫？」

「平気さ。これでも騎士として鍛えられてきたから。私は町の宿で生活する。毎日フィービーに会いに来るよ」

「待っていて良いの？」

「絶対に毎日会いに来る。待っててくれ」

「……待ってるわ」

「それと」とミゲルはフィービーから離れると馬車に積んでいた薔薇の花束を渡した。この間受け取らなかった薔薇の花束を今度こそフィービーは受け取った。薔薇に顔を埋め、芳醇《ほうじゅん》な香りに顔を綻《ほころ》ばせた。

「今頃、家は大変そうね……」

「ああ。でも君は何も気にしなくていい。私の両親が上手く言いくるめている」

いなくなったフィービーを必死になって捜す父と兄を止めたのはアリアージュ公爵夫人。一応、それらしい理由を書いた置手紙を残して来て正解だった。

教会で保護されている設定にしたらしいので、今度手紙を送ろう。二度と会いたくない旨を書きつつ、育ててくれた事だけは感謝していると書こう。

少しくらいなら話しても大丈夫だからとミゲルが乗って来た馬車に乗り込み、隣り合わせで座った。

「お父様とお兄様は、アリアージュ公爵家に押し掛けたの？」

「ああ。君が書いた置手紙を見てすぐに訪ねて来た。フィービーが出て行ったと大騒ぎだった」

いなくなってから済まなかった、愛しているんだと許しを乞う二人の姿がありありと頭に浮かぶ。

現実に見たとしても許す気はフィービーにはない。時間が経てば考えを変えるとしても、当分は絶対にないだろう。

「公爵様や夫人にお詫びの手紙を書かないといけないわ」

「いい。フィービーに会ったら、私達に気を遣わないでと言伝《ことづて》を預かってる」

寧《むし》ろ、侯爵家の事もダイアナの事も気にせず地方でゆっくり過ごせばいいとさえ言われた。

ミゲルに貰った薔薇の花束に顔を埋め、甘い香りを嗅《か》ぎ心を穏やかにさせる。薔薇の花が好きなのはきっと母の影響。亡くなった母も薔薇の花が好きだった。ミゲルが覚えていてくれて本当はとても嬉しい。父や兄は覚えているだろうか？　フィービーの好きな物が何かを。ふう、と溜め息に近い吐息を零すと「フィービー？」と不安そうに顔を覗《のぞ》かれた。

フィービーは緩く首を振り「違うの」と否定し、自分の心情を明かした。

「こうやって、折角ミゲルと一緒にいるのにどうしてもお父様やお兄様の事を考えてしまって」

「フィービー……」

「ミゲルは私の好きな物を覚えていても、あの二人は何も知らないだろうなって」

「……」

ミゲルは何も言わない。そんな事はないとは言えないから。安易な言葉はフィービーを傷付けると知っているから、何も言えなくなる。

馬車内の雰囲気が暗くなってしまった。別の話題はないかと探したフィービーは、ふと、ある事をミゲルに訊ねた。

「ミゲルは此処にいる間は何をするの？」

「え？　ああ、私もフィービーと同じで子供達に勉学を教えるよ」

一部の富裕層を除いて平民の識字率はまだまだ低い。地方の教会に神官を派遣し、職務を全うする傍《かたわ》ら子供達に文字の読み書きや簡単な数字の計算を教え、将来職に就く手助けを行う。文字の読み書きや数字の計算が行える事で就職にかなり有利となる。

「あと、男の子には剣の稽古《けいこ》をつけてやりたい。平民の採用もここ数年で増えてきている。ここで将来有望な騎士を育てて、帝国の未来を守る存在になってほしい」

騎士の家系たるアリアージュ公爵家の次期当主らしい考えだ。フィービーも自分も似たようなものだと語る。

「私もよ。女の子に刺繍《ししゅう》や貴族の礼儀作法を教えようと思うの」

「礼儀作法を覚えられれば、貴族家の使用人として雇ってもらえるな」

「ええ。刺繍も腕が上達すれば、それらを販売してお金にもなる」

国の将来の為となる子供達に小さな事でもいい、何かしてあげたい。侯爵家にいたくない、ミゲルとダイアナの仲をずっと見続けたくない、どこか遠い場所に行って人生をやり直したいと願ったフィービーが考えたのが――教会が支援する孤児院等にいる、身寄りのない子供達への教育。教師でもなんでもない、一令嬢に過ぎない自分が授けられる知識などたかが知れているが与えられる知識《もの》は何だって与える。

「やりたい事、してみたい事が沢山あるから、どれを最初にしたら良いのか全然分からない」

「ゆっくりでいいと思う。教会の責任者と相談したっていい。私もフィービーと一緒に考える」

「うん……」

薔薇の花束を抱えたままだからか、そっとミゲルに抱き寄せられた。今までこうして抱き締められた回数はあまりに少ない。暫くこのままでいたがそろそろ時間だからと身体を離し、先にフィービーが馬車を降りた。

「ダイアナ様はどうしたの？　熱砂の国に嫁ぐと言っていたけれど……」

「ダイアナはもう帝都にはいない」

ミゲルによるとダイアナはローウェル夫妻によって領地へ送られ、嫁入りする日まで帝都に戻れなくなった。ミゲルとアリアージュ公爵が手を回した。ミゲルと結婚すると泣き叫ばれても何とも思わなかったと語ったミゲルの表情は無で、本当に何も思っていないのだと感じた。

「教会の責任者の方と会ってくるから、また後で会いましょう」

「ああ」

薔薇の花束を持ったままミゲルと別れた。

いつもなら憂鬱《ゆううつ》な時間がやっと終わったと安堵していた瞬間が、今はとても寂しく思えた。

少し離れただけでまたすぐに会いたくなった。

早く挨拶《あいさつ》を終わらせてミゲルに会いたい。

でも、とフィービーはまた薔薇の香りを嗅いで心を落ち着かせた。

慌てなくてもミゲルとは必ず会える。何時だって会える。

新しい居場所でミゲルとやり直せる自分は、誰に何と言われようと幸せだ。

殿下のために悪女になります！

高《たか》岡《おか》未来《みらい》
ill. 桜《おう》花《か》舞《まい》

お昼休みの食堂。

金髪の女子生徒が小さく首を傾《かし》げながら隣に座る男子生徒を見つめている。

「ねえ、ユージーン様。今日は天気がいいのですもの、午後の授業はエスケープして王都に遊びに連れて行ってくださいませ」

「僕の可愛《かわい》いお姫様の仰《おお》せのままに」

誘われた銀髪の男子生徒は、美しい顔に笑みを浮かべて恋人の提案に快諾した。

午後の授業をサボろうと提案しているその姿は、男を悪の道へ唆《そそのか》す悪女そのもの。

「ではさっそく行きましょう」

立ち上がり、恋人のユージーンに向けて優雅に手を差し伸べる。

なにしろアシュリーは彼を惑わす悪女なのだから。


それは新学期が始まった初秋の、ある日の放課後のことだった。

この王立学園は、もとは貴族子弟のための全寮制の寄宿学校で入学資格は男子のみだったのが、約十年前に女子の入学も認められ、同時に寄宿制と通学制から選択できるように改められた。

入学資格は三親等以内に爵位を持つ人物がいることと、その人物の推薦状を入学時に提出すること。一応基礎学力を測る試験は存在するのだが、推薦状があれば入学はできる。ただし、入学後に一定の成績を収め続けなければ退学勧告を受けることにはなるが。

そんな学園で二年を過ごしたアシュリーは、この秋三年生になった。最上級生だ。

だからといって劇的に何かが変わるということもなく、この日もアシュリーはいつものように第二校舎裏の庭園で読書に励んでいた。

借りてきた本の第一章が終わりに差しかかった頃《ころ》、幼馴染《おさなな じ》みのユージーンが姿を現した。

「アシュリー」

「僕のお願いを聞いてくれる？」

と言って彼が切り出したのは「仮初《かりそめ》の恋人になってほしい」というもので。

アシュリーは驚いた。スウィンリス王国の第二王子でもある彼は、冗談でこんなことを言うお人ではない。むしろ誰とも噂《うわさ》にならないよう細心の注意を払っていると思っていたくらいだ。

彼とは校舎裏の庭園でよく話す仲ではあるが、それはここが生徒たちから人気のない場所だからで、人の目がある教室では必要以上に会話をすることはない。

「聡《さと》いアシュリーのことだ。前生徒会長だったボアーネ先輩が卒業して新年度が始まった。今まで均衡を保っていた生徒会がコルニュ家寄りのメンバーになったと言えば、僕が何を言いたいか理解してくれるだろう？」

アシュリーは少しの間押し黙った。頭の中でスウィンリス王国貴族社会の勢力図を思い描く。

そして一つの答えを導き出す。

「昨年まで生徒会長を務めていたボアーネ先輩が卒業して生徒会内の均衡が崩れ、このままではコルニュ家率いる懐古主義派に勝手に担《かつ》ぎ上げられる可能性がある。そのために彼らと距離を置く理由がほしい。という解釈でよろしいでしょうか」

「その通り。オレール・コルニュは悪い人間ではないんだけれど、取り巻き代表のように始終つきまとってきてね」

コルニュ侯爵家が現王太子のリベラルな考え方に反対する姿勢を持つ懐古主義で、同じく新しいものや考え方を積極的に取り入れようとするボアーネ公爵家を毛嫌いしているのは学生であるアシュリーの耳にも入ってくるほど有名な話だ。

そう、貴族社会の勢力争いはアシュリーが通う王立学園内であっても無縁ではないのだ。

学年が上がり新たに生徒会長となったユージーンを擁する生徒会のメンバーはややコルニュ家寄り。副会長は中立を標榜《ひょうぼう》する侯爵家の次男だが、会計二人もどちらかというと懐古主義寄りの家だという。

ユージーンがその碧《あお》い瞳《ひとみ》に憂《うれ》いを乗せる。

「どう距離を置くのが自然かと考えた結果、恋人を作るのがいいんじゃないかって思ったんだ。恋人ができて浮かれすぎて可愛い恋人の我儘《わがまま》を全力で叶《かな》えるような姿を見せ続けていればコルニュ侯爵は、僕を使えないと判断すると思うんだ」

それに、とユージーンが瞳を煌《きら》めかせた。

「僕と恋人演技をすればアシュリーにとっても都合がいいと思うんだ」

「え……？」

「僕と相思相愛だという噂は上流階級社会の間に広まるだろう。ということは、不本意な縁談を先延ばしにすることも可能なんじゃないかな」

「！」

先日ついうっかり、三十五歳以上年上の男性の後妻になりそうだと零《こぼ》してしまったのを彼は覚えていたようだ。

「確かにユージーン様と恋人の振りをすれば時間稼ぎにはなりますね」

アシュリーには夢がある。いくら望んでも父の許可が下りなければ実現しないし、そんな自分を嘲《あざ》笑《わら》うかのように水面下で縁談話が進められていた。今ここで彼の手を取れば、夢に手が届くかもしれない。

アシュリーは改めてユージーンを見つめた。

銀色の髪はさらさらで碧い瞳はサファイアを思わせる。十七歳の彼は、初夏を匂わせる瑞々《みずみず》しさと煌めく輝石のような美貌《びぼう》を持ち、「見つめられたら十秒で気絶してしまう」との学園伝説がまことしやかに語られている。

彼に憧《あこが》れている女子生徒は大勢いる。いや、子供の頃から彼は非常にモテていた。

歴史ある伯爵家の長女として生まれたアシュリーは、子供の頃から王家の子供たちとの交流会という名のピクニックや野外散策の会にお呼ばれしていた。集まりでは、王女や王子に気に入られることは名誉あることだとばかりに、常に多くの貴族子息たちが彼らを取り囲んでいた。

(わたしは遠目から眺めていただけなのに、ある日お一人で休憩していたユージーン様と出会ってしまって、なんだかんだと話をして……なぜだか今の時点まで友人関係が続いているのよね)

正真正銘《しょうしんしょうめい》の王子様を前にしてもきゃあきゃあ黄色い声を上げなかったのが、彼にとって心地よかったのだろう。

「で、ですが……、皆の憧れのユージーン様の恋人役がわたしのような凡人では納得しないのではないでしょうか」

「アシュリーは可愛いよ。金色の髪はお日様の光のように輝いているし、紫色の瞳も神秘的だ。落ち着いた佇《たたず》まいと思慮深い言動は貴族令嬢の見本だし、教師たちだって一目置いている。それに成績は常に学年五番以内に入っている才媛だ」

「何やら褒めさせてしまってすみません」

「これは僕の本心」

ユージーンがにこりと微笑《ほほえ》んだ。さすがは王子様。褒め上手《じょうず》である。

「それに僕がきみにぞっこんになるという設定だから、周囲が認める認めないは関係ないんじゃないかな」

「それなんですけど、いくら演技とはいえダメ王子を演じるのはユージーン様のためになりません。だったらいっそのこと、ひどい悪女に騙《だま》されて一時足を踏み外してしまった、の方があとあとの傷にはならないかと――」

と言いながら考えをまとめる。

「ユージーン様はわたしという悪女に騙されて自堕落《じだらく》な学園生活を送る――。この設定なら、あれは黒歴史だったと、のちのち笑い話になるのではないでしょうか」

我ながら妙案ではないだろうか。オレール・コルニュたちの目を欺《あざむ》くためとはいえ、彼がその評判を何から何まで落とす必要はないのだ。真の悪は他にいた、の方がいいに決まっている。

「ええと……アシュリーが悪女になるの？　なれるの？」

「もちろんなれます」

「そうなったらきみの評判が傷付くじゃないか」

「あ、それなら大丈夫です。わたしは卒業したら隣国に渡るつもりなので」

「それは初耳だ。詳しく聞かせてもらっても？」

隣に座るユージーンがずいと迫ってきた。笑顔を浮かべてはいるが圧が強い。ちょっぴり体を後ろにずらしてしまう。

「実は十八歳になったら、つまりは成人したら、母方の祖母から財産分与を受けることになっているんです。それで……あの、隣国の大学に留学したいなあ、と」

結果としてアシュリーは聞き出し上手なユージーンに淡い夢をつらつらと語ってしまった。生活費の当てはある。奨学金の申請さえ通ればやっていけるのではないか。生活費は足りなくなったら家教師をすればいいし、卒業後はあちらに残って身の振り方を考えてもいい、などだ。

全部を聞き終えたユージーンは謎の圧強めの笑顔を取り払って爽《さわ》やかに言った。

「僕はアシュリーの夢を全力で応援するよ」と。

「女の幸せは進学よりも結婚だよと言われなくてよかったです」

アシュリーはホッと息を吐いた。上流階級での女性の結婚適齢期は十七歳から二十歳。大学を卒業したら二十を越えるため、進学は女性たちから敬遠されている。女性の幸せは家のために結婚をして、夫の留守を預かり、社交に勤《いそ》しむことという考えが浸透しているからだ。

「では明日からさっそくユージーン様を惑わす悪女としてお役目に励みます」

彼のためにも、そして自身の将来のためにも頑張ろうではないか。

「……悪女でいくんだ」

「あ、馬鹿《ばか》にしていますね。ユージーン様もびっくりする悪女を見せて差し上げます」

生温《なまぬる》い視線を送ってくるユージーンに対して、アシュリーはそう意気込んだのだった。


翌日の二限目開始前、講堂に入ってきたユージーンに一人の女子生徒が飛びついた。

「ユージーン様、お待ちしていましたわ！」

弾《はじ》けるばかりの笑顔と高音域の弾《はず》んだ声が講堂内に響く。名指しをされたユージーンが口を開く前にオレールがアシュリーに向けて侮蔑《ぶべつ》的な視線を放つ。

「おまえ――」

オレールの声を遮るようにユージーンもまた大きな声を出した。

「昨日以来だねアシュリー。一限目の授業は僕がいなくて寂しかっただろう。僕もきみのいない授業は寂しくて寂しくてたまらなかったよ」

「ユージーン様がいらっしゃるのを今か今かと楽しみにお待ちしていましたわ」

彼に飛びついた女子生徒もといアシュリーは目を輝かせて高らかに言った。

次の授業は必須科目の世界史概論。そのため、同級生たちはほぼ全員講堂内に集まっている。

恋人宣言をするのならできるだけ大勢の前で。これは昨日二人で話し合って決めたことだ。

「ねえユージーン様、わたしたちは恋人同士なのですもの。隣同士で座りたいですわ」

「もちろんだとも、可愛いアシュリー。せっかく恋人同士になったんだ。同じ授業の時は必ず隣同士で座ろう」

「わあ、嬉《うれ》しいっ！　二人きりの世界に浸《ひた》りたいので、後方の席に座りたいですわ」

オレールに話に入る隙《すき》を与えずに、二人だけの世界を醸《かも》し出す。

同級生たちは突如始まったアシュリーとユージーンの恋人宣言に釘付《くぎづ》けだ。それはそうだろう。昨日まで何の接点もなかった二人が突如交際宣言をしたのだから。

(空いている席は……っと、そうだわ。誰かから席を奪うのは悪女っぽい行動よね)

自由席とはいえ座席というのは定位置がおのずと決まってくる。

「ねえ、あなた。今日のわたしはユージーン様とこの席に座りたい気分なの。いつもわたしが座っている前方のあの席と代わってちょうだい」

階段席の上部まで上がり、真面目《まじめ》そうな男子生徒に向かって命令する。彼の隣は一人分空席のためちょうどいい。

「は、はいっ！」

男子生徒は上擦《うわず》った声で答えて勢いよく立ち上がり前方に向かって駆け下りた。彼が着席したのは今しがたアシュリーが指し示した教壇から近い前方二列目の中央部分である。

「さあ、ユージーン様一緒に座りましょう」

隣同士で座ったアシュリーは、二人の仲の良さを演出するためにユージーンの腕に自分のそれを絡《から》みつける。女性の方から男性に引っつくなんて今までのアシュリーであれば考えられない行為だが、今は悪女なので良しとする。

「ア、アシュリー……？」

体を密着させると同時にユージーンが僅《わず》かにびくりと体を震わせた。

突然のことにびっくりしたのだろう。耳元で「我慢してくださいませ」と囁《ささや》く。

ユージーンはやや頰《ほお》を赤らめながら「言い出したのは僕だけど、まさかここまで……う……罪悪感が……」などと、わけの分からないことを口の中でぶつぶつ唱えている。

今、自分たちは講堂内の同級生たちから大注目されている。若干《じゃっかん》挙動不審な彼から意識を逸《そ》らさなければ。

アシュリーはユージーンに甘えるようにさらに体を押しつけた。

「ユージーン様はわたしのものなのだから、わたし以外の誰かと親しくしないでくださいね。わたし、妬《や》いてしまいますわ」

「ああ、分かったよ」

周囲に聞こえるように高い声を出したアシュリーにユージーンが頷《うなず》いた。こうしておけば彼は「アシュリーにお願いされているから」という体《てい》で懐古主義に傾倒した家の生徒から近付かれても距離を置くことができるだろう。

授業開始の鐘が鳴り、教師が入室してきた。いつも通り授業が始まる。

世界史概論が終われば次はお昼休みだ。食堂にはほぼ全校生徒が集《つど》う。ここでもしっかりアシュリーとユージーンの関係を知らしめておかなければならない。

さて、どのような悪女ネタでいくべきか。と真剣に考えていたら二時限目が終了していた。

「ユージーン様、もちろん昼食も二人きりでとりましょうね！」

引き続き一緒にいるのだと周りに見せつけるために、彼の腕にぴたりと身を寄せる。

「ちょっと待て！　ユージーン様は僕たちといつも昼食をとるんだ！」

階段席を降りる道すがら、少年が正面に立ちふさがる。

ユージーンの取り巻きを自任するオレール・コルニュだ。アシュリーに向けるはしばみ色の瞳の中には爛々《らんらん》と怒りの炎が燃えている。無理もない。彼にも彼の事情があるのだから。

「今日からユージーン様はわたしと一緒に昼食をとるのです。だって、わたしたちは恋人同士なのですから」

悪女らしく、ふふん、と唇に弧を描き胸を反《そ》らす。結構、堂に入《い》っているのでは、と自画自賛してみる。現に目の前のオレールが顔を赤く染め怒りを表す。

「なんだと⁉　き、貴様――」

「そういうわけだから、今日からオレールたちとは昼食はとれない。僕は真実の愛に目覚めたんだ。もうアシュリー以外目に入らない」

ユージーンが蕩《とろ》けるような声を出し、アシュリーの空いている方の手をそっと持ち上げて甲に口付けを落とす。

どこかから「きゃぁぁぁ」という女子生徒たちの黄色い悲鳴が聞こえてきた。

「ユ、ユージーン様……？」

オレールがぽかんと口を大きく開けた。

「アシュリーを讃《たた》える詩を書こうかな。それともその愛らしさを絵にしたためようか。僕はきみの虜《とりこ》なんだ。一生離さないよ、アシュリー」

熱のこもった瞳でじっと見つめられ、愛の言葉を囁かれる。気持ちの込められた声と瞳に、演技だと分かっていても心臓が早鐘を打ってしまう。

（ここで恥ずかしがったら悪女演技が台無しだわ……）

ユージーンの愛をしっかり受け止め、さらにこちらが上位に立ってこそ、アシュリーがユージーンを惑わしたという事実が歩き出すのだ。

「そ、そんなに愛を乞《こ》うてくるのなら、昼食の席で示してもらおうじゃないの」

何を言っているのかよく分からなくなってきた。でも居丈高《いたけだか》な物言いが悪女っぽいので良しとする。

「僕の愛を示すためにも、早く食堂に行こう」

いつの間にかユージーンにエスコートされる形で講堂を出て食堂へと向かったのだった。


その日の夕刻、屋敷に到着する頃にはぐったり疲れていた。肉体的疲労ではなく精神的疲労が多大だった。

（こ、恋人同士の演技って……大変なのね）

耳元で愛を囁かれたり膝《ひざ》の上に乗せられたり。未知なる経験にビックリしすぎてアシュリーはくたくたであった。

「お義姉《ねえ》様、今日のあれはいったいどういうことなの⁉」

玄関扉をくぐった途端に義理の妹リリーベルの高い声が響いた。学園ではオレール・コルニュを警戒するばかりですっかり失念していた。一つ年下の妹も同じ学園に通っているのだから、当然アシュリーのあの変貌ぶりを目にするなり耳にするなりしているのだった。

「どうもこうも、学園での通り、わたしとユージーン様は相思相愛なの」

にっこり笑って返事をするも「嘘《うそ》に決まっているわ！」と全否定が返ってきた。

「だってお義姉様はこれまでぜんっぜんユージーン様と接点がなかったじゃない！」

「わたしたちは真実の愛に目覚めたの」

と、今日何回繰り返したか分からない台詞《せりふ》を再び口にした。午後の選択授業で女子生徒たちから問い詰められた際、この台詞で乗り切った。親友のエマは何か言いたそうにしていたけれど。今は何も聞かないでほしいと心の中で念じておいた。

「玄関近くでどうしたというのですか」

「お母様！」

リリーベルの甲高《かんだか》い声を聞きつけたのだろう、二人の母であるヘインズ伯爵夫人が現れた。

彼女は病で妻を失くした父伯爵が迎えた後妻で、リリーベルは彼女の連れ子である。父と継母《ままはは》の間には男児が生まれ、現在は五人家族だ。

リリーベルが訴えた内容にヘインズ夫人が目を見張る。

「そ、それは……こういう場合はなんて言うのが正解なのかしら。学園内での……おままごとのようなものでもあるわけだし」

何とも微妙な返事をもらった。彼女が困惑するのは当然だろう。秘密裏にアシュリーの縁談を進めようとしているのだから。それも相手は三十五歳以上も年上の男性の後妻として。

（お義母《かあ》様はわたしとリリーベルを公平に扱っているように取り繕《つくろ》うけれど……、ここにきて本性を出してきたのよね。まあ、持参金を含めた結婚費用を一人分浮かせれば、その分リリーベルの支度を豪華にしてあげられるって考えなんだろうけれど）

女の結婚にはお金がかかる。そして、いい条件の男性は売れるのが早いし競争も激しい。継母は実の娘リリーベルに最高の夫をあてがいヘインズ伯爵家の娘として送り出したいのだろう。

「ユージーン様は、ご自身の将来については裁量を任されているとおっしゃっていましたわ。ヘインズ伯爵家は古い家柄ですもの。特に問題もないかと思いますし、お父様もわたしとユージーン様の仲を応援してくださると信じていますわ」

「それは……そうね」

貴族の体面を気にする性質の父は、娘が王家と縁続きになる可能性に賭けるだろう。

（このままユージーン様との噂が広がってくれれば、相手の方から断りを入れてくるはずよね）

まさか第二王子と張り合う寡《やもめ》がいるとは思えない。

「わたしは絶対に認めないんだからぁぁ！」

というリリーベルの叫びは気にしないことにして、アシュリーは自室へ向かうべく階段を上った。


「僕の可愛いお姫様。僕に奉仕をさせてくれ」

「まあ……ありがとう」

お昼休みの食堂にて、アシュリーはユージーンの膝の上に乗って彼の手ずから昼食を食べさせてもらうという羞恥《しゅうち》プレイに甘んじ……もとい悪女役に徹していた。

交際宣言初日の食堂で「可愛い恋人のわたしに手ずから食べさせて」とお願いをしたところ、どうしてだか膝の上に乗ることになって放してもらえなかった。

そしてそれがお昼休みの普通になりつつある……。

（は、恥ずかしい……）

何度やっても慣れない。酸欠で息絶えてしまいそう。

しかし、アシュリーはユージーンを惑わす悪女なのだ。悪女らしく王子様をこき使わなければならない。彼から食べさせてもらうだなんてアシュリー・ローズ・ヘインズはとんだ悪女だ、と思ってもらうには、これを続けなければいけない。

「僕のアシュリーは本当に可愛いね」

ユージーンがふわりと微笑む。ただの友人だったはずなのに、妙に心臓がどきどきして、背中に回された手のひらから伝わってくる体温に意識が持っていかれてしまう。

(わ、わたし、どうしちゃったの⁉)

まさかユージーンの醸し出す艶《あで》やかな雰囲気にこうも呑《の》まれてしまうとは！

演技とは分かっていてもこの破壊力。もう無理。恥ずかしい。

アシュリーは勢いよく立ち上がった。背中に手を回されていたとはいえ、拘束力はほぼない。演技をしているだけなのだから。

「食事はもう結構ですわ。わたし、今日はデザートが食べたい気分なの」

「お姫様は何のデザートをご所望《しょもう》かな？」

食堂はビュッフェ形式だ。前菜やメイン料理、それからデザートが用意されているのだが、アシュリーはユージーンの腕を取りビュッフェ台を無視して外へと飛び出した。

そのまま学校をも飛び出し、辻《つじ》馬車を拾って王都中心部まで行ってほしい旨《むね》を告げた。

「アシュリー？」

馬車が走り出した途端にユージーンから怪訝《けげん》そうに呼ばれた。当然だろう。デザートが食べたいと告げられたのに、なぜだか馬車に乗ることになったのだから。

「ええと！　そう、王都の人気お菓子店でデザートが食べたいのです。午後の授業をサボって王都でデートする。これこそユージーン様を誘惑する悪女の所業ではないですか」

「悪女っぷりが板についてきたね」

　ユージーンが面白《おもしろ》そうに相槌《あいづち》を打つ。

　ちなみにこれは歩きながら考えた言い訳だ。恥ずかしすぎる膝乗り昼食から逃げられれば何でもよかった。

「そう……悪女は真面目に授業など受けないのです。とはいえ、ユージーン様が落第してしまうのは本望ではないので出席率は考慮します」

「あはは。放蕩《ほうとう》息子っぽくていいね」

　このアイディアは受け入れられた模様だ。

「それから……、校内ではもう十分にわたしとユージーン様の仲は知れ渡っているので、昼食は自分で食べたいのですが……」

「突然やめると皆が疑問に思うから、これからは数日に一回にしようか」

「うぅ……続けるんですね」

「最初に提案してきたのはアシュリーだよ？」

　そう指摘をされれば黙り込むしかない。恥ずかしくて心臓が止まりそうだと訴えれば、代替え案で、食堂の貴賓室を独占しようと提案された。二人で貴賓室にこもる日と食堂でいちゃいちゃを見せつける日に分ければいいのではないか、と。ちなみに貴賓室は学園外の客人と食事をとるための部屋で、生徒同士で使用するものではない。

　アシュリーの我儘で貴賓室を使用することにすれば、立派な悪女列伝になるだろう。

「王都で行きたい店はあるの？」

「それが……流行《はや》りの店にはとんと疎《うと》いのです」

アシュリーは基本的に家で提供される茶菓子を摘まむ程度で、自ら情報収集して買いに行くことはしない。

「じゃあ、僕のお任せでいいかな。そうだ、菓子店の商品を全部買い占めたら悪女っぽいんじゃない？」

「アイディア出しまでしてくださるだなんて、ユージーン様はなんて優しいのでしょう」

さっそくユージーンが小窓を使い御者《ぎょしゃ》に指示を出す。

現在王都は都市改革の真っただ中。そのため工事地区を迂回《うかい》するために少々時間がかかる。

到着したのは下町の風情《ふぜい》が残る商業地区だ。

「お手をどうぞ、お姫様」

先に降り立ったユージンがアシュリーに向け手を差し伸べる。

柔らかな眼差《まなざ》しを受けて、トクンと胸の奥が弾けたような気がした。

アシュリーはそれに気がつかない振りをしてその手を借りる。トン、と降り立ちユージーンから手を放そうとするが逆に手を繋《つな》がれる。指と指が絡まった。同じ年なのに硬さと太さがまるで違う。

（って、今は演技の途中なんだから。どこに意識を向けているの）

狼狽《うろた》えるアシュリーの横でユージーンは目的の店を探していた。

「確かこのあたりに……店が……。ああ、あそこだ」

ユージーンに導かれて足を進め、目当ての店の扉を一緒にくぐる。

「いらっしゃいませ」

店主の男性が迎えてくれた。運のいいことに店内は貸しきり。日々忙しく働いているのだろう、少々やつれている店主の愛想笑いを前にアシュリーは悪女の笑みを浮かべた。

そして店内をざっと見渡し彼に告げる。

「このお店、気に入ったわ。全部の商品を買いたいから包んでちょうだい」

「毎度あ……へっ、全部⁉」

店主が目を剥《む》く。

（ふふふ。わたしの悪女っぷりに驚いているわ）

アシュリーが内心満足したその時、カランと店の扉に取りつけられているベルが鳴った。

「おうおうおう、一体誰の許可を得てこの店に――」

入店してきたのは三十前後と思《おぼ》しき男性二人組。しかし威勢がよかったのも最初だけで途中から勢いが消えていった。どうしたというのだろう。

不思議そうに観察するアシュリーを庇《かば》うように一歩前に出たユージーンが絶対零度の瞳で男二人を突き刺し牽制《けんせい》していることにはまったく気づかない。

「本日このお店のお菓子はわたしがすべて買い取ることにしましたの。あなた方の午後のお楽しみを奪ってしまう悪女の所業ではあるけれど容赦してちょうだいね」

さらに笑みを深めて宣言するアシュリーに対して、「おまえ、この俺《おれ》は――」と、男が口を開きかける。それをもう片方が「おい、まずいって。王立学園の制服ですぜ」と制した。

「ち。今日のところは我慢しておいてやるぜ」

男がこちらをねめつけたのち出て行った。

(よっぽどお菓子が食べたかったのね。悪女のためだとはいえ申し訳なかったわ)

アシュリーは心の中で謝罪した。それから他の店でお菓子に巡り合えるよう祈りもした。

「……ええと、お客さん。本当に全部、お買い上げで？」

「もちろんよ」

店主の問いかけにアシュリーはにこやかに笑った。この店はテーブル席のない持ち帰り専門店ではあったが、梱包《こんぽう》と配送の手配を待つ間、店の奥の店主の住まいに案内されて今しがた買い上げた焼き菓子をいただけることになった。クッキーもマドレーヌも美味《おい》しい。

(そうだわ、何も聞かずに見守ってくれているエマに明日持っていってあげよう)

他、伯爵家の使用人たちへの土産《みやげ》にしてもまだたくさん残るので、救済院や孤児院へ匿名《とくめい》で配達してもらうことにした。いつの間にか菓子店に到着したユージーンの護衛が手配などを請け負い、てきぱきと指示を始める。

そのユージーンは店主と何やら話し込んでいたのだが、こちらの視線に気がつき「せっかくだから周辺を散歩しようか」と提案してきた。

今回もまた指と指を絡ませて歩くことになったのだが、街歩き自体が珍しいアシュリーは周囲の景色に興味を抱《いだ》いた。普段は屋敷と学園の往復で、外出といえばエマの屋敷に遊びに行くくらいなもの。目に映る通りは、あまり人がおらず閉まっている商店の方が多い。まだ明るい時間帯だというのにどうしたのだろう。

不思議に思いながら歩いていると、とある店から大柄の男性が大きな声と共に出てきた。

「あーあーあ、こんなガラクタ、もう売りもんになんねえな！」

アシュリーとユージーンは顔を見合わせた。

「……困るよ、まったく。儂《わし》らが何をしたっていうんだ」

店から肩を落とした店主が出てくる。ユージーンが店内を覗《のぞ》いたためアシュリーも気になって続いた。どうやらボタンなどを扱う店のようだが、店内のいたる場所が荒らされていた。壁に設《しつら》えられた木製の商品棚の多くが引き出され、床の上には商品が散乱していて、白蝶貝《しろちょうがい》製のボタンや細工品は割れていた。

「これはひどいな……」

「お客さん、申し訳ないね。何が欲しいのか知らないが、この通り売り物がないんだ」

店主に促されて店を出たアシュリーたちはあてもなく歩く。

「ああなっては、売り物にならないだろうな」

ユージーンがぼそりと言った。確かにボタンや細工品としての価値はないだろう。何か他に利用できることがあれば店主も救われるのに……と考えていると、以前読んだ本の内容が浮かび上がった。

「あの、ユージーン様。こういう使い道はいかがでしょう？」

全部を聞き終えたユージーンが破顔して「さすがはアシュリーだ。きっと店主も喜ぶよ」と言ってくれたから、嬉しくなった。全部彼が手配してくれるという。

ユージーンを自堕落な生活に堕《お》とす悪女を演じるアシュリーだったが、屋敷ではきちんと授業の予習と復習を欠かさず行っていた。

(できれば成績はキープしたいけれど……。悪女ってどのくらいの成績順が妥当なのかしら?)

学園卒業後、もしも隣国へ渡ることができた場合のことも考えて一定の成績を収めておきたい。

奨学金を得るためには、いくつか条件があるからだ。そのため授業の準備以外にもアシュリーは夜遅くまで机に向かい勉強している。

もちろん悪女としての活動も継続中だ。ユージーンとは定期的に授業をサボって王都デートへ繰り出している。行き先はいつもユージーンが決めていて、最近では王都の服飾店に出向き着替えたのちデートをするようになった。万が一教師たちに追われてもアシュリーたちだとはすぐに気づかれないというユージーンの策であった。

彼が連れて行ってくれる店で順調に贅沢三昧《ぜいたくざんまい》に買い物に勤しんでもいる。

学園では、少しでもユージーンと一緒にいたいからという我儘だけで強引に生徒会にも入った。

これまで女子生徒が生徒会入りした事例はなく、「今日からわたしも生徒会の役員です」と宣言した際、案の定オレールが盛大に噛《か》みついた。

想定内だったため、ユージーンの腕に絡みつつ「だって少しでもユージーン様と一緒にいたいのだもの。それに校則には女子生徒の生徒会入りを禁ずる項目も見当たらないし」と一蹴した。

「アシュリー、少し目が赤いけれど、もしかして寝不足？」

ある日の放課後、学園の噴水庭園で二人で並んで座っている時のこと。彼に顔を覗き込まれた。

碧い瞳の中に、キスするほど近い距離に狼狽える己の姿が映る。

「え、ええと。そんなことはないですよ」

「本当に？　僕のせいで授業をサボらせてしまって申し訳ない」

「勉強でしたら家庭学習でも事足りますから」

現に王立学園には通わずに家庭教師をつけて領地で勉強をする貴族の子供も存在する。学園への入学は強制ではないため、教育方針は家庭によって様々だ。

ユージーンがアシュリーの頬にそっと手を触れる。硬い指先は剣術の授業に真面目に取り組んだ成果であろうか。

触れられた箇所に意識が持っていかれる。ピリリと刺激的なのにどこか甘い。そしてもっと触れてほしくもなる。

「きみの負担ももう少ししたら減るから」

「え……？」

どういうことだろう、という疑問を口にする前にユージーンが「そうだ」とからりと明るい声を出した。

同時に彼の手が離れていった。

名残《なごり》惜しいな……。心に浮かんだ正直な思いにびっくりした。そして慌《あわ》ててそれを振り払った。

「アシュリーが隣国に留学するのなら、大学入学の推薦状や滞在許可証が必要だろう？」

「そうですね」

「そのあたりの書類は誰に頼む予定だったの？」

「母方の祖母にお願いしようかと」

頭の堅い父はほぼ間違いなくアシュリーの留学に反対するだろう。継母は案外賛成するかもしれないけれど。

わざわざ代理人を立てて、父伯爵ではなくアシュリーに直接財産分与を行うと連絡してきた祖母なら応援してくれるのではないか。そのように淡い期待を抱いていた。

「僕じゃだめかな？」

「ユージーン様が？」

「そう。今回のお礼も兼ねて。一応これでも王族だから申請すればすぐに滞在許可証が下りるよ」

「それは……願ってもないことですけれど」

「じゃあ決まり」

ユージーンがにこりと笑った。屈託《くったく》のないそれは、普段の大人《おとな》びた微笑とは違い年相応の少年を思わせた。

卒業をしたら隣国へ向かう。そうしたら彼とこうして話をする機会だってなくなるだろう。

数か月先の未来を考えれば、ズキンと胸の奥が痛んだ。卒業はまだ先なのにセンチメンタルになるには早すぎる。

「どうしたの？」

「いえ。ええと、次はどんな悪女ネタでいこうかと考えていました」

もう一度顔を覗き込まれたアシュリーは咄嗟《とっさ》にそんな言い訳をしていた。


別の日の朝、アシュリーが登校すると待ち構えていたかのようにオレールに話しかけられた。

「ちょっと僕につき合え」

「あなたにつき合う理由など、とんとありませんわ」

アシュリーはぷいと横を向いた。

ユージーンを自分たちの陣営に取り込もうと一番の取り巻き然として振る舞っていたオレールからしたら、アシュリーなどぽっと出の厄介《やっかい》者でしかない。いつかはこんな日が来るかと覚悟していた。

だからといって素直につき合うつもりはないし、ヘインズ家は伯爵家といえども、現在の王家よりも歴史が古く遡《さかのぼ》れる先祖の数も多い。それだけ血統を示せるということにも繋《つな》がり、貴族社会でも一目置かれている。

つまりはコルニュ侯爵家といえども、そう強気には出られないのである。

「ユージーン様が別の女子生徒と毎朝密会をしていると言っても？」

「なっ……！」

安い挑発だ。しかし、アシュリーはまんまと引っかかってしまった。

オレールがにやりと笑う。

アシュリーは内心歯噛みをした。

ここは、わたしとユージーン様の愛に揺るぎはないわ、と一笑に付す場面だったのに。

まだまだ修行が足りなかった。

オレールはついて来いと言わんばかりに一歩を踏み出した。アシュリーもそれに続く。悔しいが、ユージーンが誰と会っているのか気になってしまったのだ。

図書館と礼拝堂の間の並木道に、確かにユージーンの姿があった。

対峙《たいじ》する女子生徒、それはアシュリーもよく知る人物で。

「リリーベル……」

何と、ユージーンと義妹が談笑しているではないか。

リリーベルがユージーンに向けてとびきりの笑顔を向けている。明るく屈託のないそれは、寡黙な父の顔に微笑を浮かべさせるほどの威力があるのだ。

現にアシュリーの視界に映るユージーンだって、穏やかな表情でリリーベルを見つめ返している。

「ふっ。その様子じゃあ知らなかったようだな。最近始業前に二人で頻繁に密会しているんだ。おまえみたいな我儘娘よりも妹の方がよほど守ってやりたくなるような儚《はかな》げな印象だもんな」

オレールの蔑《さげす》む声がどこか遠くに聞こえた。

悪女ならこんな男の声になど耳を貸さない。

恋人なら、偶然見つけた振りをして二人の間に割って入ってしまえばいい。

そう思うのに足は一歩も動かない。

だって、アシュリーとユージーンは仮初の関係だから。

「ユージーン様に捨てられるのも時間の問題だな」

オレールが勝ち誇ったように言った。


あのあと、授業開始までの予告の鐘が鳴り終わるまでアシュリーはその場でぼんやり佇んでいた。

授業中思い出したのは、ユージーンの「きみの負担ももう少ししたら減るから」という先日の言葉。

あの時の台詞が、あの光景に繋がっているのかもしれない。

ぎゅっと心臓を掴《つか》まれたような心地になった。リリーベルとはいつから二人で会うようになっていたのだろう。

授業の内容などちっとも頭に入ってこなくて、先生から指された際、「分かりません」と答えてしまうほどだった。

アシュリーにとって幸いだったのは、ユージーンが午前の授業を受けたのち早退したことだろう。

結局この日は何にも身が入らず気がつけば屋敷に帰宅をしていた。

「おかえりなさい、お義姉様！」

「……ただいま」

頬を紅潮させご機嫌な様子のリリーベルはリボンとフリルがたっぷりついた余所《よそ》行きのドレスを身

に纏《まと》っていた。

リリーベルがアシュリーの腕を取る。

「ねえ、お義姉様。これからユージーン様がうちにいらっしゃるのよ！」

「え……？」

アシュリーは頬を強張《こわば》らせて彼女を見つめた。

「リリーベルったら、何を油を売っているの。もうすぐ殿下がいらっしゃるのでしょう？　アシュリーには関係のないことなのだからお部屋に下がっていてもらいなさい」

リリーベルを追いかけてヘインズ伯爵夫人が玄関広間に現れた。娘を促しながらも彼女の視線はアシュリーへと向けられる。その顔には隠しきれない優越感が浮かんでいる。

「あら、お義姉様にも同席してもらいましょうよ。ユージーン様ったらわたしに、今度ヘインズ伯爵家に挨拶《あいさつ》しに行きたいからお父様たちの都合のつく日を教えてほしいって尋ねてきたのよ。わたしとっても嬉しくって。お父様とお母様に一日も早く都合をつけてってておねだりをしたの」

「――っ！」

「今日の主役はわたしだからお義姉様は制服姿のままでいいわよね」

リリーベルに引っ張られるように応接間へ入った。室内にはヘインズ伯爵が着席していた。何事にも動じず常に落ち着き払っている父が、視線を忙しそうに彷徨《さまよ》わせている。

アシュリーは一刻も早くこの場所から逃げ出したかった。

どうしてと自問する。ユージーンとはあくまで仮初の恋人だったのだ。だから彼がリリーベルを選んだとしても傷付く必要はないのに。

それなのに、ユージーンとリリーベルが親しくする姿を見たくないと、心が叫んでいる。

自分以外の誰かにあの無防備な笑顔を向けないで。独占欲にも似た思いが湧き起こる。

（わたし……ユージーン様のことが……）

ああ、なんて情けないのだろう。仮初の恋人契約を交わしたはずなのに、彼に恋をしてしまうだなんて。彼の信頼をも裏切ってしまったようで心が苦しくなる。

カチャリと扉が開く音と共に父の「ようこそお越しくださいました」という声が聞こえてきて、アシュリーは我に返った。

顔を向けた先にはユージーンの姿があった。制服姿ではなく、瀟洒《しょうしゃ》な濡《ぬ》れ羽《ば》色のジャケットを着こなす姿はとても大人っぽく映って見えた。

こちらの視線に気がついたユージーンが瞳を細めた。いつもの、アシュリーがよく知る笑い方。こんな時まで親しみのこもった眼差しを向けてこなくてもいいのに。苦しさから視線を逸らしてしまう。

型式通りの挨拶ののち、着席したユージーンが切り出した。

「形式から外れた行いだということは十分に理解しています。正式な手紙を送っていては時間がかかるだろうと懸念《けねん》しまして」

「娘から話を聞かされた時は驚きました」

「もうっ。早く本題に移ってちょうだい」

男同士の会話にリリーベルが待てないとばかりに横やりを入れた。

「これ、リリーベル」

窘《たしな》めるヘインズ伯爵などお構いなしに、彼女は今にもユージーンの隣に移動しそうな勢いだ。

「そうですね。さっそくですが、本題に入ります」

ああ、この時が来たのだ。きっと彼はこう言うのだろう。リリーベルと婚約をしたいのだと。

アシュリーは自分の心に閉じこもるかのように目をつむった。

「私はアシュリー・ローズ・ヘインズ伯爵令嬢を将来の伴侶《はんりょ》に迎えたく、今日ヘインズ伯爵にご挨拶に上がりました」

ユージーンの朗々とした声が応接間に響いた。

そののち。

時が止まったかのように、応接間が静寂に包まれた。

誰も何も発しない。ヘインズ伯爵でさえ、目をぱちりと見開きユージーンを見つめていた。

「アシュリー嬢にはまだ婚約者はいないと聞き及んでいますが」

「え、ええ……。もちろんでございます」

ユージーンの問いかけにヘインズ伯爵が我に返り頷いた。

時を同じくしてリリーベルがくわっと叫んだ。

「ちょっと待ってよ！　どうしてわたしじゃなくてお義姉様の名前が呼ばれるのよ！　ユージーン様はわたしと結婚がしたいのですよね⁉」

「リリーベル嬢は面白い冗談を言うんだね。私がいつあなたに求婚をしたのかな？」

「だ、だって！　毎朝わたしと会って楽しそうに話を聞いてくれたじゃない。それに、お父様とお母様に挨拶がしたいから予定を調整してほしいって」

「毎朝きみが断りもなく私につきまとって一方的に話をしていただけだったよね。しかもアシュリーに虐《いじ》められているだの見下されているだの、酷《ひど》い被害妄想ばかり。ここまで自分に酔えるおめでたい子も世の中にはいるんだと感心していただけなのに、勘違いしたのかな」

「なっ……」

にこやかな顔と口調ではあるが、内容はかなり辛辣《しんらつ》だった。

「ヘインズ伯爵は何かにつけて、実の子供たちと連れ子を分け隔てなく育てていることを自慢しているって聞いてね。むしろ連れ子のリリーベルの方を甘やかしているのだとか。跡取り息子を生んだ夫人との関係もあるのだろうけれど。……だったらリリーベル嬢からヘインズ伯爵夫妻に話を通してもらった方が早く予定を組んでもらえるかなと思って伝言を頼んだんだ。それだけだよ」

ヘインズ伯爵家の内情をしっかり把握していると宣言したも同じである。

父も継母も絶句している。

話についていけないアシュリーも同様だ。

この場でただ一人、ユージーンだけが落ち着き払い、優雅な仕草でカップに口をつけた。

「ヘインズ伯爵、本題に戻るけれど私とアシュリー嬢の婚約を認めてくれるだろうか」

「も……ちろんでございます。殿下さえよろしければ、私としましては願ってもない良縁でございます」

ヘインズ伯爵がぎこちなく頭を下げた。

「お待ちになってください。長女アシュリーの学園での噂はリリーベルから聞いております。ユージーン殿下に一方的につきまとい、礼儀知らずな態度の数々に生徒たちは眉《まゆ》をひそめているのだとか。恐れながら、そのような娘が殿下の相手に相応《ふさわ》しいとは到底思えませんわ」

このままでは継子のアシュリーが王子の妻になってしまうと焦燥したのかヘインズ夫人が口を挟んだ。母の言葉に娘のリリーベルも乗っかる。

「そ、そうよ。お義姉様がユージーン様の妃《きさき》だなんて、絶対に相応しくないわ！」

「実は、私の密命にアシュリー嬢にも協力をいただいていたのです。明日になれば明るみになります。そうすればアシュリー嬢の噂も払拭《ふっしょく》されるでしょう」

ユージーンがにこやかに告げた。何が何やらまだついていけないが、彼がアシュリーを見つめる瞳ははちみつのように甘くて。

自覚した恋心と突然の求婚と、事態の整理に追いつかないアシュリーは、熱心にこちらを見つめるユージーンを半ば呆然《ぼうぜん》と受け止めることしかできないのであった。


あれから色々なことが一気に起こった。

現在王都では区画整備事業が行われている。十年単位の大事業は、人口の増加に伴う馬車渋滞の解消や計画性に乏しかった過去の建物建築の反省を踏まえた道路の拡張と公園整備、公衆衛生の改善を目的としている。

そのような事業は動く金も必然的に大きくなる。区画整備対象の土地所有者には王都郊外の新興住宅整備予定地が与えられるほか金銭補償も受けられる。

「つまりは、わたしが悪女として授業をサボると言い出したのをユージーン様は体《てい》よく利用したのですね。将来の区画整備事業対象地域にわたしを連れ出して、地上げ屋に抵抗する地域住民のお店での買い物を誘導したと」

「心根の優しいアシュリーが実際に買い占めなんてしたら罪悪感で胸を痛めること請け合いだからね。だったらごろつきが客を脅して閑古鳥《かんこどり》が鳴いている店に案内して売上貢献をしようかと」

「うぅ……」

あの時菓子店に入って来た男性は客ではなく地上げ屋が雇ったごろつきなのだそうだ。

その後立ち寄ったボタン店も菓子店と同様の事態に見舞われていた。ごろつきが嫌がらせで割ったボタンは、王都で新しく整備される公園のモザイク画に使用されることが決まっている。

以前本で読んだことがあった異国のモザイクタイルを参考に装飾ができないかとユージーンに提案したところ担当部署に提案してみると返事をもらえ、このたび正式に採用されることが決まった。

その後の買い物三昧も今思えば全部ユージーンに誘導されていた。買った品物はそれぞれ孤児院や施療院など必要な場所に寄付していたのだが、それらの行為もすべてユージーンによって公表されている。

「ちなみに授業のサボりは、王家の特命捜査のための外出ということで学園には話をつけてあるから」

その地上げ屋と裏で繋がっていたのがコルニュ家だったというから驚きだ。住民から土地建物の権利を奪い取り、国から補償金諸々を受け取り利潤を得ることで私腹を肥やしていたのだ。

ユージーンは学園生活の裏で兄王太子を助けるべくこれらの悪徳地上げの捜査の指揮をして、自らも現場へ出かけていたというわけだ。

今回の件でコルニュ家が失脚したため、学園でのアシュリーの奇行は、ユージーンの捜査協力だったと知られることとなった。

「なんだか一人だけ空回っていたような……」

「そんなことはないよ。アシュリーの行動がいい変化に繋がったんだよ」

と言って彼が教えてくれたことによると。

アシュリーが席替えを命じた男子生徒は、本当はもっと前に座りたかったのに男爵家という家格を卑下《ひげ》して後方の席に座っていたのだとか。あれ以来、前の席に座っても誰からも何も言われなかったため、進んで前の座席に座れるようになったのだそうだ。

「そしてもう一つ。アシュリーが生徒会に入ったことで、女子寮の寮長から感謝されたし、来年度以降は、生徒会入りを希望する女子生徒が現れるかもしれない」

「恋人と一緒にいたいがためだけに生徒会入り……。これこそ悪女だと自信満々だったのですが」

「アシュリーの悪女ネタは微笑ましくて、頬がにやけるのを必死で抑えていたよ」

なんて彼はくすくす笑うのだ。アシュリーは思わず彼の頬をむにゅっとつまんだ。

「あはは。怒るアシュリーも可愛いなあ」

抗議がまったく響いていない。

「それからもう一つ。僕にはここからが最重要事項なんだけど――」

と言って彼は一度部屋から出て行った。

戻ってきた彼は、大きな薔薇《ばら》の花束を手にしていた。

アシュリーの目の前でユージーンが片膝をついた。こちらを見上げる真剣な眼差しにドキリとする。

「昔、まだ僕たちが子供の頃、声をかけてくれたことがあっただろう？」

ユージーンが懐かしむように瞳を細めた。

「転んで怪我《けが》をした僕は、泣くのを我慢していたんだ。王子だし男だし泣いたらいけないって。でも、そんな僕を偶然見つけたアシュリーは、男の子でも泣きたい時は泣いていいんだよって。飾らない言葉をかけてくれて、手を差し出してくれたんだ」

きっかけなんて忘れていた。でも、彼の言う通り、いつかの折に手を繋いだ記憶はあった。

自分にとって何気ない言葉と行動が、ユージーンにとって忘れられないものになっていたのだ。

「それ以降、アシュリーは僕の中で特別な女の子になったんだ。仮初の恋人を提案したのも実はどうにかしてアシュリーともっと仲良くなりたくて半分はこじつけだったんだ。恋人の振りをしているうちに僕のことを好きになってくれたらいいなあって」

ユージーンは照れ隠しをするように笑った。頬がほんのり色づいている。

それが移ったようにアシュリーの頬も赤く染まった。

「アシュリー、きみのことが好きだ。僕と婚約してほしい」

「で、でもわたし……」

今ここで即答してもいいのだろうか。ユージーンはすでに父であるヘインズ伯爵の了承を得ている し、身分的にも問題はない。

しかし、だ。彼はアシュリーの進路希望を知っているし、応援するとも言ってくれた。

となれば結婚はどうしたって数年先になる。待たせてしまうと考えれば、嬉しいという気持ちの半面迷いもした。

「留学のことなら安心して。実は僕も隣国に留学予定だから」

「――へ？」

「あ、別にアシュリーを真似したわけじゃないよ。もともと決めていたんだ。兄上が国内で実績を作る間、僕は外に出てスウィンリスという国の良さをアピールしようかなって」

「えええ⁉」

そういえば彼の進路希望を聞いていなかったことに思い至った。いや、普通自国の大学に進むか政務の補佐に回るかのどちらかだろうと思うではないか。

「滞在許可証の身元保証人を僕にさせてほしいって言ったじゃないか。あれ、実は伏線」

「ユージーン様の言動はわたしには難解すぎます」

それだけ言うのがやっとだった。情報過多で酸欠になりそうだ。

「向こうでの生活基盤が整ったら、先に結婚契約書に署名をして提出してしまおう。隣国では学生結婚も珍しくないらしい」

「ええっ⁉」

「結婚すれば同じ屋敷に住むことも可能だしね。僕は一日のわずかな時間だってきみと一緒にいたい」

ぐいぐいと迫ってくる彼にアシュリーははくはくと口を動かすばかり。

ユージーンが懇願するように「だめかな？」と眉尻を下げるから、「う……」と言葉に詰まった。

頬が赤くなって仕方がない。ここまで気持ちをぶつけられたのだから、次は自分の番だ。胸の中に生まれ育った恋心が喉《のど》の奥からせり上がる。

「わ、わたしも……ユージーン様と一緒が……いいです」

初めてのことに勝手が分からず声が震えてしまう。

「本当？」

「ユージーン様の恋人役を演じていたら……、いつの間にか好きになっていました」

やっとの体でそれだけ言った次の瞬間、アシュリーは彼の胸に閉じ込められた。

「アシュリー、大好きだよ」

いつの間にか彼の膝の上に乗せられていた。これまでと違うのは、彼がアシュリーを遠慮なく抱きしめること。その力強さと耳元で囁かれる「好きだよ」という言葉に、これまでとは関係が変わったのだと実感する。

ユージーンが愛《いと》おしそうにアシュリーの目尻に口付けを落とし、瞳を煌めかせながらこんなことを言った。

「これからは素でいちゃいちゃ恋人っぷりを見せていこうね」

「お、お、お手柔らかにお願いします！」


翌年、無事に隣国へ留学を果たしたアシュリーの学生生活は大変充実したものになった。

課題の量は王立学園時代とは比べ物にならないほど多いけれど「アシュリー、息抜きにケーキを食べに行こう」とユージーンが適時息抜きに連れ出してくれる。

今日もアシュリーはユージーンと手を繋いで隣国の王都の大通りを闊歩《かっぽ》する。

「ユージーン様の、あーんには乗りませんからね」

「優しいアシュリーは三回に一回は僕のお願いを聞いて口を開けてくれるよね」

嬉しそうに言いながらユージーンが通りの花売りから一輪の薔薇を買い、アシュリーのまとめた髪にそっと挿《さ》してくれる。触れる指先がくすぐったくて目を細めた。

「隙あり」

なんて言いながらユージーンがアシュリーの唇を塞《ふさ》ぐから、顔を真っ赤に染めながら「手加減してください」と訴える羽目になるのだった。

アシュリーとユージーンが結婚契約書に署名をしたのは、二か月後のことだった。

処刑の一時間前に、恋が始まりました

瀬《せ》尾《お》優《ゆう》梨《り》
ill. すがはら竜《りゅう》

――ガランゴロン、と時計塔の鐘が鳴ったため、牢獄《ろうごく》の椅子《いす》に座っていたフローレンスはそっと顔を上げて錆《さ》びた音に耳を傾けた。

鳴らされた鐘の回数は、十一回。午前十一時を告げる鐘だったようだ。

（わたくしの処刑まで、あと一時間……）

フローレンスは目を伏せ、膝《ひざ》の上でぎゅっと両の拳《こぶし》を固めた。

あの鐘が十二回鳴ると同時に、フローレンスの命は断頭台の露と消えることになっていた。


異変が起きたのは、三日前の昼過ぎのことだった。

自室で優雅に午後の茶の時間を過ごしていたフローレンスのもとに、武装した男たちが押しかけてきた。扉を叩《たた》き開けてずかずかと室内に足を踏み入れる男たちを前にしてもフローレンスは動じず、繊細な造りのティーカップを手に艶然《えんぜん》と微笑《ほほえ》んだ。

「……ずいぶんと騒々しいこと。わたくし、今日のお茶にどなたかをお誘いしたかしら？」

「ディルハイム王国女王、フローレンス。貴様を拘束する」

先頭に立つ男が低く唸《うな》るように言ったため、カップを下ろしたフローレンスは小さく笑った。

絹糸のごとく柔らかな金髪は優雅にまとめられ、真珠飾りのバレッタが留められている。すんなりとした喉元には大粒のルビーが輝くネックレスが飾られ、深紅のドレスもあいまって彼女の白い肌を魅力的に見せていた。

ディルハイム王国の若き女王である、フローレンス。彼女は緑色の目を細め、静かに笑った。

「まあ、なんて物騒な」

「貴様の取り巻きどもは既に全員、投降済みだ。皆、自分たちは女王や先代国王にそそのかされたのだから許せと、涙ながらに訴えてきたがな」

「あらまあ。その中にもしかしてエルギン公爵やギーズ公、スノー将軍もおいでで？」

「ああ、貴様が寵愛《ちょうあい》していた者たちは一人残らず捕まえている」

「そう……」

フローレンスはまぶたを伏せ、肩を落とした。

「このような横暴な振る舞いをするのは、どうしてかしら？」

「知れたことを。……貴様の父親の代から続く、王家による悪逆行為の数々。貴様も俺《おれ》たちから巻き上げた税金で豪遊し、取り巻きどもにばら撒《ま》いていたのだろう」

「そうだったかしら？」

首をかしげるフローレンスに男は「この女……！」と激昂《げきこう》したが、そんな彼を止めたのは彼の背後に立っていた小柄な騎士だった。

「待て。女王の挑発に乗るな」

「モニカ……」

「あなたは下がっていなさい」

小柄な騎士――否《いな》、年若い女性は男たちを制して、前に出た。銅色の髪は短くて鎧《よろい》を纏《まと》っているが、その小さな体もすんなりとした体つきも声も、フローレンスとさほど年の変わらない若い娘のそれだった。

　自分の前に出てきた女性を見て、フローレンスは微笑んだ。

「まあ、女性の方もいらしたのね。お茶でもいかが？」

「女王陛下からのお誘いということならば、本来ならばお受けするべきだろうけれど、あいにくここに来るまでにしっかり水分補給をしてきたので」

「それは残念」

　本当に残念そうにフローレンスが言って手酌《てじゃく》で新しい紅茶をカップに注ぐのを見て、モニカと呼ばれた女性は眉根《まゆね》を寄せた。

「……私は、モニカ・レスリーという」

「そう、ごきげんよう、モニカ。……もしかしてあなたが噂《うわさ》の、『救国の聖女』様？」

「……確かに、そのように呼ばれている」

　静かに答えるモニカを、フローレンスは笑顔で見つめる。

　――腐敗王族に搾取《さくしゅ》されるディルハイム王国を救おうとする、女性がいるらしい。

　そんな噂は、フローレンスの耳にも届いていた。取り巻きたちはその女をいち早く見つけて処刑せねばと申し出たが、「そんな小娘ごときに手を煩《わずら》わせることはない」と、フローレンスの方が却下したのだった。

「救国の聖女」ことモニカはあっという間に支持者を集め、こうして王城に乗り込むに至った。元々女王の評判はよくなかったため、ほとんどの使用人や家臣たちは逃げたり投降したりし、女王のお気に入りだった者たちもあっという間に捕らえられてしまった。

「さすが、聖女様ね。見事な手腕ですこと」

「世辞《せじ》は結構。……国民は、非道な女王の処刑を望んでいる」

「まあ、怖い」

「私としても、ここで争いたくない。女王陛下には投降いただき、牢獄にお連れすることをご了承いただきたい」

モニカは男口調ではあるが、女王であるフローレンスに対する最低限の礼儀を欠かすことなく言った。それを受けたフローレンスは微笑み、立ち上がった。

「あなたのような可愛《かわい》らしい方にお願いされると、断れないわね。よろしい。牢獄に参りましょうか」

「感謝します」

「そこには当然、温かいベッドがありますよね？　それから、おいしい紅茶やお菓子も。ああ、せっかくだからわたくしのお気に入りのドレスを持っていってもよろしくて？」

これから投獄されるというのにのんきな発言をするフローレンスを、男たちは気味が悪そうに見ている。ここまで来ると天然を通り越して不気味に思われるのだろう。

だがモニカだけは動じず、うなずいた。

「そのようにしよう。……処刑まで、数日はあるだろう。その間、不自由ない生活をお送りできることを約束する」

「ええ、ありがとう、モニカ・レスリー」

そう言って微笑んだ女王の手首に、モニカ自ら縄を掛けた。

……こうして、二代にわたって悪政を敷いたディルハイム王族の栄光は終わった。


……回想にふけっていたフローレンスは、小さな笑いをこぼした。

（……ああ、見事だったわ、「救国の聖女」！　やはり、わたくしの見込んだ女性ね！）

フローレンスは、ふかふかの椅子に身を預けて目を閉ざす。思い出すのは、まっすぐな瞳《ひとみ》でこちらを見つめる聖女モニカの顔。

――フローレンスは、先代国王の第一子として誕生した。

ディルハイム王国では性別問わず第一子が王太子になり、成人するまでは離宮で生活する。フローレンスもその慣習に則《のっと》り、周りからは隔絶された離宮で育ったのだが、今から三年前に父王が突然失踪した。

たった十六歳の小娘だったフローレンスはわけも分からず戴冠《たいかん》して女王になり――そこでようやく、この国の真実を知った。

名君と謳《うた》われた祖父とは真逆の暗君だった父は、約二十年間の治世で国を疲弊させていた。国民に重税を強《し》いて自分の豪遊にあて、王族と自分を持ち上げる取り巻きのみが優雅な生活を送れる。……そんな父は一部の貴族からの反発を受け、愛妾《あいしょう》を連れて夜逃げしていた。

幼い頃《ころ》に母を亡くしていたフローレンスは、一人ぼっちになった。彼女は、自分は父親からとんでもない負の財産を受け継いだこと、そしてもうこの王家は後戻りができないところにまで来てしまっていることを知った。

フローレンスが離宮で何不自由ない生活を送っている間、国民たちは重税にあえぎむちゃくちゃな法律に振り回されてきた。

フローレンスが「こんなまずいもの、いらない！」と投げ捨てた料理は、一般市民では到底口にできない高級な食材で作られたものだった。

「もう飽きたから、捨てて」と一回も袖を通さずに捨てさせたドレスは、民が一生働いた賃金でも買えないものだった。

……フローレンスは、絶望した。

これまでの十六年間の穏やかな人生は、何万人という国民たちの血と涙の上に成り立っていたのだと気づいた。そして、自分の力ではもうこの国を立て直せないという現実にぶつかった。

……フローレンスは、腐っても王族だ。民たちのために、フローレンスにできることをしなければならない。

そんなフローレンスはある日、「救国の聖女」の噂を耳にして、一縷《いちる》の希望を抱《いだ》いた。

希望の光として称《たた》えられる聖女ならば、この国を救ってくれるはず。「悪の王家を倒した英雄」こそ、ディルハイム王国の新たな夜明けを飾るにふさわしい。

だからフローレンスは、悪質な取り巻きもろとも自分が聖女に討たれることを願った。

フローレンスが何も分かっていない馬鹿《ばか》な悪女として振る舞えば、水が低きに流れるように悪しき心を持つ者たちが寄ってくる。そうして聖女が現れる頃には、悪しき者を一掃できるような環境が整っているはずだ。

それがいい、そうするしかない。

だからフローレンスは聖女の芽を摘もうとする取り巻きたちの提案を却下し、聖女捜索部隊にはあさっての方向の指示を出す。聖女の味方につこうとする正義の心を持った使用人たちがこぞこそと動くのを看過し、「本当に聖女がいるのなら、寝首を掻《か》きに来ればいい」と煽《あお》るような発言をする。

いよいよ「救国の聖女」が動き始めたと知ったフローレンスは、税金で巨大な宝石像を造らせたり、「いつか別荘を造るため」と言って広大な森林地域を買い取ったりした。

……宝飾品やドレスなどでは、取り巻きたちが持ち逃げするかもしれない。その点、移動不可能なものであれば他国に売却して金に換えることができるし、森林地域は木材の調達や土地開拓として長期間利用できる。短い時間にできるあがきとしては、これくらいだった。

(わたくしは、頑張った。三年間で……できることはした)

モニカが用意してくれたふわふわのベッドに座り、そこに仰向《あおむ》けになったフローレンスは目を閉ざした。

十九年前、暗君の王女として生まれた瞬間にフローレンスの運命は決まっていた。こんな自分にも正義の心があっただけ、奇跡だったのかもしれない。

……本当はフローレンスに責任だけ押しつけて逃げた父親に復讐《ふくしゅう》がしたかったが、それは最初から叶《かな》わぬ夢だった。

（処刑ということは……斬首よね。ああ、せめてあまり痛みを感じずに逝《い》きたいわ）

モニカは優しい娘のようだから、気絶剤でも飲ませてくれるかもしれない。それくらいは、お願いしてもいいのではないか。

……あと、どれくらいしたら十二時――処刑の時間を告げる鐘が鳴るのだろうか。

力なくベッドに横たわっていたフローレンスだったが、ふと、ドアの向こうから物音が聞こえてきたためまぶたを開いた。

（……見張りの兵かしら？）

大砲でも撃ち込まない限り開きそうにない頑丈《がんじょう》な扉なので、あまり廊下の音は聞こえてこない。気のせいだろうか、と思ったが、何やらカチャカチャという音が確実に聞こえてくる。

今日の食事は、朝食で終わりだったはず。そして、処刑の時間まではまだもう少しあるはずだ。

体を起こし、ふわふわの枕を抱えて固唾《かたず》を呑《の》んでいると――ドアが、開かれた。だがその先に立っているのは、この三日間食事を持ってきてくれた見張り兵ではなかった。

銀色の髪を額になでつけた、近衛《このえ》騎士の制服姿の男。その顔を見て、フローレンスははっと息を呑んで枕を取り落とした。

「おまえは……ヒューバート!?」

「陛下……ご無事で何よりです」

そう言って室内に入ってきたのは、近衛騎士のヒューバートだった。

彼は、近衛騎士団長がフローレンスの護衛として任命した騎士だったが、フローレンスとの折り合いは悪かった。というのも近衛騎士団長は聖女寄りの人間で、このヒューバートを寄越したのも女王の監視のためだと分かっていたからだ。

異国出身の叩き上げだという彼は、フローレンスが何をしても眉一つ動かさない冷静な男だった。彼の仕事はあくまでもフローレンスの身辺警護なので、豪遊しようと変な男と付き合おうと、フローレンスの身に危険が及ばないのであれば彼が物申すことはできない。それを知った上で、フローレンスは彼が側《そば》にいることを了承していた。

近衛騎士団長が聖女派なのだから、ヒューバートも当然聖女に味方をするはず。だからこの騒動の中で、彼もモニカに投降したと思っていたのだが……。

「……なぜおまえがここに？　ああ、さてはモニカに何か言われたの？」

内心動揺しつつ、いつも被《かぶ》っていた「悦楽に溺れる馬鹿な悪女」の仮面を急ぎ被って問う。

「処刑まであと一時間くらいだと思うけれど、もしかしてお昼ご飯も食べられるのかしら？　それならお肉がいいと、伝えてくれる？」

「……この期《ご》に及んでも、痴《し》れ者のふりを通すか」

ヒューバートはぼそっとつぶやくと、親指で自分の背後の方を示した。

「今なら監視が手薄になっています。今のうちに、逃げましょう」

「……はい？」

「逃走経路は既に確保しております。後はあなたをお連れするだけとはいえ、不可能かと思っていたのですが……幸運でした」

「ちょ、ちょっと、お待ちなさい！」

ヒューバートの言葉を遮り、ベッドから立ち上がったフローレンスはわたわたと顔の前で手を振る。

「おまえ、何を言っているの？　もう一時間もすれば、わたくしは処刑されるのよ？」

「それをみすみす受け入れるのですか？　あなたは民のためを思い、愚鈍《ぐどん》な女王を演じていたというのに？」

ヒューバートの薄青色の目に射貫《いぬ》かれ、フローレンスは絶句した。

（なんで、知っているの……？）

ヒューバートは三年前の即位後からの縁だから、フローレンスの内心なんて知るはずがない。いつも冷めた目でこちらを見るだけの男だったのに、どうしてフローレンスの真意を知っているのだろうか。

「そ、のようなことは……」

「おっしゃりたいこともあるでしょうが、今はとにかく時間が惜しい。……参りましょう、陛下」

「参るって、どこへ……？」

ヒューバートに腕を引っ張られながらフローレンスが問うと、部屋を出た彼はこちらを見ることなく言う。

「私の故郷です。ご存じかもしれませんが、私は元々ディルハイム人ではありません」

「ええ。西のコルト＝ベイル共和国出身とのことよね」

「はい。……女王陛下は、よく頑張られました。お命を断頭台の露と消すのではなく、新天地で新たな人生をお送りください」

「けれど……」

「しっ！」

突如《とつじょ》ヒューバートが腕を強く引っ張り、フローレンスの体は彼の胸元にくるんと抱き留められた。

（……え、ええっ⁉）

「ヒュ――」

「お静かに」

分厚い胸板に顔を押しつける格好になりフローレンスはひっくり返った声を上げるが、ヒューバートは短く制して辺りを見回した。

……二人のいる廊下の奥で、足音が聞こえる。思わずフローレンスが息を止めていると、その足音はすぐに遠ざかっていった。

「……見張りの交代の時間を衝《つ》いて来たのですが、やはり監視ゼロというわけにはいきますまい。余計なおしゃべりはせず、ただ私と共に来てください」

「でも、なぜ……」

「あなたをお慕い申し上げているからです」

こちらを見ることなく告げられた言葉に、フローレンスは心臓が止まるかと思った。

お慕い申し上げる。その意味が分からないほど、フローレンスは恋愛に疎《うと》くも愚鈍でもない。

（そ、それってつまり……好きって、こと……？）

そんな、まさか、あの鉄仮面男が、と混乱しかけたが、フローレンスの体を離したヒューバートはすぐに歩みを再開させた。

「質問には答えました。……まずは、ここから出ましょう。私に文句があるのなら、後で聞きます。ここで捕まれば、あなただけでなく私も処刑されるでしょうからね」

自分だけでなく、ヒューバートも殺される。

（それは……嫌）

フローレンスは、正しき心を持つ者には明るい未来を歩ませ、悪しき心を持つ者は自分と道連れで制裁を受けさせるつもりだった。その観点で言うなら、ヒューバートは……なんだか癪《しゃく》ではあるが、前者だ。フローレンスの真意を見抜き助けに来てくれた彼を、処刑台に連れて行くことはできない。

フローレンスは黙ってうなずき、自分の足で歩き始めた。

……この行く先に待つのが、地獄なのか天国なのかは分からない。

だが、女王になって初めて、フローレンスの前にわずかな光——自由という名の希望の可能性が見えていた。これを逃すわけにはいかない。

（わたくしは……死にたくない。本当はずっと、死にたくなかった……）

奇《く》しくも処刑の一時間前になってやっと気づいた、自分の本当の心。

今はそれに、従いたかった。

ヒューバートに連れられて牢獄を脱出したフローレンスは、城の裏手に待機していた馬車に乗り込んだ。用意周到なことに驚いていると、ヒューバートは「私が一人で全《すべ》て手配できるわけないでしょう」と呆《あき》れた顔で言った。どうやら彼の協力者もいたようだ。

馬車は普段城に出入りする業者の荷馬車を模していたため、すんなりと門をくぐることができた。

そのまま馬車は王都を離れて王国の西の国境を越え——豊かな自然が広がる隣国に入った。

（ここが、コルト＝ベイル共和国……）

ずっと馬車の奥で隠れていたフローレンスだが、もう顔を出してもいいと言われたので恐る恐る馬車の垂れ布を開き、辺りに広がる光景に息を呑んだ。

どこまでも広がる大草原に、澄んだ空気。空は青く晴れており、息を吸うと胸の奥まで浄化されるような心地になった。

王都を脱出して、早《はや》十日。

生まれて初めて見る雄大な自然に、フローレンスは目を輝かせた。

「なんて素敵な場所……」

「おや、意外です。女王陛下のことですから、雑草まみれの僻地《へきち》とおっしゃいそうだと思っておりましたが」

「わたくしはもう、女王ではないわ」

不遜な声が聞こえてきたのでフローレンスは振り返り、ヒューバートに微笑みかけた。

この十日間、彼と一緒に行動してきた。最初の数日は、いつ追っ手が来るかと胃を痛めっぱなしで食事もほとんど喉《のど》を通らなかったフローレンスだが、「女王陛下はただでさえ鶏ガラのように細いのに、これ以上召し上がらなかったら骸骨《がいこつ》になりますよ」「おまえも男にしては貧相な体つきではないの」なんてやりとりを重ねるうちに、フローレンスは少しずつ体から緊張を抜くことができるようになっていた。

（処刑の日は、もう十日前に過ぎた。モニカはきっと、わたくしの行く先を探っているだろうけれど……）

処刑の直前になって忽然《こつぜん》と姿を消した女王のことを、モニカはどう思っているだろうか。冷静な彼女のことだから、淡々と捜索部隊を派遣しただろうか。それとも激昂し、自らフローレンスの逃走経路を追っているだろうか。

「……それで？　もうコルト＝ベイル共和国に入ったのだから、そろそろおまえの話を聞かせてもらいたいのだけれど」

ここまでの道中は、「まだ、お話しするときではありません」とフローレンスの質問を躱《かわ》してばかりだったヒューバートに問うと、彼は「そうですね」とうなずいた。

「もうそろそろ目的地に着きますので、そこでお話ししましょう」

「……目的地とは？」

「私の実家です。今日の夕方には到着します」

なるほど、とフローレンスはうなずく。元女王の亡命先が、隣国の民家。身を隠す場所としては最適かもしれない。

……そんなことを考えていたフローレンスだったが。

「到着しました」

「……」

夕方、馬車から降りたフローレンスは、目の前にどんと据えられた巨大な屋敷を前にして、硬直してしまった。ディルハイム王国とは若干《じゃっかん》建築様式が異なるが、平民が住むにはあまりに立派すぎる屋敷だ。

「……ここは？」

「私の実家と申しましたよね？」

「……おまえ、貴族だったの？」

「これは失礼しました。申し遅れましたが……私の本名は、ヒューベルト・レイフェルス。コルト＝ベイル共和国の外務大臣を祖父に持っており、私自身も特務外交官の職に就いております」

怒濤《どとう》のごとくなだれ込んできた新情報に目眩《めまい》がしそうになりながら、フローレンスはこわごわとヒューバートの後頭部を見た。

「特務外交官……？」

「コルト＝ベイル固有の役職で……つまりは、密偵です」

振り返ったヒューバートは、相変わらず真意の読めない薄青色の目でフローレンスを見つめ返した。

「私は元々、先代国王の時代から不穏な動きをしていたディルハイム王家の監視をするという任務を受けておりました。このままだと、祖国であるコルト＝ベイルにも荒廃が広がるかもしれない。そこで私は密《ひそ》かに民たちを扇動《せんどう》し、先代国王と妾妃たちを亡命させてその先で始末することに成功しました」

「待って、今おまえ、お父様のことを……」

「ご安心を。確実に葬っておりますので」

ヒューバートがあっさり言うのでフローレンスは絶句したが、それも一瞬のことだった。

父を殺されて悲しい、憎らしい、という気持ちより、「ああ、あの人はもう、いないんだ」という妙な安堵《あんど》が湧いてきた。ずっと復讐をしたいと思いつつも叶わぬ目標だと諦《あきら》めていたものは、既にこの目の前の男によって果たされていたのだ。

フローレンスは握っていた拳を緩め、ヒューバートを見上げた。

「……そう。それで？　父に続いてわたくしの監視もしていたということ？」

「近衛騎士団長は私の祖国とは関係がない人でしたが、近い思想を持っていたので味方に付け、あなたの護衛として推薦してもらうことができました。……ですが、驚きましたよ。贅沢《ぜいたく》放題のふしだらな悪女と囁《ささや》かれるあなたの正体は、枕を涙で濡《ぬ》らすか弱い女性だったのでしたから」

「見ていたの⁉」

「これでも密偵なので」

さらっと言ったヒューバートは、わずかに目を伏せた。

「……あなたが悪女の演技をしていることは、指摘することもできました。ですがあえて見逃し――その結果、あなたがご自分を取り巻き共々破滅させ、国を救おうとしているのだと気づきました」

「……」

「本当はもっと早く、助け出すつもりでした。計画は本当にぎりぎりのところでして、運よく見張りの交代が行われなければ救出は不可能だったかもしれません」

「……どうして」

フローレンスは、夕日を浴びて銀髪を赤く染めるヒューバートに、問うた。

(どうして……そんなぎりぎりのところを衝いて、危険を冒《おか》してでも、わたくしを助けようと思ったの……?)

「おまえは、コルト＝ベイルのために動いていたのでしょう？　それなら、わたくしを助け出す必要はなかったでしょう？　ただ、モニカと協力さえしていれば……」

「その理由は前にも申しました」

ヒューバートはそこで、唇の端をほんのりと持ち上げて……笑った。

「……好きな女性をみすみす処刑させる男が、どこにおりますか」

「ほぐぉっ!?」

「はは、麗《うるわ》しの女王陛下も、そのような声が出せるのですね」

「か、からかわないで！」

人生で初だろう奇怪な悲鳴を上げたフローレンスは、しゅんしゅんと湯気を出しそうに熱い頬《ほお》を手で覆った。

(す、好きな女性!?　それってあの、お慕い申し上げるとか言っていた、あれのこと!?)

逃亡中のヒューバートがあまりにも通常運転すぎるので、あの牢獄での告白は聞き間違いだったのか、とフローレンスは思いつつあったのに、今になって掘り返してくるとは。

「お、おまえがわたくしのことを、す、好きと……!?」

「そう申しました」

「わたくしのどこに、好かれる要素があるというの!?」

「そうですね……。お顔立ちは、かなり私の好みです。体型は、相変わらず鶏ガラに近いのでもう少し太っていただきたいです」

「殴るわよ」

「後でいくらでもどうぞ。……まあ見目《みめ》よりも、内面が一番でしょうか。元々私はあなたのことを好ましく思っておりましたし、牢獄から脱出したら自邸で匿《かくま》った後、信頼できる知人に紹介しようかと思っていたのですが……あの牢獄でお見かけしてから、考えを変えました」

「……どのように?」

「他の男にやるなんて、とんでもない。……最後まで民のために意志を貫こうとするこの方を生涯、私がお守りしよう、と決めたのです」

ヒューバートはそこで一呼吸置き、肩をすくめた。

「……我ながら、自分の変わり身に驚きました。まさかあなたの処刑一時間前に、はっきりとした恋を自覚するなんて」

「ヒューバート……」

「ということで。私はこうと決めたら実行する男ですので、変更は聞き入れられません。女王陛下……いえ、フローレンス様。私はあなたを連れ出した責任を取り、一生をもってあなたをお守りします」

「そ、それはどうやって……？」

「まずは、結婚することからかと」

「けっ⁉」

そんな予感はしていたけれど、ずばりと言われたため思わずのけぞるフローレンスを、ヒューバートは笑いながら見てくる。

「ふふ……王城ではすました顔で取り巻きたちをあごで使っていたあなたの素顔は、こんなにあどけないものだったのですね」

「だ、だからからかわないで！」

いよいよ殴ってやろうかと拳を振り上げたが、「おやおや、お転婆《てんば》さんですね」と楽しそうに笑うヒューバートに手首を掴《つか》まれ、そっと下ろさせられた。

「結婚、お嫌ですか？　私はこれでも甲斐性《かいしょう》はありますので、大切にしますよ？」

「え、ええと、そんな、急に言われても……。というか、あなたこそ大丈夫なの？」

「何も問題ありません。密偵としての役目は完遂させましたし、私が誰を娶《めと》ろうと共和国の上層部には関係ないことです」

そこでヒューバートは、「そういえば」と顔を上に向けた。

「あなたは女王だった頃、全ての縁談を断ってらっしゃいましたね。それはもしかして、一生の愛を捧《ささ》げた相手がいたからですか？」

「馬鹿なことを言わないで。わたくしが結婚しなかったのは、いずれ皆に恨まれ退位すると決めていたからよ」

「それを聞いて安心しました。もしあなたに想う方がいればさすがに申し訳ないですし、その男が妬《ねた》ましくて仕方がなくなりますからね」

「妬まし……？」

「それはどうでもいいです。……それとも、私と結婚するのは生理的に無理でしょうか？」

「そ、そんなことはないわ」

急ぎ、フローレンスは首を横に振る。

三年間、いけ好かないと思っていた男から恋心を寄せられ、求婚された。ただただ驚くだけで、ヒューバートのことを心から憎んでいるとか、生理的に無理だとか、そんなことはない。

（むしろ……）

「……ヒューバートに悪いわ」

「なぜ？」

「わたくしと結婚しても、お荷物にしかならないでしょう。あなたは外務大臣の孫で、あなた自身も外交官でしょう？　わたくしは追われる身なのに、あなたのような人の妻になることなんてできないわ」

外交官の妻となるとどうしても、社交の場に出なければならない。いくらフローレンスが名前や髪型や化粧を変えても、ディルハイム王国の人間が見れば「もしや」と思うかもしれない。

そんな危惧《きぐ》を抱えるフローレンスの肩に、ヒューバートの手がそっと乗った。

「……あなたはこんなときでも、他人の心配をするのですね」

「当たり前でしょう。わたくしはあなたに助けられた身なのに、余計な迷惑を掛けるなんて……」

「迷惑どころか、役得とさえ思っていますよ」

それに、とヒューバートは言葉を続ける。

「コルト＝ベイルはディルハイムほど、社交が頻繁にありません。外交官の妻がどうしても表に出なければならないのはせいぜい、一年に一度程度です」

「そんなものなの!?」

ディルハイムだったら、毎月のように開かれるパーティーに夫と共に参加しなければならないというのに。

(コルト＝ベイルは自由で先進的な国だとは知っていたけれど、これほどまでだったとは……)

驚くフローレンスに、ヒューバートはうなずきかけた。

「私はあなたに、ディルハイムの影に怯《おび》える生活を送らせたいわけではありません。あなたが望むのならば、社交界になんて一生出なくてよろしい。ずっとこの地方の屋敷でゆっくりと暮らしてくだされば十分です」

「でもそれでは、外交官として困るのでは……」

「愛する人に無理を強いてでも優先しなければならないものなど、ございません」

そこで、ここまではずっと凪《な》いでいたヒューバートの瞳が揺れた。

「……やっと、やっとのことで救い出せたのです。たった一人で泣くあなたを、慰めたい。私がついているから大丈夫と、言いたい。……だがそれはできない。そんなもどかしい思いを三年間抱え続け、失敗してもおかしくない救出作戦の末にかろうじて、あなたを助け出せた」

「ヒューバート……」

「だから、私に悪いなんて言わないでください。もう、我儘《わがまま》もおねだりも、何でも言っていいのです。……フローレンス様、私と結婚した暁《あかつき》には、あなたがかつて諦めていたものをなんでもお与えすると約束します」

「なんでも？」

心をくすぐる一言を聞いたフローレンスが問うと、ヒューバートは真面目《まじめ》な顔でうなずいた。

「はい、なんでも」

「……。……わたくし、同じ年頃の女の子と、おしゃべりがしたかったの」

「よいことです。信頼できる家の娘たちを呼びましょう」

「芝生をごろごろと寝転がったりしたかった。真っ白で大きな犬を飼って、その子と一緒に遊びたかった」

「この屋敷の広さなら、大型犬でも難なく飼育できます。寝転びたいのでしたら、芝生を整えさせましょう」

「……す、好きな人と結婚して、おはようとおやすみのときに、キスをしてもらいたかった」

「朝晩といわずにいつでも、あなたに口づけを贈りましょう」

「……赤ちゃんが、産みたかった」

だんだん涙声になるフローレンスの訴えに、初めてヒューバートが言葉に詰まったようだ。

好きな人と結ばれることはもちろん、子どもを産むことだってフローレンスは諦めていた。赤子に罪はないなんて言われるが、悪の王族の血を引く子を世間はそういう目で見るだろう。それに、取り巻き連中がすぐに赤子を取り上げ、自分たちの都合のいいように育てるに決まっていた。

そうなるくらいなら、誰も愛さない。子どもも産まない。忌《い》まわしき血筋は、フローレンスの代で絶やす覚悟を決めていた。

……だから、これはフローレンスにとって最大の我が儘だった。

フローレンスは顔を上げ、ヒューバートの薄青色の双眸《そうぼう》をじっと見上げた。

「ヒューバートは、このお願いも叶えてくれるの？」

「……もちろんです。私たちの子を、育てましょう。ディルハイム王国とは全く関係のない、ヒューベルト・レイフェルスとその妻の子として、愛情を注いで育てましょう」

そう答えるヒューバートの声も、震えていた。彼も、フローレンスが十九歳にして全てを諦めていた胸の痛みをまざまざと感じ取ったのかもしれない。

ヒューバートの両手が、そっとフローレンスの手を握る。

これまで三年間、フローレンスはこの手を見てきたというのに……こんなに大きくてがっしりとしていて頼もしかったのだと、今初めて知った。

「あなたは女王として、本当によく頑張ってこられました。……これからはうんと私に甘え、楽しいときには笑い、不満があるときには遠慮なく口にしてください」

「……わたくしこれでも即位するまでは、離宮の使用人たちを泣かせるほどの我が儘王女だったのよ？」

「そのツケも、三年間で十分支払われたでしょう」

「……」

「フローレンス様。私と結婚、してくださいますか？」

改めて問われたフローレンスは、ふふっと笑った。その拍子に、ころんと目尻から涙の粒が零《こぼ》れる。

この三年間、フローレンスは枕に顔を押しつけて誰にも聞かれぬように泣いていた。

寂しいの、辛《つら》いの、誰か助けて。……そんな、誰にも言えない感情を一人で抱えていた。

（でも……嬉しくても、涙が出るものなのね。それにわたくしはもう、一人で泣いたりしない……）

「……ええ、もちろんよ。ありがとう、ヒューバート。……あなたにはたくさん我が儘を言ったりすると思うけれど、どうか許してちょうだいね？」

「ふっ……もちろんですとも。愛妻の笑顔を見られるのなら、どんな願いでも叶えましょう」

ヒューバートは自信たっぷりに言ってからフローレンスの手を取り直すと、手の甲に静かに唇を落とした。

手の甲へのキスは、これまでにも何度もされてきた。ヒューバートだって、護衛に就任した日にもしてきたと思う。

だが……手の甲の皮膚に柔らかく唇が触れただけでこんなに心臓が高鳴るのは、初めてだった。

（そ、それになぜか、今までよりヒューバートが格好よく見えるような……？）

元々容姿は優れている男だとは思っていたが、今改めて見る彼は男らしくもどこか妖艶《ようえん》で、薄青色の目で見つめられるだけで顔が熱くなってくるような魅力があふれ出ているように思われ、フローレンスはさっと視線をそらしてしまったのだった。

＊　＊　＊

コルト＝ベイル共和国の夏は、からっとしており過ごしやすい。

「おかあしゃま、ただいま！」

風通しのよいリビングでくつろいでいたララのもとに、にぎやかなお客様がやってきた。金髪に薄青色の目を持つ少年と、元気よく吠《ほ》える真っ白な大型犬である。

庭師やメイドなども伴ってやってきた少年と犬を、ララは愛情に満ちた眼差しで迎えた。

「おかえりなさい、ダミアン。テオとのお散歩は、楽しかった？」

「うん！　テオもぼくも、いいこ！」

「それはよかったわ」

ララが両腕を差し伸べると、とことこと歩いてきたダミアンがぎゅっと抱きついてきた。

……本当はこのまま抱き上げて膝に乗せてあげたいが、今はそれをしてやることができない。

「ダミアン、帰ったのか」

「おとうしゃま！」

「お母様はお腹《なか》が大きいから、代わりにお父様が抱っこしてやろう」

リビングに入ってきた銀髪の男性はそう言って、母親の脚に抱きついていた息子を軽々と抱えた。

長身な父親に抱き上げられた少年はきゃっきゃとはしゃぎ、その足下で白い大型犬ことテオもご機嫌そうに吠えた。

息子を抱き上げる男性は、肘《ひじ》掛け椅子に座る妻を見て薄青色の目を細めた。

「……朝よりも、顔色がよくなりましたね」

「ええ。あなたが買ってきてくれた薬草茶のおかげだと思うわ。この子も、さっきから元気よくお腹を蹴っているのよ」

「どれ」

肘掛け椅子に近づいた男性が妻の大きなお腹に触れるが、特にこれといった反応はない。

首をかしげた彼が手を離すと、ララは「あっ！」と声を上げた。

「今、蹴ったわ！」

「なんですと」

男性は慌てて再び妻のお腹に触れたが、やはりしんとしている。

「……なぜだ」

「おかあしゃま、ぼくも、なでなで」

「ええ、どうぞ」

「……あっ！　いま、とんとんってした！」

「……ララ。私はこの子にからかわれているのだろうか」

大はしゃぎで母親のお腹に触れる息子を妬ましそうに見つめる夫の姿に、ララは小さく噴き出してしまった。

彼と知り合って何年も経《た》つが、こんな拗《す》ねた態度もするのだと知ったのは結婚してからだった。

「ふふ……そうかもしれないわね。生まれてきたら、ダミアン以上にあなたに手を焼かせる子になるかもしれないわよ？」

「……望むところです」

男性はふふんと笑ってから息子を抱き上げ、後ろにいた乳母に渡した。

息子はまだ両親と遊んでいたかったようだが、「ねんねのお時間ですよ～」とあやす乳母に連れられて、リビングを出て行った。ダミアンには悪いが、ここからは夫婦の時間だ。

ララがそっと夫の顔を見上げると、彼は肘掛け椅子の背もたれに腕を預けてララを見つめてきた。

「ララ――いえ、フローレンス様。私は、あなたの我が儘を叶えられているでしょうか」

「弱気になるなんて、おまえらしくないわね」

二人きりになったため、夫婦はかつての態度で言葉を交わす。

……今から三年前に、フローレンスはディルハイム王国の女王だった頃の名を捨てて、ララという名でヒューバート――ヒューベルト・レイフェルスと結婚した。ララという名はあまりなじみがないが、フローレンスという元の名前の面影がほぼない方がいいだろうということで、夫と相談して決めたのだった。

だが夫婦二人だけになると、こうしてかつての態度で話をしている。それは、「今の自分たちは、過去のことを抱えながら新しい人生を生きている」ということを忘れずにいるためであり、辛い過去の中にも確かに存在する懐かしさに浸《ひた》るためでもあった。

にやにや笑う妻に指摘されたヒューベルトは顔をしかめ、昔よりも短くなった妻の髪にそっと触れた。

「……弱気になったつもりはございません。ただ、漠然とそんな疑問を抱いただけです」

「ならば、不安に思うことは何一つないわ。おまえは現に、わたくしの我が儘を全て叶えてくれているではないの」

ララには、同じ年頃の同性の知人ができた。多くは外交官の妻であるララと身分の釣り合う家柄の奥方だが、メイドや侍女などとお茶を飲みながらおしゃべりすることもある。

ヒューベルトは結婚してすぐに、テオを連れてきてくれた。どうやら近くの町で生まれたのを譲られたらしく、仔犬の頃はたんぽぽの綿毛のようだったが今ではすっかり大きくなり、ダミアンのいい遊び相手になってくれている。

天気のいい日は、庭の芝生に寝転がって過ごしている。おかげで昔より肌が焼けてしまったのでヒューベルトは焦《あせ》っていたが、「真っ白な肌ではないわたくしは、嫌い？」と問うと、「今のあなたがいつでも最高に愛らしいです」と言ってくれた。

おはようとおやすみのキスだけでなく、何ということがなくともヒューベルトはキスをしてくれる。いつも冷静なヒューベルトにキスをされてララばかりが照れてしまうのが悔しくて、何回か不意打ちでこちらからしたのだが、そのたびに後でとんでもないお返しをもらってしまうのだと学習した。

……子どもを、産むことができた。

結婚してすぐに授かったダミアンは元気いっぱいに育ち、秋には次の子が生まれる予定だ。離れて暮らすヒューベルトの両親や祖父母、従兄弟《いとこ》たちも皆いい人ばかりで、ララの素性を深く聞かずとも歓迎して、ダミアンのことも可愛がってくれている。

「わたくしは、幸せよ。……本当に、こんなに幸せでいいのかと思うくらい……」

「フローレンス様……」

「ねえ、あなた」

女王から外交官の妻の顔に戻ったララは、夫の手のひらに甘えるように頬をこすりつけた。

「あの日、牢獄から私を助けてくれて……そして私を愛し、諦めていたものをたくさん与えてくれて、本当にありがとう」

「……あなたの笑顔こそ、私のかけがえのない宝物。あなたの感謝の言葉は、どのような勲章にも勝る報奨です」

ヒューベルトは静かに言い、妻の頬にそっと唇を寄せた。

「もう、あなたを一人で泣かせたりしません。……愛しております」

「……ありがとう。私も、愛しているわ」

……あの牢獄の中で、女王フローレンスは死んだ。

フローレンスはララとして、ヒューベルトの妻として、ダミアンとお腹の子の母として……このコルト＝ベイル共和国で、生きていくのだ。

＊　＊　＊

「失礼します、女王陛下」

「お入りなさい」

女王の執務室にいた銅色の髪の女性が応じると、大柄な男性が入室してきた。

「ご休憩中失礼します。コルト＝ベイル共和国に出向いておりました外交官より、気になる報告がありましたのでご報告をします」

「申せ」

「はっ。……共和国の視察を行っている最中に、とある地方都市にて元女王によく似た貴族女性を見かけたとのことです」

「ほう、それは奇怪なことだな」

銅色の髪の女王は顔を上げ、小さく笑った。

「元女王フローレンスは三年前の処刑寸前に牢獄から脱獄し……逃亡中に、私が確実に息の根を止めた。そうだろう？」

「仰《おお》せのとおりでございますゆえ、外交官も戸惑ったようです」

男の報告に、女王はふっと笑った。

「そやつに、言っておけ。……死者が蘇《よみがえ》ることはない。おまえが見たのは、元女王によく似た別人に違いない、と」

「ですが……」

「追及はやめておけ。……そもそもコルト＝ベイル共和国は、先々代国王の時代から我が国に不信感を抱いていた。今は少しずつ関係を修復している最中だというのに、『おたくの国にいる貴族女性が、うちの元悪逆女王によく似ているので調べていいですか』なんて言えるはずがなかろう」

「……はい」

「共和国の君主はもちろん、その女王によく似た夫人の気分を害さないためにも、この件の調査を進めることは禁じる。……よいな？」

「はい、女王陛下がそのように仰せであれば」

男はそう言って一礼し、部屋から出て行った。

足音が完全に遠のいてから、女王はふうっと息を吐き出した。

「……なるほど。フローレンスはヒューバートと一緒に、コルト＝ベイルに移った。そこでヒューバートと結婚して、貴族の奥方になったのね……なるほど」

女王は椅子から立ち上がると、書棚に向かった。歴史や経済などの小難しい本や報告書がきれいに並べられたそこから引き抜いたのは、紐綴《ひもと》じの手製のノート。そこには、この世界の人間では誰一人として読めないだろう文字がびっしりと綴《つづ》られていた。

これは、日本語。女王が前世暮らしていた国で使われていた文字である。

――女王には、前世の記憶があった。

かつて彼女はここことは違う世界で生きており、この世界に転生してモニカという名を与えられて、あることを思い出した。

ここは前世に読んだ小説『赤き聖女の英雄譚《たん》』の世界で、自分は腐った王族によって傾いた王国を救う聖女であることを。そして……悪の女王として処刑されるフローレンスの真意も。

自爆的作戦により国を救おうとしたフローレンスの性根は、心優しくて繊細な女性である。そんな彼女は国のため、民のために、最期《さいご》まで悪女の演技を貫き、断頭台で処刑される。それらは全て彼女視点のモノローグで語られるので、物語の登場人物が知ることはない。

だがたった一人だけ、フローレンスを助けようとする登場人物がいた。それが、近衛騎士であるヒューバート。コルト＝ベイル共和国の密偵である彼は女王救出のために策を練るが……あと一歩のところで間に合わなかった。

救出に失敗して処刑を見守るしかできなかったヒューバートはそこでやっと、己が女王に恋していたと知る。そして自ら命を絶ってしまうのだ。

そう、『赤き聖女の英雄譚』は、「救国の聖女」であるモニカと、汚名にまみれながらも己の使命を果たしたフローレンス、二人の英雄による物語なのである。

前世のモニカも、最初は主人公モニカに感情移入して「早く悪の女王を倒してしまえ！」と思っていた。だがストーリーが進むごとに「あれ？」と思うようになり、そして処刑一時間前の牢獄におけるフローレンスの独白のシーンで心臓が止まるかと思い、フローレンスを救えなかったヒューバートが女王への愛をつぶやいて自害するシーンで涙腺崩壊した。

「もう一度最初から読み直して、あちこちに張られていた伏線に気づいて、もう一度ショックを受けたんだっけ……」

なぜ、「少し我が儘だが優しい王女」と言われていたフローレンスが、即位を機に豹変《ひょうへん》したのか。なぜ、女王の護衛であるはずのヒューバートが単独行動を取っているシーンがあったのか。なぜ――モニカが到着したときに、フローレンスがほっとしたような表情をしたのか。

明かされた真実の数々に小学生以来の高熱を出し、次の日の仕事を休んだのも今ではいい思い出だ。

そうしてモニカとして転生したと気づいた彼女は、あることを決めた。

……フローレンスとヒューバートに、あんな悲しいエンディングを迎えさせない。フローレンスもヒューバートも、死ぬ必要はない。こっそり逃げて生き延びてくれても、モニカにとって何も不都合はないのだから。

小説では死ぬしか道がなかった、フローレンスとヒューバート。誰よりも純粋で美しい心を持つ二人を生かしたいと、モニカは考えた。

だから処刑の日に突如、警備兵の人員配置を提案した。ヒューバートの作戦内容は知っているので、彼が動けるように兵士の位置を変更し……なおかつ慎重な彼がモニカの意図を察して計画を勝手に変えたりしないよう、神経を尖《とが》らせて皆を動かした。このときのモニカは、反乱を起こしているときよりずっと緊張していたものだ。

そしてヒューバートは見事女王を連れて逃亡し、モニカは「逃亡した女王と近衛騎士を、自らの手で葬った」と喧伝《けんでん》することによって、女王の足跡を追わせることを阻止した。

小説と違うのは、女王の処刑が行われなかったことだけ。後は筋書きどおり、「救国の聖女」であるモニカは国民たちの熱烈な歓迎を受けて、女王に即位した。

即位してからの三年間で、モニカはディルハイム王国を順調に立て直している。そして小説でも書かれていたとおり、来年には共に戦地を駆けた仲間の一人と結婚する予定だ。

前世、「なんでフローレンスが死なないといけないのぉぉぉ！」と嘆いていた無念を晴らし、モニカ自身も幸せになれている。これ以上の幸福はないだろう。

「……フローレンス、おめでとう。どうか、小説ではできなかった分も幸せに」

ノートの文字を指でなぞりながら、女王は微笑んでつぶやいたのだった。

姫様は今日も幼なじみをこき使う。

池《いけ》中《なか》織《おり》奈《な》

ill. 風《ふう》 ことら

クラルスザ王国には、一人のお姫様が居る。

その名はエーデルティン・クラルスザ。

銀色に煌《きら》めく絹のように滑らかな髪と、エメラルドのように煌めく緑の瞳《ひとみ》を持つ美しい姫君である。

その姿はまるで儚《はかな》い妖精か何かのようで、一目見た者は目を奪われてしまう。

そんな愛らしい見た目のお姫様だけれども、その評判は決してよくない。

『王国の膿《うみ》』、『魅惑の悪女』、『王国の我儘《わがまま》姫』などの悪名しか持たない王女様である。

さて、今日も彼女はその名の通り、行動を起こしている。


「エーデルティン殿下！」

そこはパーティーの会場である。

王族や貴族の集まる華やかなその場で、一人の令嬢がエーデルティンへと声をあげながら近づいていく。

何事かとパーティーの参加者たちが一気にその場へと視線を向ける。そしてその騒ぎの中心にエーデルティンが居るのを見て、またかと興味を失う者も多い。

エーデルティン・クラルスザはこの国で最も有名な女性である。それも悪い意味で、その名は国内外問わず広まっている。騒ぎの中心に彼女が居るのはよくあることだった。

「あら、何か用かしら？」

彼女は睨《にら》みつけられても顔色一つ変えない。にっこりと微笑《ほほえ》む様子は美しく、文句を言おうとした令嬢は見惚《みと》れそうになりながらもはっとした表情を見せる。

「何か用ですかって心当たりはないんですの？　あなたがヴァザリヴェ子爵家に何をしたのか、私は知っていますわ！　気に入らないからという理由だけであんな真似《まね》をするなんて！」

王国内に存在するヴァザリヴェ子爵家が潰《つぶ》された。それもエーデルティンの不興《ふきょう》を買ってしまったからというそれだけの理由でだ。

「それの何が悪いのかしら？」

「なっ！」

「ヴァザリヴェ家に親しい方でもいたの？　ならよかったわね。あの家の人間と一緒にいてもろくなことにならないわよ？」

小馬鹿《こばか》にしたように微笑み、彼女はまっすぐに令嬢のことを見る。

その言葉を聞いて顔を真っ赤にして、令嬢は彼女へと掴《つか》みかかろうと右手を振り上げる。だけど笑顔のままの彼女にその手は届かない。

「姫様に無礼な真似は許しません」

令嬢の腕を掴むのは、一人の青年である。

黒髪の背の高いその青年は、執事服を身に纏《まと》っている。その表情は無。淡々とした様子のその青年を令嬢はキッと睨みつける。

「ケレイブ・シュエリガーン……」

忌々《いまいま》しそうにその名前を呼ぶ。

その青年はシュエリガーン公爵家の長男である。しかし彼はその継承権を手放している。

そして――、

「エーデルティン・クラルスザの犬が！　シュエリガーン公爵家の一員としての誇りはないの⁉」

彼は『エーデルティン・クラルスザの犬』と呼ばれている。

彼の生家であるシュエリガーン公爵家は、王太子派の貴族である。公爵家は王国一の悪女であるエーデルティンを良くは思っておらず、犬猿の仲であると噂《うわさ》されている。

彼は顔色一つ変えずに何も言わない。まるで感情を無くした人間のように、何を言われても動じないのが彼である。

「……エーデルティン殿下に手出しはしませんから、放してくださります？」

その言葉を聞いてケレイブは腕を離して、令嬢を見下ろす。

「エーデルティン殿下！　あなたがそのまま好き勝手しているのが許されると思わないでください！あなたの悪事は誰もが知るところなのですよ。いずれ、正義があなたを裁くことでしょう！」

令嬢はケレイブ越しにエーデルティンを睨みつけて、そう言い放つ。

「あら、そんなことが出来るとお思い？　それを期待しているようではあなたもまだまだだわ」

くすりっと小馬鹿にするかのように微笑み、エーデルティンは次にケレイブを見る。

「ケレイブ、此処《ここ》に居るのも飽きたわ」

その一言だけ告げ、その両手をケレイブの方へと伸ばす。ケレイブは彼女に近づくと、その体を軽々と抱えた。横抱きにして彼女を抱えたまま、彼はその場から去っていくのであった。

＊

目撃者たちは口々に噂する。

「あの姫様はどうにかしなければなりませんわ。ヴァザリヴェ家もただあの方の不興を買ってしまったという理由だけで潰されてしまったのですもの」

「ケレイブ・シュエリガーンは相変わらず殿下の犬のようです。シュエリガーン公爵家の息子ともあろうものがあの悪女の言うことを聞いているなんて……やはり噂通り弱みでも握られているのかしら」

「婚約者が居ないにしてもあれだけ異性と密着するなんて何を考えていらっしゃるのだろう。本当に頭がいかれている。あれだけ評判の悪い姫君だと幾ら見た目が良くても嫁ぎ先など見つからないだろう」

——それは好意的なものなど何一つない。

基本的に出回っている噂は、彼女を悪く言うものばかりである。誰かが悪意を持って広めているのか、驚くことにその噂は市井《しせい》にまで広がっている。

「ごきげんよう、エーデルティン殿下」

「ごきげんよう、ミラビラ」

パーティー会場でひと騒動あった翌日、エーデルティンの元に一人の美しい令嬢が赴いていた。

優雅に紅茶を飲むエーデルティンの隣には当然のようにケレイブが控えている。

そこは王宮内の庭園である。色とりどりの花々の咲き誇るそこは彼女のお気に入りだ。特によく彼女が訪れるこの場には力トレアの花が咲いている。〝あなたは美しい〟の花言葉を持つその花々は、庭師がエーデルティンの美しさに感銘を受けて捧《ささ》げたものであると言われている。

「座りなさい。私に何か話があるのでしょう？」

エーデルティンが促せば、ミラビラは彼女の向かいの椅子《いす》に腰かける。

そのミラビラという名の令嬢は、クラルスザ王国の有力な公爵家の長女である。エーデルティンとは同じ年で、昔からの付き合いだ。

「エーデルティン殿下の噂をお聞きしましたので、こちらを訪れましたの」

その茶色の瞳がじっと、エーデルティンのことを見つめる。

「まぁ、それで？」

「私の元に多くの苦情がきておりますわ。エーデルティン殿下がやらかしてしまうと私も大変なのですよ？」

「あら、私のために苦労するのならば本望ではなくて？」

美しい微笑みを浮かべて、そう告げるエーデルティン。その言い草に眉《まゆ》を顰《ひそ》めるミラビラ。

「本当にエーデルティン殿下は相変わらずですわね。それにシュエリガーン公爵子息も」

ミラビラは先日エーデルティンが起こした騒動の件で、思う所があるようだ。呆《あき》れた様子でエーデルティンとケレイブの二人に視線を向ける。

ミラビラはケレイブのことも昔から知っており、ある意味この三人は幼なじみと言える。それだけエーデルティン殿

「あまりやりすぎてしまうと寝首をかかれてしまう可能性がありますわ。それだけエーデルティン殿下は目立った行動を起こしておりますから」

「あら、そうかしら？」

「ええ。先日の子爵家を取り潰しにした件だけではなく、お忍びで街に出かけた際に騎士部隊と対立しておりましたでしょう？　その街で騎士の一人が変死した件も、エーデルティン殿下の気まぐれのせいだと言われておりますわ。それについ先月の隣国からやってきた使者の方がとんぼ帰りした件やはたまたとある子息が自殺した理由も――エーデルティン殿下が裏で糸を引いていると言われておりますわ」

「あらあら、皆様、噂好きね」

「ええ。全くもってそうですわ。あることないこと噂するのが皆さんお好きですもの。見せかけの真実に振り回される方が多いこと……。あなたさまは王族だからこそ不敬な真似を行う方は少ないと思いますが、追い詰められた人間は何をやらかすか分かりませんわ。だからくれぐれも行動にはお気をつけくださいませ」

それはある意味、警告のような言葉であると言えるだろう。忠告でもあるのかもしれない。

それだけエーデルティンは目立った動きをしており、皆が動向を気にしている。エーデルティンの行動の中には、国の評判を下げてしまうようなものもある。

「まぁ、やれるものならやってみなさいとしか言えないわ。私は誰が何を言ってこようとも行動を改めるつもりはないですもの。もちろん、あなたの家が口出ししてきてもですわ。くれぐれもそれは公爵にお伝えなさい」

「ええ。父には伝えておきますわ。我が家が望んでいるのは、この国の平穏ですの。それをくれぐれも頭の片隅に置いておいてくださいませ」

そんな言葉を口にした後、ミラビラは去って行った。残されるのは優雅に紅茶を口に含むエーデルティンとケレイブだけである。


「ケレイブ、私、この宝石が欲しいわ。手配して」

「かしこまりました」

エーデルティンは綺麗《きれい》な宝石を好む。王族として相応《ふさわ》しい装飾品を身に付けていなければならない。それだけ王族としての品格を示すために高価なものを身に付ける必要がある。

しかし彼女は過度なほどに装飾品を身に纏っていたりする。それらの宝石をケレイブに指示をして手配させている。その宝石類をケレイブに貢《みつ》がせていると、社交界では噂されている。

「ケレイブ、あの令嬢の情報を集めてくれる?」

「かしこまりました」

彼女は気に入らない人を見かけると、情報収集を命じる。ケレイブはどんな命令だって淡々と受け入れる。その無表情な瞳が何を考えているのか、周りには分からない。その目をつけられた人物は、隅々まで調べつくされ、破滅することも多い。

「ケレイブ、眠たいわ。連れて行きなさい」

「かしこまりました」

時に移動を面倒がったエーデルティンの命令により、その体を抱えられ、運んでもらうことも多々ある。本当に何でも命令し、それは従者の仕事なのかと驚くようなことまでケレイブは行っている。

「ケレイブ、あのドレスを私の元へ献上させなさい」

「かしこまりました」

誰かの持ち物であっても、彼女が欲しいと言えばそれはエーデルティンの元へと献上される。一言ただ命じれば、ケレイブはどういう手を使ったのか簡単に手に入れて、彼女の物へとしてしまう。しかしその献上された物を彼女が身に付けているのを誰も見たことがない。

どのような命令でもケレイブ・シュエリガーンは完遂する。それこそその行動を起こせば、周りから顰蹙《ひんしゅく》を買うようなことでも、顔色一つ変えずに頷《うなず》く。エーデルティンの言うことを忠実にこなすその姿に違和感を持つ者もそれなりの数が居る。

「どうしてシュエリガーン公爵子息はあの姫様の言うことをあんなに聞いているのかしら？」

「昔のエーデルティン殿下とケレイブ様はああではなかったと思うのだけど、何か弱みでも握られているのでは？」

「シュエリガーン公爵家を継ぐことが出来たはずなのに、その地位を放り出してまでエーデルティン殿下の傍《そば》に居るなんて……おかしいことだわ」

「俺だったら幾ら美しい方でも、あんな我儘姫の従者なんて死んでもしたくないけれど」

「まるで感情を無くしたかのように淡々としていて、何か悪い魔法でも使っているのでは？」

エーデルティン・クラルスザとケレイブ・シュエリガーンのことを皆、口々にそのように噂をしていた。

ケレイブ・シュエリガーンはその公爵家を継げるだけの立場にある。それこそ幼き頃《ころ》は王太子であるリュウール・クラルスザの側近候補として城に上がっていた。彼は公爵家を継ぎ、王太子を支えていく存在になるであろうと噂されていた存在だった。

その美しい面立《おもだ》ちに頬《ほお》を染める令嬢たちも多い。それでいて剣術や魔法の腕も高く、将来を約束されていたはずの存在であった。

――それが今では継ぐべきものを放棄し、王国の膿である我儘姫の傍に控えている。

そのことに対して、国を担《にな》う存在が姫君にふりまわされていると残念がっている者は多くいる。

エーデルティンが評判の良いお姫様であったのならばまた別だっただろう。あのケレイブ・シュエリガーンが仕えるのに相応しい存在であれば、誰もこのような噂を流さなかったはずである。

その優秀な人材を我儘姫が消費していること。それは国にとっての損失だと考える者もそれはもう多くおり、当然のことだが彼を説得しようと試みた者はこれまで多くいた。

その全《すべ》ては上手《うま》くいかず、結局彼は彼女の傍に控え続けている。

さて、エーデルティン・クラルスザとケレイブ・シェエリガーンの状況をどうにかしなければならないと考えている者はそれなりにいるわけだが、特に女性が多い。

それは彼が彼女に逆らえない状況にさせられており、自分の意思で仕えているわけではないとそう考えられているからだ。

麗《うるわ》しき彼を悪女の手から救い出さなければならないと、そのように使命感に燃えてしまう令嬢というのはそれなりの数がいる。

「なんてことなの！　私が国を空けている間に殿下がそのように変わってしまっておられるなんて！　それにケレイブ様はそのような扱いをされて良い方ではないわ」

そして此処に一人、彼を救い出さなければならないと使命感に燃えている一人の令嬢がいる。

彼女の名は、ラコレッタ・ビズラスク。

クラルスザ王国を家の事情で数年間離れていた伯爵家の令嬢だ。

＊

「エーデルティン殿下、お久しぶりですわ」

「ラコレッタ、久しぶりね」

先日、ミラビラを迎え入れたのと同じ庭園。真っ白な椅子に腰かけるエーデルティンはラコレッタのことを笑みを浮かべて迎え入れる。

ラコレッタは優雅に微笑みを浮かべるエーデルティンを前に見惚れてしまう。

相変わらずお美しい……とほぉとした気持ちになってしまうラコレッタ。しかし次の瞬間にははっとする。

「エーデルティン殿下、どうしてケレイブ様を不当に扱っておられるのですか？　殿下は昔はそのような方ではなかったでしょう？　そういう関係は間違っていると思います」

まっすぐにエーデルティンの目を見て、ラコレッタは口にする。

その言葉を聞いてもエーデルティンとケレイブは全く動じた様子はない。

「あら、誰にそんな口を利いているのかしら？」

その上から目線の言いぐさにラコレッタはぐっと拳《こぶし》を握る。

ラコレッタの記憶にあるエーデルティン・クラルスザは、目の前の彼女とは違う。ラコレッタの知る彼女はこのような物言いをする姫君ではなかった。

その新緑の瞳は冷たくラコレッタを見つめている。その冷めた瞳に見つめられ、ラコレッタは怖ろしい気持ちさえ感じてしまう。

「……エーデルティン殿下、私が国を空けている間に何があったのですか？　あなた様はケレイブ様を大切に思っていたと記憶しております。私の目から見てもエーデルティン殿下とケレイブ様は仲睦《なかむつ》まじかったではありませんか」

ラコレッタがクラルスザ王国から離れる前、エーデルティンとケレイブはそれはもう仲睦まじい様子を見せていた。

　王太子を支えるべく、王城へ赴いていたケレイブは自然とエーデルティンとも距離を縮めていった。そのことは噂になっていた。それでいてラコレッタはその様子を間近で見ていたので、今のエーデルティンとケレイブの関係性が理解出来なかった。どうしてそんな風になってしまったのだろうかと、心の底から嘆いているようである。

「私とケレイブの関係をあなたに口出しされる筋合いはないわ。私が昔どうであったかも、私の行動の意味もあなたには全く関係がないことでしょう？」

　心から二人のことを思いやっているであろうラコレッタの言葉を聞いても、エーデルティンはくすくすと笑ってそう告げるだけだ。突き放すようなその言葉を聞いたラコレッタはカッとした様子を見せる。

「エーデルティン殿下、あなた様は本当にそのような恥ずべき方に変わってしまったのですね。あなた様は王族であり、この国の顔です。そんなあなた様が自分勝手に行動することが国にとってどれだけの不利益をもたらすのか、それも分からなくなってしまわれたのですね」

「あら、私にそんな口を利くのね？」

「私のことも消しますか？　あなた様がこれまで気に入らないからと破滅に追いやってきた者たちと同じように」

　意志の強い茶色の瞳がじっと、エーデルティンのことを見据えている。

　もし仮にエーデルティンがそのような強行に出たとしてもそれに屈しないという意思を見せている。

「あら、あなたにそんな価値もないわよ。言いたいことがそれだけなら、このまま下がりなさい」

「……エーデルティン殿下！　私はあなた様の罪を暴いてみせます！　そしてあなた様からケレイブ様のことを解放してみせますわ」

強気に宣言をしたラコレッタ。そんな彼女をエーデルティンはおかしそうに笑いながら見ている。

「解放だなんて、まるで私が無理やりケレイブを従えているみたいじゃない。本当にそうだと思っているならあなたはお馬鹿ね？」

彼女は美しく微笑むと、隣に控えているケレイブに手を伸ばす。

「ケレイブは自分の意思で私の傍に居るっていうのにね？」

「はい。私の居場所は姫様のお傍だけです」

「そうよねぇ。本当にどうして私がケレイブを無理に従えているとあなたも含めて皆思うのかしら？」

まるで自分だけがケレイブの特別だと確信しているかのように、彼女は微笑んだ。ラコレッタはその瞳が「ケレイブが傍に居たいと望んでいるのはあなたではないのよ」と見せつけられているようで苛立《いらだ》ちを感じてしまう。

「それは……エーデルティン殿下が言わせているのに過ぎないでしょう！　ケレイブ様があなた様のような身勝手で、国に不利益をもたらす存在に心から仕えるはずなどありませんわ！」

そうラコレッタが言い切るのは、昔のケレイブ・シェエリガーンを知っているからかもしれない。

少なくともラコレッタの記憶の中にあるケレイブは国に不利益をもたらす存在に間違っても仕えるようには見えなかったのだから。

「あらあら、そんなことをあなたが幾ら言っても無駄よ？　ケレイブは私のものだもの」

見せつけるようにケレイブへと手を伸ばして、その顔へと自分の顔を近づけていく。まるで今から口づけをするようにさえ見える。ケレイブはそんな彼女にされるがままで、表情の一つも変えない。

「エーデルティン殿下！　ふざけるのも大概にしてくださいませ！　そのような不埒《ふらち》な真似を強要するなんて――！　今のあなた様に何を言っても無駄だということは分かりましたわ。そのままでいられると思わないでくださいませ！」

バンッと大きな音を立てて立ち上がったラコレッタはそう言い捨てて、その場から去って行った。

「姫様、からかいすぎです」

「いいじゃない。あなたが私のものなのは本当のことだもの。それにしてもラコレッタは昔と変わらず単純ね」

ラコレッタが去った後、彼女と彼は密着したまま会話を交わしていた。

表情一つ変えないケレイブとどこか楽しそうにくすくすと笑っているエーデルティン。

「姫様、ラコレッタは行動力のある令嬢ですよ」

「分かっているわ。その方が都合が良いもの。そうね、どうせなら――」

エーデルティンが口にした言葉に、ケレイブはただ頷くだけだった。

「本当に信じられないわ！　あのエーデルティン殿下とケレイブ様があんな風になってしまうなんてっ！」

エーデルティンとケレイブと久方ぶりに再会したラコレッタは、信じられない気持ちで一杯だった。

というよりラコレッタは実際にその目で見るまでは噂を心の底から信じ切っているわけではなかった。なぜならラコレッタの知る二人はそうではなかったから。


「五年の間に何があったのかしら――」


ラコレッタがこの国を空けていた期間は五年。少なくとも五年前はああではなかった。

エーデルティンは評判の良い心優しい姫君だった。昔から美しく、儚く消えてしまいそうな深窓の姫君であった。それがどうしてああなってしまったのだろうかとラコレッタには分からない。

ケレイブに関してもそうである。エーデルティンよりも一つ上の彼は五年前は今とは異なる姿を見せていた。エーデルティンの従者ではなく、公爵位を継ぐために必死に勉強に励んでいたはずなのだ。少なくともその関係は今のように歪《いびつ》ではなく、二人とも将来を約束されていたはずだったのだ。

そんな二人が今の状況に陥っているのには何かしらの理由があるはずだとラコレッタは考えている。

再会したエーデルティンは昔の様子が嘘《うそ》のように悪女と呼ぶのに相応しい振る舞いをしていた。既に数々の事件を起こしている彼女のことはもう手遅れかもしれなくても、彼女に付き従わされているだけのケレイブのことは救うことが出来るはずだとラコレッタはそのように夢を見ている。

ラコレッタにとってケレイブは初恋の相手でもあった。

そんなケレイブの傍に誰もが認める優しい姫君が居たからこそ、彼に淡い恋心を抱《いだ》いた少女は皆諦《あきら》めていた。それだけ二人はお似合いだと誰もが認めていた。

ラコレッタもその一人だったのだ。彼女ならば彼の隣に相応しいとそう思っていた。だけれども、今の彼女の在り方はラコレッタには認められなかった。

――そういうわけでラコレッタは自分の持てる全ての人脈を使って、その関係をただすことを目標に動き出した。

ラコレッタの父親である伯爵も国を思う善良な貴族である。エーデルティンが王族であることを盾に好き勝手していること、ケレイブという優秀な人材を使い潰していることに思う所があるようでラコレッタの行動を支援していた。

「皆様、私は昔のエーデルティン殿下を知っているからこそ、心苦しく思っているのですわ。心優しき姫君であった彼女は変わってしまいました。間違っても昔のあの方ならばケレイブ様をまるで所有物のように扱うことはなかったでしょう。王族だからといって行っていいことと悪いことがあると私は思いますの。あの方は気に入らない貴族家を潰してしまわれたりと王国に不利益をもたらしている。その状況は確実にどうにかしなければなりません」

ラコレッタの家はクラルスザ王国の中でも有数の伯爵家である。王国内で影響力が強い。そんな家がエーデルティンの暴走を止めるべく動き出したのだから、それは大事となる。

ラコレッタの呼びかけに集まった者たちはそれなりの数が居た。不満を抱えていたとしても、相手は王族であるためよっぽどのことがないとこれだけ集まることはないだろう。

「私もその通りだと思います。最近のエーデルティン殿下の行動は流石《さすが》に目に余るものが多く見られます。このままあのような行いが続くようでは、我々は生きた心地がしません」

「王女殿下は表に出ている噂だけではなく、裏で何をしているか分かりません。王太子殿下たちは王女殿下のことを諫《いさ》めてはいるようですが、効果がないようなのです」

ラコレッタはこの五年間の情報を正しくは知らない。国を離れていたのもあり、その間に何が起きていたのか、どういった行動をエーデルティンがしていたのかを把握するためにも様々な人々から情報を集めていた。

エーデルティンに関する噂は様々なものが流れている。その中には国家転覆が行われる可能性があるような物騒なものも多々ある。流石に全てがエーデルティンの行ったものであるとは言えないかもしれないが、彼女自身が認めた事件も多くあるようである。

「陛下や王太子殿下たちがエーデルティン殿下のことを粛清することが出来ないのは、聖痕を持つ姫君だからでしょう」

「最もクラルスザ王家の証《あかし》を持つ王女があの調子だというのは、本当に頭が痛い限りですね」

口々にラコレッタの周りの者たちはそう口にした。

エーデルティン・クラルスザは聖痕を持って産まれた王女である。クラルスザ王国は聖痕と呼ばれる聖なる証を持って産まれる子供が時折現れる。聖痕持ちは王国を発展させてきた歴史があり、それを持つというだけでも王国では特別な存在である。その証を持つ者は王位を求められることも多く、エーデルティン・クラルスザはそういう王女だからこそ周りが口出しをしにくいというのもあるだろう。

「この国のためにも、ケレイブ様のためにもエーデルティン殿下をどうにかしてみせましょう」

ラコレッタはそんな風に決意の言葉を口にし、周りはそれに同調するのであった。

＊

「まぁ、私のことをお父様やお兄様たちに諫言《かんげん》として伝えているようだわ」

「そうですね」

「ケレイブ、ラコレッタが関わりを持っている方たちの情報は集められている？」

「もちろんです」

エーデルティン・クラルスザの自室。

天蓋付きのベッドやドレッサー、クローゼットなどが並ぶその部屋にエーデルティンとケレイブの二人が居る。その脇には侍女たちが控えている。

ケレイブから渡された資料にエーデルティンは目を通す。

「なるほど。本当に色んな方々がラコレッタの周りに集まっているようね。ご苦労なことだわ」

「はい。本当にそうですね」

「ケレイブ、予定通り進めるわ。私のことを守りなさい」

「かしこまりました、姫様」

エーデルティンの不遜《ふそん》な命令口調の言葉を聞いて、ケレイブはただ頷くだけである。

歯車は動いている。

エーデルティン・クラルスザという王国の膿で、悪女である少女を取り巻く環境は確実に変化している。彼女は自分を排除しようという動きがあろうとも、普段と全く変わらない。

「ラコレッタ様、陛下や王太子殿下へお伝えしても、やはり王女殿下は変わらずの様子です。つい先日はとあるパーティーで他の貴族家に仕えている料理人を無理やり奪ったとか……」

「シェエリガーン公爵もどうして無理やりでもケレイブ様を連れ帰らないのでしょうか。やはり聖痕神話を重んじているので王女殿下を止めることが難しいのかもしれません」

「シェエリガーン公爵と次期当主も王女殿下とケレイブ様と話しているところをここ数年見たことがありません。この王国のためにもケレイブ様のためにもどうにかしなければなりません」

ラコレッタは早速《さっそく》行動を起こしている。

人を集め、情報収集をし、エーデルティンの逃げ道を無くそうと考えているのであった。

「ええ。クラルスザ王国のためにもエーデルティン殿下をこのままにしていてはいけません。あの方が次に行われるパーティーで何か事を起こす気であるというのが分かりました。その際にこれ以上の暴走をやめさせることが一番でしょう。あの方が握っているであろうケレイブ様の弱みについても彼女のおかげで手がかりを掴むことが出来ました」

ラコレッタはそう言いながら一人の令嬢へと視線を向ける。その令嬢はとある伯爵家に引き取られた少女である。子供のいない新興の伯爵家に遠縁から引き取られたというその少女の名はユーラスタ。

情報収集能力に長《た》けているのか、エーデルティンが握っているというケレイブの弱みの候補をラコレッタに伝えていた。

ラコレッタにとってそのユーラスタから伝えられた情報は十分に納得が出来るものであった。だからこそユーラスタのことを信じられるとラコレッタは判断していた。

「これからエーデルティン殿下の暴走を止めるために私たちで尽力しましょう。それを成し遂げてこそ、この国のためになり、ケレイブ様を解放する手立てになります」

ラコレッタの頭の中は、ケレイブを救いたいという使命感で一杯である。

それでいてエーデルティンからケレイブを解放した暁《あかつき》には、恋人関係に至れる可能性が生まれるのではないかとそんな淡い期待さえしてしまっている。今は、エーデルティンに利用されているが、それが解消されればと夢見ているのである。

それはラコレッタだけではなく、他の女性陣もそうである。

「はい。もちろんです」

「それにしてもどうしてミラビラ様は私たちに賛同してくださらないのでしょうか？」

集まった者たちは、一つの疑問を抱いていた。それは時折エーデルティンに注意を促している公爵令嬢ミラビラがこちらに加わらないことである。

ミラビラはエーデルティンに表立って意見をすることも多い令嬢で、ラコレッタたちからしてみれば仲間になるはずの存在であった。

しかしミラビラはエーデルティンをどうにかするために協力してほしいという申し出を断っていた。それどころかラコレッタに対して「付き合う人間は考えた方がいいわ。それと行動するのはよく情報を集めてからにすることね」などと口にしていた。

まるでラコレッタたちのやることが無意味だとでもいう風に、呆れた様子でそのように言われて正直、ラコレッタからしてみれば面白《おもしろ》くなかった。

付き合う人間を考えた方が良い。よく情報を集めた方が良い。

そのあたりは言われなくてもラコレッタはきちんと行っているつもりである。それどころか家の力を借りて付き合う人間を決め、情報収集を行っているのでそのあたりは心配していなかった。

「ミラビラ様はもしかしたらエーデルティィン殿下を諌めるという体裁をとっていただけで、実際はあの方をそのままにするつもりなのかもしれません。自分の評判を上げるためだけにそのようなことを言っているのではないでしょうか」

言ってしまえばそんなパフォーマンスをしているとラコレッタ側からしてみると取れる。ラコレッタはミラビラも昔はそんな令嬢じゃなかったのにと何とも言えない複雑な気持ちになってしまっていた。

ミラビラが実際にはエーデルティィンのことを止める行動を行っておらず上辺《うわべ》だけのパフォーマンスだとラコレッタたちは広めることにした。

それによってミラビラのことをエーデルティィンと敵対している旗頭としていた貴族たちを取り込むことに成功していた。結果として公爵家やミラビラの周りから一部の人々が居なくなったわけだが、公爵家は何の動きも見せなかった。またこれだけ大規模に動いているにもかかわらず、何を考えているのかエーデルティィンは特に反応を示さない。

そうしているうちにエーデルティンが何かを起こすと噂されているパーティーの日が近づいてきていた。

＊

「ケレイブ、このドレスはどうかしら？」

「お似合いです。姫様」

「あなたが選んでくれたものが私に似合わないはずないものね？　今日は少し忙しくなるわ」

「はい。姫様」

「あの子たちが何を言い出すのかはある程度予想はついているけれど、そんなことをしても何も変わらないのにね。ねぇ、ケレイブ」

「はい。姫様」

美しい血のように赤いマーメイドラインのドレス。それはエーデルティンの女性らしい身体《からだ》つきを強調している。鏡の前で自分の美しさに満足気なエーデルティンとその横で淡々としているケレイブ。他に控えている侍女たちは二人のいつも通りな様子に表情一つ変えない。

「ケレイブ、行くわよ」

「仰《おお》せのままに」

エーデルティンの言葉に頷いたケレイブは、その手を彼女に伸ばす。そして彼女は自分の手をさし伸ばされた手に重ねた。

そのままエーデルティンとケレイブは本日王城ホールで行われるパーティー会場へと向かった。

エーデルティンはいつも傍仕えであるケレイブにエスコートされてパーティーに赴いている。そのパーティー会場へと足を踏み入れるとその場に居た者たちが一斉に視線を向けてくる。

今回のパーティーの主催はエーデルティンの兄である王太子である。そしてそのパーティーにはラコレッタたちも含めた王女をよく思っていない面々もそれなりに多い。その彼らがこの場に呼ばれているという事実がラコレッタたちにとっては王太子が自分たちのことを後押ししてくれているということで喜ばしいことだった。

だから彼女たちの多くはエーデルティンが何か起こした時のために警戒を続けている。

「姫様、こちらをどうぞ」

「ありがとう、ケレイブ」

ケレイブは甲斐甲斐《かいがい》しくエーデルティンに飲み物などを渡し、世話をしている。

王太子主催のパーティーだというのにエーデルティンはその場の誰よりも注目を集めている。特にこれといって行動を起こしていなくてもそれだけ彼女は周りをひきつける魅力を持ち合わせている。

そういう少女が悪女としての行動を起こし続けているからこそ余計にラコレッタたちを含む周りは彼女が気に障《さわ》ってしまうのかもしれない。

「今日はやけに王女殿下は大人《おとな》しいですわ。何を企《たくら》んでいることやら……」

「今回のパーティーで何かを起こす話だとはお聞きしましたが、嵐の前の静けさのようでなんだか恐ろしい限りだわ」

エーデルティンがこれから何かしらのことを起こすであろうという情報は掴んでいる。

とはいえ今の所その気配がなく、ラコレッタの周りを囲う者たちは何処《どこ》か落ち着かない表情を浮かべている。

その中でユーラスタはただ一人冷静で、ラコレッタはその様子にほっとする。

五年前から変わってしまったエーデルティンが自分の知らない何かのように見えて、ラコレッタは彼女と対峙《たいじ》すると思うと少し怯《ひる》んでしまいそうになる。

調べれば調べるほどエーデルティンが本当に悪女であるという証明しか出てこず、これから彼女が何をやらかそうとしているのかとそればかりを気にしてしまっている。

だからこそラコレッタたちはそのパーティー中、常に緊迫した雰囲気を身に纏っていた。

それと対照的にエーデルティンとケレイブは何処までも穏やかにいつも通りである。

そうしてパーティーが進んでいく中で、エーデルティンとケレイブが二人そろって席を外したタイミングがあった。

ラコレッタはそのタイミングこそが一つのターニングポイントだと考え、ユーラスタを含む数名を連れてエーデルティンのことを追いかけることにした。

ラコレッタが彼女のことを公の場で断罪しようとしなかったのは、何かしらの問題が起こる前に止めることが出来ればと思っていたからである。また昔のエーデルティンのことを知っているからこそ、どうにかすれば戻ってくれるのではないかと期待しているのだ。

「エーデルティン殿下！」

エーデルティンはたった一人でバルコニーに佇《たたず》んでいた。

時刻は夜。月の光に照らされて、エーデルティンの銀色の髪がキラキラと反射している。まるでこの世のものではないかのような、そんな雰囲気を彼女は身に纏っていた。

「あら、ラコレッタ。何の用かしら」

美しく微笑むその姿を見ていると、これから彼女を問い詰めることがいけないことなのではないかといったそういう気持ちにさえラコレッタはなる。

「私の用件など分かっているのではないでしょうか。エーデルティン様、あなた様は本来、悪女などではなかったはずです。今まで犯してきた罪は残りますが、これから償っていけばいいのです。ケレイブ様もお優しい方なので、きっとエーデルティン殿下のことを許してくださるはずです。だから、どうか心を改めてください」

ラコレッタはエーデルティンのことをどうにかしなければならないと思っている。それでも昔の彼女を知っているから、改心してくれるのではないかと期待しているのだろう。

「あら、何を償うことがあるというの？」

だけどエーデルティンは月明かりの下で、美しく微笑んでいるだけだ。

自分が何も悪い事などしていないとそんな風に告げる言葉。

「エーデルティン殿下！　あなた様は本当に変わってしまわれたのですね。ケレイブ様のことを脅迫し、束縛し、それでいて気に入らないものを全て排除するような本当の悪女になられてしまったのですね」

「あらあら、ケレイブは自分の意思で傍にいるのよ。あなたが口を出すようなことは何もないわ」

くすくすと馬鹿にするかのように笑い、ラコレッタを見つめるエーデルティン。

「そんなことはありえません。ケレイブ様は国を傾けるような王女殿下に自分の意思で仕えるような方ではないと私は知っております。私の知っているケレイブ様は国のことを思い、公爵位を継ぎ、国を支えていくことを目指していたはずですもの」

「人は変わるものよ？　それで私がどうやってケレイブのことを脅迫しているというの？」

何を言われてもエーデルティンの態度は変わらない。ただただ微笑み、ラコレッタに応答しているだけである。

「私はエーデルティン殿下がなぜ変わってしまったのかを調べました。その結果、四年前に王妃様が亡くなったことに起因していることは分かっています。その不幸な事故の場にエーデルティン殿下もケレイブ様もいらっしゃったのでしょう？　あなた様は王妃様が亡くなった原因をケレイブ様に押し付けたのでしょう。ケレイブ様は優しい方だからこそ、その罪悪感からあなた様に従わなければならない状況を作ったのです。それだけではなくあなた様はケレイブ様のご家族を害するという脅しも行っていましたよね？」

四年前、クラルスザ王国の王妃は亡くなった。民に愛された心優しき王妃。それはエーデルティンによく似た美しい王妃だった。そんな王妃は不慮の事故で亡くなったと公表されている。

その場に王女であるエーデルティンと公爵子息であるケレイブが居たことは調べにより分かってい

る。その出来事よりエーデルティンは悪女へと変わってしまった。

それでいて真面目《まじめ》で心優しいケレイブのことを罪悪感から縛り付けた。それがラコレッタの調べたことだった。

「おかしなことを言うのね？　ラコレッタ、あなたは思い込みが過ぎるわ。私にそんなことを言ってよいと思っているの？」

エーデルティンは当然、ラコレッタの言葉など認めない。その様子を見て、ラコレッタは不快そうな様子を見せ、言葉を紡ぐ。

「エーデルティン殿下、あなた様がこのように強情であるというのならば、私にも考えはあります。無理やりでもケレイブ様を仕えさせていることをやめさせます。ユーラスタさん、お願いします」

ラコレッタがそう口にすると、後ろに控えていたユーラスタと他数名が動き出す。それを見て目を細めるエーデルティン。

ユーラスタが魔法陣の描かれている紙を取り出し、それをエーデルティンへと投げつけた。

そうすれば一つの魔法が発動する。

それは禍々《まがまが》しい黒い魔力が渦巻く、不気味な魔法。それはエーデルティンの周りを囲っていく。

その様子を見ていたラコレッタは目を見開く。ユーラスタから聞かされていたのは殺傷能力などのない拘束するための魔法だった。だけれども、目の前に映るその魔法はとてもじゃないが聞かされているものと同じものだとは思えなかった。

「ユーラスタさん!?」

驚いたように声をあげ、そちらを見る。そうすればラコレッタの見たこともないような冷たい瞳をユーラスタは向けている。

「ラコレッタ様、大人しくしていてください」

先ほどまでの様子とは全く異なる、別人かのような言い草。

それを聞いたラコレッタは目を見開く。

「え？」

驚き、声をあげるラコレッタにユーラスタは何も答えない。それでいて他についてきていた者たちもラコレッタの言葉ではなく、ユーラスタの言葉を聞いているようでラコレッタの腕を掴んでいる。

何が何だか分からない様子のラコレッタにユーラスタは視線も向けない。

混乱するラコレッタの目の前でその黒い魔力は収縮し、エーデルティンを呑《の》み込もうとする。

しかし次の瞬間、まばゆい光がその場を支配した。

思わずその光に目を閉じてしまうラコレッタたち。

次に目を開けた時、そこには平然とした様子のエーデルティンがいる。こんな普通ではない状況だというのに、動揺した様子一つない。

「ケレイブ」

そしてラコレッタやユーラスタたちにも関心一つない様子で、ケレイブの名前を呼ぶ。

その言葉と同時にその場にケレイブが現れる。どうやらバルコニーの傍にある木に隠れていたようだ。上から飛び降りてきた彼は植物の魔法を扱い、蔦《つた》でラコレッタ以外の者たちを拘束する。

彼らが暴れたところで、その魔法を解くことなど出来ない。

「姫様、ご無事ですか」

「私はあのくらいの魔法ではやられないわよ。でも心配してくれてありがとう。お兄様たちへの連絡は？」

「それも済んでます。王宮騎士団へ彼らを引き渡す予定です。しばしお待ちを」

「流石、ケレイブね」

エーデルティンはそう告げると、今の状況が理解出来ないといった様子で座り込み、ぶるぶると体を震わせているラコレッタに近づいた。

「ラコレッタ」

「エ、エーデルティン殿下、これはどういう……」

「こんなに震えて情けないわね。私からケレイブを救うなんて言っていたのに」

ラコレッタの質問に答えるではなく、ただ微笑みながら挑発するようにそんなことを言う。

その言葉に反応を示したのが速かったのは、ケレイブの方である。

「そのような馬鹿な理由でこの者たちにつけいられるなんて、姫様が言うように情けないと思います」

「え、ケ、ケレイブ様？」

「あら、ケレイブ。ラコレッタがあなたを私から離すことを目論《もくろ》んでいたからって機嫌が悪いわね？」

淡々と冷たい言葉を告げるケレイブとそれを驚愕《きょうがく》した瞳で見るラコレッタ、そしてそんな二人の会話を聞いてエーデルティンはおかしそうに笑う。

「ラコレッタ、今は混乱しているでしょうから休みなさい。私も疲れたから戻るわ」

悪女とは思えないラコレッタを労《いた》わる言葉を口にしたかと思えば、エーデルティンはケレイブの方を向く。

「ケレイブ」

一言声をかければ、当たり前のようにケレイブはその体を抱え、そのまま歩き出す。

二人はラコレッタに対して関心などなさそうに、そのままその場から去って行ってしまった。

ラコレッタはそのまま騎士たちに保護された。彼女が詳しい事情を聞いたのは、その翌日のことである。

城内の客室で一日過ごしたラコレッタの元へやってきたのは、ミラビラである。

「ラコレッタ、あなたはもう少し周りの情報を正しく把握すべきだったわね。今回はエーデルティン殿下に利用されたので仕方がないともいえますが」

呆れた様子でミラビラはそう口にしていた。椅子に腰かけているラコレッタは説明を求めるかのようにまじまじとミラビラのことを見る。

「エーデルティン殿下はあなたのような者が台頭すればユーラスタと名乗っていた少女のような他国

の間諜《かんちょう》が見つけやすくなると考えていますわ。そのためあなたのことを泳がせていたというそれだけのことよ」

「……私を餌《えさ》にしていたということですか？」

「そうとも言えるわ。聖痕を持つ、特別な王女であるあの方を狙う者は本当に多いの。そのことをあの方は十二分に理解しているわ。だからこそ、自分自身さえも餌にしてあんな風に振る舞っているのよ」

エーデルティン・クラルスザは特別な姫君である。そして特別であるということは良いことばかりではない。その分、狙われてしまうことも多い。それを知った上で、エーデルティンは自分のことさえも餌にしている。

「……どうしてエーデルティン殿下はそんなことを？　それは王妃様が亡くなったことに関係していますか？」

「ええ。王妃様が亡くなったことは表向きには不慮の事故とされているけれど、実際は違うわ。襲撃からエーデルティン殿下をお守りになり、亡くなりました。聖痕を持つあの方を王位につけようとする者、自国へ攫《さら》おうとする他国の間諜など、様々な者たちに狙われている危険性を十分に理解してしまった」

特別であるが故《ゆえ》に、そういう事態が起きてしまった。最愛の母親が亡くなったことで、エーデルティンの人生は明確に変わってしまった。

「それからエーデルティン殿下は、あのように振る舞うようになりましたわ。悪女として振る舞うことで、自分の評判を下げ、国にとって不利益となる者を排除するということを行っています」

自身を王位につけようとする者たちの声を抑えるためにもエーデルティンはそうやって生きていく道を選んだ。

「そんな……そのような悲しい選択をエーデルティン殿下が選ばなければならなかったなんてっ」

悲痛そうに声をあげるラコレッタにミラビラは呆れた様子で告げる。

「そのような心配は全くいりませんわ。この国の膿として、王国一の悪女として広まっている今の状況をあの方は楽しんでおられますから」

「楽しんでいる……？」

「ええ。悪女として振る舞うことを本当に楽しんでおられます。シェエリガーン公爵子息もそれに望んで付き従っておりますわ」

ラコレッタはその言葉を聞いて、つい先日の不機嫌そうな様子のケレイブを思い起こす。エーデルティンからケレイブ様はあんな扱いを望んで受けているということですか」

「……ケレイブ様はあんな扱いを望んで受けているということですか」

「そうですわ。あなたも含めて多くが勘違いしていますが、シェエリガーン公爵子息は望んであの方に使われているわ。次期当主という座を捨てても、どれだけ周りからあらぬ風評被害を受けてもあの二人は全く気にしないのよ」

ミラビラは何処か呆れたように、だけれどもくすりっと笑ってそう告げる。

ミラビラにとっては悪女とその従者という立場のエーデルティンとケレイブの二人のことを大切に

思っているのだろう。

「……そうなんですね。最初から教えてくれれば私だってこんなことは起こさなかったのに」

「最初から教えていたら餌に出来ないでしょう？」

「それもそうですね……」

ミラビラの言葉に頷きながら、ラコレッタはあの二人は自分の意思であある道を選んだのだなと思考する。

悪女として、王国の膿として行動を起こすのは聖痕を持つエーデルティンが担《かつ》ぎ上げられることがないように。それでいてそのように振る舞いながら、自分を餌にして集《たか》ってきた害虫たちを排除していく。

まるでそれは美しい見た目で周りを惹《ひ》きつけ、自らの毒でやってきた者たちを傷つける——そんな毒花か何かのようである。

我儘で自分勝手。それでいて短慮で、聖痕を持つ特別な王女。その肩書だけを見るならば、どうにでも操ることが出来ると周りは誤解する。だけど一度、彼女を侮《あなど》り近づいてしまえばその毒によって逆に破滅してしまう。

そういう状況をエーデルティン・クラルスザは作り出しているのだ。

「エーデルティン殿下は凄《すさ》まじいですね……。しかし幾らご本人たちが楽しんでいたとしてもこのまま突き進めば嫁ぎ先に困ってしまうことになるのでは？」

ラコレッタはエーデルティンの事情を理解した。でも理解した上で、悪女として振る舞う彼女のことを心配しているのだろう。

「心配は無用よ。エーデルティン殿下はシェエリガーン公爵子息と添い遂げる予定だもの」

「……あのお二人はそういう関係なのですか？」

「そうね。近しい人たちは皆知っているわよ。あの二人がどれだけ互いを思いやっているか。そもそもシェエリガーン公爵子息も、それだけあの方のことを思っていなければ今の状況を許容することなどしないわ。あなたたちはなぜか、彼が脅されてああいう立場にいると思い込んでいたみたいだけど、そんなに甘い男性じゃないわよ。自分の望みでなければ全力で反抗するはずだわ。そもそも次期公爵位を譲るのだって周りに散々反対されたのに、全てなげうってでもエーデルティン殿下の傍にいるような方よ」

ラコレッタは国を離れていたので当時のことは知らない。だけどミラビラの話を聞くに、ケレイブがそれだけの覚悟を持って、何が何でもエーデルティンの傍に居ようと決意したことは分かる。

――目に見えているものだけが全てではない。

それは貴族として生きていれば時折実感することだった。あることないこと言いふらされたり、偏見の目で見られたり――ラコレッタはそういうことが嫌だった。だというのにもかかわらず、自分はそういう目で二人を見てしまっていたのだ。そのことに気づいて初めて反省する。

「……私、馬鹿みたいですね。勝手に思い込んで、他国の間諜を殿下の傍に近づけてしまうなんて」

「落ち込む必要はないわ。それはエーデルティン殿下が敢えて近づけさせたのだから。寧《むし》ろあなたがああやって動いたからこそ、大事になる前に排除することにつながったのですから」

ミラビラにそんな風に言われ、ラコレッタは救われたようなそんな気持ちでいっぱいになる。

「……はい。私、これからエーデルティン殿下のご迷惑にならないように、あのお二人の手伝いをしたいです」

そう言ったラコレッタにミラビラは笑顔で頷いた。

＊

「……ケレイブ、いつまで確認をしているの？」

王城の一室。

二人掛けのソファに腰かけるエーデルティンの目の前に、ケレイブが跪《ひざまず》いている。

それでいてぺたぺたとその体に確認するように触れている。彼女は呆れた様子で、声をかける。

「無茶をされてましたから、怪我《けが》をなされてないかと」

「本当にあなたは心配性ね？　私は聖痕を持つ王族よ。私を傷つけられる存在なんているわけがないと知っているでしょう？」

くすくすとおかしそうに笑いながら、エーデルティンはケレイブの頬へと手を伸ばす。

産まれながらに聖痕を持つエーデルティンを国内において傷つけられる者はまずいない。聖痕を持つ彼女を傷つけようとしても傷つけられない。母親が亡くなった時だって狙われたのはエーデルティンだったのに、亡くなったのは王妃だった。

エーデルティンは自分がどういう危険な状態に陥っても、自分だけは生き残ることを知っている。

「存じています。それでも私は嫌です」

「ふふっ、本当にケレイブは私のことが大好きね？」

確信しているかのように美しく微笑んだ彼女の問いかけに、彼は答える。

「はい。愛してます。姫様」

ケレイブは躊躇《ためら》いもせずに告げる。自分の気持ちを実直に伝えるその言葉に、エーデルティンは微笑んだ。

「私も愛しているわ。ケレイブ」

そう口にしたエーデルティンは、そのまま自分の顔を近づけ、その唇を奪う。

深く、口づけが交わされる。

「私たちがそういう風に見せているからというのもあるでしょうけど、私からあなたを奪おうとする人間が多すぎるわ。ケレイブは、私のなのにね？」

エーデルティンは嬉《うれ》しそうに微笑みながら告げる。その言葉に頷くケレイブ。

周りが何を言おうとも、その関係性をおかしいと思おうとも――そんなものはエーデルティンにもケレイブにも関係がない。

「姫様も、私のものです」

「ええ。もちろんよ」

執着にも似た視線を向けられても、それが心地よいとでもいう風にエーデルティンは笑っている。

周りから悪女と謗《そし》られても、どれだけ評判が下がっても、それでも互いが居ればいいと彼らは気にもしない。

姫様は今日も幼なじみの従者をこき使う。周りは従者に同情し、救おうなどと企むが、実際の二人の関係性を知っているのは親しい者たちばかりである。

そして今日も、明日も、その先も姫様と従者は仲睦まじく過ごしていくのだ。

金持ち公爵令嬢と貧乏な王子様

喜楽《きらく》直人《なおひと》

ill. 桜花《おうか》舞《まい》

「アレッサンドラ・ラート様。お願いします。ライを解放してあげてください」

細くて小さな肩が、目の前で小刻みに揺れていた。

アレッサンドラより頭ひとつ分ほど背の低い可憐《かれん》な令嬢が、大きな瞳《ひとみ》に涙を溜《た》めながら決意を込めた表情で訴えかけていた。

綺麗《きれい》な水色のリボンでハーフアップにしているミルクティ色の髪が、悲愴《ひそう》感に溢《あふ》れるその顔を柔らかく縁取っていた。

胸元で組まれた手もとても小さい。袖口を彩る大きめのフリルから覗《のぞ》く細い指先に、桜貝のようなちいさな爪《つめ》が綺麗に並んでいる様は、よくできたお人形さんのようだった。

短めのジャケットにふんわりと膨らませたスカートのラインも、胸元のタイには同色のレースを縫い付け、それをリボン結びにすることで華やぎと可憐さが演出されていた。

この学園では、各個人の自由裁量により制服をアレンジすることが認められている。

目の前の令嬢の着こなしは、学園内で突出しすぎない程よい出来だと、アレッサンドラはどこか冷静に観察していた。

対してアレッサンドラの制服は、袖口の折り返しに縫い付ける金の飾り釦《ボタン》を金地の包み釦に替え、そこに金糸でラート公爵家の紋章を刺繍《ししゅう》しているのみ。大きな変更は特にしていない。胸元のタイもさらりとボウタイ結びにしているだけだ。本人のまっすぐな髪型と一緒で、至ってシンプルである。

元々、王立の学園に相応《ふさわ》しい素晴らしいデザインなのだ。それを、公爵家が用意した最高級の素材を最高の技術による縫製で仕立ててある。布地自体が生み出すしなやかなドレープと光沢《こうたく》が、公爵令嬢たるアレッサンドラの気品を高めている。それで充分だった。

話が逸《そ》れた。

ラート公爵家の一女として視線を浴びるのは常とはいえ、まさか学園内において一番に賑《にぎ》わう昼休みの食堂、その入口で面と向かってこのような批難の言葉を掛けられるとは思ってもいなかった為、少しだけ思考が明後日《あさって》の方角に逸れてしまったようだ。

先程まで愉《たの》しげに騒《ざわ》めいていた食堂に一変して気まずげな雰囲気が広がり、私たち二人へと注目が集まった。

そんな周囲も目に入らないのか、目の前に立ちはだかる令嬢は懸命に訴えかけている。

「お願いします。彼をアクセサリーにして見せびらかしたいだけなら、もう気がお済みになったでしょう？」

なるほど。目の前の可憐な令嬢の言う彼という存在が、ライつまりはライハルト・グリード伯爵令息を指しているならば、確かに彼はアクセサリーとして極上である。

「完璧なパーツを完璧なバランスで配置したらこうなる」という、ある種芸術家がその神髄を込めて作り上げたような美貌《びぼう》の持ち主だった。

黄金を溶かしこんだような金色の髪とアクアマリンのように透き通った薄い青い瞳を縁取る長い睫《まつ》毛《げ》。優美なラインの眉《まゆ》と唇。それらが完璧な配置でつややかで陶器のような顔に配置されている。

見た目だけではない。文武両道。成績は常に上位を競い、武においても伯爵位を継ぐべく幼い頃《ころ》から研鑽《けんさん》を積んできた身体《からだ》はしなやかな筋肉に包まれており、長い手足を優美に動かす。当然ダンスも得意だ。

つまり彼は、そこにいるだけで令嬢たちの視線を集めることができる存在である、ということだ。

そのライハルト・グリード伯爵令息は、公爵令嬢たるアレッサンドラ・ラートと婚約を結んだばかりである。

なので、目の前の令嬢がどれほど彼にとって特別な存在であったとしても、愛称で呼ぶなど普通ならあり得ないことだ。

「ハジメマシテね、名前も知らないご令嬢？　先程わたくしの名前を呼んでいたけれど、ラート家は国王陛下の名の下に公爵の位を戴《いただ》いているわ。つまりわたくしはこれでも公爵家の人間なの。王族の方以外から高飛車に何かを要求されることはないはずの身分なのだけれど。わたくしが誰か、理解していての発言なのね？」

ひと言ひと言、区切りをつけてアレッサンドラは殊《こと》の外《ほか》はっきりと発言した。

勿論《もちろん》これは威嚇《いかく》だ。まずは名乗りもしない相手と会話を続ける気はないという表明。そして、学園内での連絡ならともかく、名前も知らない下位の者から私的な会話や一方的な要求をされても対応するつもりはないという表明でもある。

「っ、……。失礼しました。ソニアと申します。でもここは学園内です。貴族としての位は関係なく友好を深める場です。家名を告げる必要も、位を敬う必要もないと存じます」

スカートの裾を抓《つま》んで腰を下ろしながら、情報を欠く不誠実な自己紹介をされて鼻白む。

挑戦的なその言葉に、アレッサンドラはいっそう笑みを深くして冷たく対応することにした。

「詭弁《きべん》ね。ソニアという名前の令嬢がこの学園に何人いると思いまして？　婚約というのは家と家の契約だわ。貴女《あなた》がした要求について、その結果は如何《いかん》としてわたくしは家族へ報告する必要があります。取り決めに異議があるという申し立てがあったからには、我が家とグリード家宛てに貴女の家から問い合わせがくる可能性があることを通達して対策を練っておかねばなりません。その際に、一体何人のソニア嬢に迷惑を掛けることになると思いますの？　貴女がした行為については貴女が責任を負うのが当然ではなくて？　その覚悟もなしに、わたくしへ一方的に要求をしますの？」

相手の回答も待たずに、次々に質問をすることで圧《お》し潰《つぶ》す。

実際にはソニアという名前にアレッサンドラには心覚えはあったが、家名まで正確に確認してからでなくては会話の内容を深める訳にはいかなかった。

可憐な令嬢が涙目になっている状況に、遠目から周囲がハラハラしだしているのは気が付いていた。引き際を間違えると、こちらが迫害した悪とされてしまうこともアレッサンドラとて分かっていた。

だが、かといって相手の一方的で勝手な要求を受け入れるつもりは毛頭ない。

少し違う。一方的で勝手だとは言い難《がた》いことは、なによりアレッサンドラ自身が知っていた。

ライハルト・グリード伯爵令息との婚約は、公爵令嬢たるアレッサンドラ・ラートが彼に対して、一方的な恋をしなければ成り立たないものだったのだから。

グリード伯爵家は、ファーン王国建国当初から存続する栄《は》えある家門であるが、今や名誉すら失い歴史しか持っていなかった。

先々代グリード伯爵の放蕩《ほうとう》から生まれた借金は、豊かであった伯爵領の財産を食い潰し、次代となるライハルトどころかその孫の代まで返済が続くことになりそうなほど莫大なものとなっていた。

一時期は、先代グリード伯爵の倹《つま》しい努力により、少しずつではあっても借金の額は着実に減っていた。しかし現当主は自身が継ぐことになった伯爵家が背負っていた借金の額に恐れをなした。そうして無謀としかいえない投資に手を出し失敗。その借金は一気に膨れ上がってしまったのだった。

果たして麗《うるわ》しきライハルト・グリード伯爵令息は、グリード伯爵家を存続させる為に、哀れにも自身を売りに出したという訳だ。

この国でも有数の富を持つラート公爵家の元後継たるアレッサンドラに。

そう、元後継だ。七年前、それまで一人娘アレッサンドラしか子宝に恵まれなかったラート公爵家に、待望の第二子である男の子が生まれたのだ。その弟が先月無事に七歳の誕生日を迎え後継者教育も順調であると認められ、正式に後継者として指名されたのだ。

後継者の変更自体について、アレッサンドラの中では、弟の成長を見守っていく内に消化できていた。覚悟を決める為の猶予を貰《もら》えてよかったとも思っていた。

しかし、ラート女公爵となるアレッサンドラの婿《むこ》になるという前提でいた婚約者は、爵位を継げぬ相手との婚姻に難色を示した。ラート家に男子が生まれた時点で他の婿入り先を探していたようで、両家による冷静な話し合いを以《もっ》て双方慰謝料なども発生させずにこの婚約は白紙に戻された。

こうして、アレッサンドラは、継ぐべき爵位も婚約者も、すべて失うことになった。

公爵家を継ぐ者として厳しい教育を十年以上も受けてきたアレッサンドラの努力が無に帰《き》すことに、

ラート公爵である父親も悩んだ。

アレッサンドラはすでに十七歳。半年もしない内に十八歳となり貴族の子女が通う学園を卒業する。

婚姻相手として相応しい同年代の令息には婚約者の決まっていない者は少なく、問題のない相手となると更に少なくなる。というより、そのような瑕疵《かし》のない者など残っていなかった。どの候補も女癖が悪かったり、粗暴であったり、賭け事が好きだったりと、瑕疵ばかりが目につく。

「国外への嫁入りも已《や》む無し」と誰もが考えていた時、母が訴え出た。

「アレッサンドラの婚姻は、せめて娘の初恋の相手とさせてやりたい」のだと。

そんな相手がいたのかと驚く公爵が張り切った結果が、先週の婚約お披露目パーティだ。

「末代まで続きそうな借金がある？　瑕疵がそれだけというなら何も問題ない。我が公爵家ならそれを返した上でこの邸宅を建て直し、伯爵領のテコ入れがなせるだけの持参金を持たせましょう！」

ライハルト・グリードの身上書と調査書を取り寄せたラート公爵が豪語し、言葉通りに持参金の一部として借金を清算することを提示すれば、グリード伯爵家は飛びつくようにそれを受け入れた。

正に、金で買った嫁入り先だ。

すでにラート家御用達《ごようたし》のドレス工房ではウェディングドレスの製作も開始されている。ここ数十年間邸宅の修繕どころではなかった上に、数年前に台風被害まで受けたことで酷《ひど》い雨漏りがするようになっていたグリード伯爵邸は修復を諦《あきら》め、敷地内に新たに建設が始められている。その費用もラート家が負担した。

つまるところ解放もなにもラート公爵家が肩代わりした借金を、再びどころか賠償によって倍増させるつもりがなければ、ライハルト・グリードがアレッサンドラのアクセサリーになる人生から逃れることはできないといった現状である。

それらを理解した上で、この令嬢は要求しているのだろうかとアレッサンドラは悩んだ。

多分、そういった現実は何も見えていないし、考えたこともないのだろう。涙でいっぱいの瞳には、義憤というより彼女自身の恋心が揺らめいている。

事前調査では、周辺について女性関係はなにも無いという報告だった。

なによりもアレッサンドラとの見合いを行う前の面談の時点で、ライハルトは現在恋人はいない、好きな女性もいないとはっきり申告していたという。

だから恋のライバルだとしても彼女の片思いだ。ライハルトが嘘《うそ》をついていなければ、だが。

苦い考えが頭に浮かび、心を宥《なだ》めようとつい右手が左手首へ伸びた。

「わ、私の家が子爵家だって分かってるんですね？　だから……爵位が下だから返事をする必要もないと仰《おっしゃ》るのですね」

いつの間にこんなに近くまで近づいてきていたのか、すぐ目の前で大きな声を上げられて、アレッサンドラはようやく令嬢の訴えがまだ続いていたことに気が付いた。

それにしてもこの令嬢の決めつけが酷すぎる。アレッサンドラは頭が痛くなってきた。

家名を名乗ろうとしなかったのは自分なのに、一度も同じクラスになったことのない相手の顔と名前が一致して当然だとでも思ったのだろうか。

顔を真っ赤に染めて自身の言葉の正当性と怒りを訴えてくる令嬢に眉《まゆ》を顰《ひそ》める。唾が飛ぶほどの顔の距離。思わず手にしていた扇で顔を隠した。

これほど理不尽に自身の正当性を主張して激高している相手に対して、世の理《ことわり》を諭《さと》してやるほどの優しさは持ち合わせていない。アレッサンドラは完全に無視することに決めた。

淑女らしくないと思いつつも扇の陰で唇から出ていくため息を隠し、これ以上は付き合い切れないと視線を令嬢から移してまっすぐ歩き出す。

丸く遠巻きにしていた生徒たちが、アレッサンドラの足が動いたことに応じて目の前でさぁっと開けた。

「そうやって下に見た相手を無視して馬鹿《ばか》にして。グリード伯爵家の借金程度の肩代わりなら、幼《おさな》馴《な》染《じ》みである私の家でだってできるんですからね！」

幼馴染み。その言葉に、一瞬だけアレッサンドラの思考が奪われる。

確固とした足取りが乱れ足の動きが止まった彼女の後ろから突然、ソニアがその腕を掴《つか》もうとした。

瞬間、するりと身体を翻《ひるがえ》したアレッサンドラがソニアの腕を捻《ひね》り上げた。

公爵家の跡取りとして、アレッサンドラは武芸に関しても仕込まれている。幼い頃は貴族の子弟が通う訓練所に放り込まれ、男子に交ざって基礎からみっちりと教え込まれたのだ。

「い、いたいです。暴力を揮《ふる》うなんてひどい。放してください」

涙を流して大袈裟《おおげさ》に身を捩《よじ》るソニアに、アレッサンドラは再びため息をついた。

高位となる相手に対して後ろから掴み掛かるような無礼な行いをしたのだから、これくらいの報復は当然だと思うのだが、周囲はやり過ぎだと判断したらしい。アレッサンドラに集まる視線が厳しい。

可憐な少女が愛を掲げ、金でその恋人を買い叩くような真似《まね》をした高位貴族へ反旗を翻すという、恋愛小説さながらのやり取りを興味本位で見ていた観客としては、可憐な令嬢の応援をしたくなるものなのかもしれない。そこについては、アレッサンドラの計算が間違っていたというしかない。

観衆《かれら》の目には、高慢な令嬢が下位貴族の可憐な令嬢を力で捻《ね》じ伏せているという、ただ目の前にある事象それがすべてなのだろう。

ならば、その目を覚まさせる為に、アレッサンドラとしては自らが正当であると主張するしかない。

「暴力を揮おうと後ろから襲い掛かってきたのは貴女の方でしょう？」

ぱっと手を離すと、ソニアは「きゃあっ」と悲鳴を上げて大袈裟に後ろへとよろめいた。

あえかな声に合わせてひらりとスカートの裾が翻る。

哀れな少女が無残に床へと倒れ込む想像をしたのか、周囲は息を呑《の》んだ。勿論、アレッサンドラも、その時点で自らの失敗に気が付いた。

日々体を鍛えているアレッサンドラと、普通の令嬢では体幹が違うのだ。アレッサンドラはただ押さえつけていた手を離しただけで、押した訳でもなんでもない。だが彼女がバランスを崩してしまうのには、それで充分だったのだ。

どれだけ不当な訴えをされたとしても、単なる言葉での攻撃を受けただけで令嬢の身体に傷を負わせてしまっては、加害の度合いが違い過ぎる。

ソニアの自業自得であろうとも、このまま悪者にされるのはアレッサンドラの方だと覚悟した。

だが。果たして少女は床へと無様に転んで手を突くこともなかった。

周囲の人だかりから悲鳴ではなく、感嘆のため息が零《こぼ》れ落ちる。

人々の視線の先で、金を溶かし込んだような輝く髪が舞い、動きに合わせてはらりと白皙《はくせき》の頰《ほお》へと掛かる。それを、倒れ込んできた令嬢を支えた腕と反対側の手が、さらりと掻《か》き上げた。

たったそれだけの動きで、周囲の視線はアレッサンドラを批難するものから、浮ついたものへと変わった。

その令息が着ている制服は、正に標準そのものでしかない。

動きやすさを重視したデザインの令息用の制服はこの国の騎士服に似ていた。高い襟を持った丈の長い上着とスラックスの組み合わせは至ってシンプルだ。

だからこそ誰もが個性を出す為に、高位にあればあるほど細部にまで拘《こだわ》って仕立てるのだ。生地に拘り、刺繡のデザインやその糸の光沢、ボタン一つの意匠に拘る。

だが、彼の着ている制服は、ただそのものだった。

精緻な刺繡ひとつある訳ではない。使ってある生地も丈夫な割りに安価で手に入るコットンサージだ。貴族が着る服というより丈夫で長持ちするようにと使用人のお仕着せに使われることが多いような物といえば分かり易いだろうか。彼が今着ているのは、そんな簡素な誂《あつら》えである制服ただそのものでしかない。

なのに。何故《なぜ》、彼を最高に引き立てる衣装に見えるのか。彼自身があまりに豪奢《ごうしゃ》である為なのか。

シンプルすぎるその制服は彼の美しさを引き立てこそすれ、下げることはまったくなかった。

今も、注目する周囲の視線を熱く集めている。

助けてくれた人物の顔を見上げたソニアが、安心しきった様子で破顔した。

「……ラ、ライぃ」

そうして、笑顔のまま泣き出す。大粒の涙が、可憐な少女の頬をぽろぽろと滑り落ちていく。

周囲からはもらい泣きする洟《はな》をすする音がそこかしこから聞こえてきて、アレッサンドラは眉を顰めた。そのまま、自らの婚約者に向けて強い視線を送る。

アレッサンドラの目には、婚約者は、よろけた少女を支えただけでなく、その胸へと大切に抱え込んでいるようにしか見えなかった。

その近く親しい様子に、アレッサンドラは本当にこの少女が、ライハルトに関する調査書にあった幼馴染みソニア・ハーバル子爵令嬢なのだと理解した。

領地を隣接する同い歳の二人は幼い頃より親しくあり、共に参加したデビュタントの際にはパートナーを務めたという噂《うわさ》だった。

けれども、学園を卒業する歳になっても二人の間で婚約が結ばれることはなかったし、「恋人を持ったことは無い」と見合いの席でライハルト自身がはっきりと証言したこともあって、婚約に問題は無いと判断したのだ。

その判断自体が、この婚約における一番最初で最大のミスだったのかもしれない。

後悔が瞳へ動揺となって表れてしまわないようアレッサンドラは静かに目を閉じた。思わずふぅと息を吐く。

調査書にも恋人関係であるという報告はなかったし、ライハルト個人も嘘をつくような人間ではないとされていたのでそれ以上追及することなく、安心して受け入れてしまった。

けれど婚約を決めたあの見合いの席で、もっと落ち着いてよく観察していれば、なにか不自然さを見つけることができたのかもしれない。

多分きっと。たくさんヒントは出ていた。だが、すべてアレッサンドラ自身の恋心が、それらを見過ごさせてしまったのかもしれなかった。

「なにやら面白《おもしろ》いことになっていると私を呼びに来てくれた友人がいましまして。申し訳ありません。出てくるのが遅くなってしまいました」

その言葉に、アレッサンドラが信じたかった婚約者となった青年は、自身の不実こそがアレッサンドラを不快な目に遭わせている原因であると知りながら、アレッサンドラの窮地を面白がって群がる観客《生徒》たちに交ざってこの見世物を楽しんでいたのだと理解した。

幼馴染みが泣き出し、転びそうになったから支えに出てくるなど不実極まりない。

そして、彼女に危機が訪れるまでずっと、高みの見物を決め込まれたというその事実に、アレッサンドラの心にどうしようもない不快さが募った。

すでにソニアは体勢を崩してもいない。なのにライハルトは婚約を結んだばかりの自分を視界に入れることとすらせず、己に気があるとアピールしている女性を見つめている。

婚約者となったアレッサンドラが、幼馴染みでしかないはずの令嬢から勝手で理不尽な苦情を突きつけられている間は傍観していたというのに。

目の前で寄り添う二人の姿は、周囲の冷たい視線よりもずっと、アレッサンドラの心を傷つけた。

「ライっ！　私、わたしっ、こわっ怖くてぇ」

うわぁんとしがみつこうとしたソニアの手を、ライハルトは、さらりとした流れるような手つきで自身から引き剥《は》がし距離をとって、ソニアに向き合った。

「ソニア・ハーバル子爵令嬢。何度でもいいますが貴女に愛称を許したことはない。私を愛称呼びするのは二度としないで欲しい」

ライハルトの言葉が、これほど冷たくソニアの耳に響いたのは初めてだった。思わず返事に詰まり、声も出せないのか、手が震えていた。

そんなソニアに気付くことなく、ライハルトは言葉を続けた。

「それにしても、幼馴染みというのもおこがましいただ領地が隣り合わせているだけの貴女に、本気で私を買ってくださるつもりがあるとは知りませんでした。もっと早い段階で購入手続きを取って頂ければ、婚約破棄の慰謝料は不要でしたのに。勿体《もったい》ない」

「ライ？」

令嬢たちの物々しい会話の中心とされたライハルト・グリード伯爵令息のその冷たい物言いに、言われた当人であるソニア・ハーバルだけでなくアレッサンドラやその周囲も思わず困惑した。

「ラート公爵家に融通して頂いたお陰でグリード家の借金は全額清算されました。それを覆してラート公爵家へ返金をするとなると、婚約破棄の慰謝料は当然のこととして、伯爵邸の建て替えに着手した資金の弁済などが加算されるので、借金の倍、いえそれ以上の金額を用意して頂くことになるのですが、ハーバル家の資産で賄《まかな》うことができるのですね？」

現実を突きつけるような言葉に、ソニアは怯《ひる》んだ。

「ら、らい？　何を、言っているの。ライは、自身の婚姻を本当に売り物にする気なの？　未来をお金に変えようなんて……そんなの、ライに、似合わないよ」

拒否したばかりの愛称呼びを続けるソニアに、ライハルトの水色の瞳が冷たく眇《すが》められた。呆《あき》れた様子で「埒《らち》が明かない」とひと言吐き出すと、背筋を正して、ひと際冷たく言葉を発した。

「でも、先ほど貴女が口にされたんですよね？〝グリード伯爵家の借金程度の肩代わりなら、私の家でだってできる〟と。その算段を付けた上で、ラート公爵家との間で締結した婚約を破棄しろ、とアレッサンドラ様に突きつけたのでしょう？　なら、貴女は私を幾らで買うつもりだったのかくらい教えて下さっても宜《よろ》しいのではないですか」

「わ、たしは。私はお金でライを買ったり、しないわ」

常になく冷たいライハルトの態度に脅えたのか、ソニアは首を何度も横に振りながら涙ぐむ。恋を貫こうとする言動も相まってその姿は可憐で、庇護《ひご》欲をそそるものがあった。

だが、もっともそれを乞《こ》うた相手であるライハルトはバッサリと切り捨てた。

「買えるお金はあるのでしょう？」

ハーバル子爵家も裕福な貴族家ではある。数代前に裕福な商家から婿を迎え入れ、そのまま家業としたからだ。領と領を跨《また》いで商いをする大商会であり、確かにハーバル子爵家の総資産を以てすれば、グリード伯爵家の借金を肩代わりすることもできるだろう。

子爵家の身代を傾かせてまで、二女の恋を成就させる気があれば、だが。

商会の資産というものは数え上げれば凄《すさ》まじい額になり得るが、それを動かしてしまうと商売が成り立たなくなってしまうものがほとんどだ。店舗を売る訳にもいかないし、商品を仕入れる為に手持ちの資金も必要となる。つまりハーバル子爵家の資産がどれほど大きかろうとも、商売をしていく上で無駄遣いに値するものに金を注ぎこむような真似は絶対にしない。

まして、詐欺師に騙《だま》され名誉も地に堕《お》ちた伯爵家との繋《つな》がりに益を見出す訳がない。

「だって。だって結婚は、愛があってするものでしょう？　わたし、私はずっとライのことが、……ライのお嫁さんになることが夢で」

「夢は夢のまま、自分のベッドの中でどうぞ。夢でお腹《なか》は膨れないし、借金は膨れ上がるばかりだ」

笑顔で切り捨てたライハルトに、当のソニアだけでなく周囲の学生たちも引いていた。

しかしそのライハルトの言葉を聞いていたアレッサンドラは、胸が引き裂かれる気がした。

金貨の山で頷《うなず》かせたことは否定できない。金で婚約者を買った自分がやるせなかった。

持参金による借金の清算を申し出ずにこの婚約が成立することはなかったという事実が苦しかった。

そして、ライハルトの背中越しに見えるソニアの華奢《きゃしゃ》で可憐な姿がアレッサンドラの胸に痛くて、右手で左手首を押さえた。

心が落ち着かなくなると、そこにあるモノに触れていたくなる。

無意識な行動だし、自分がそれをしている事に気が付いていても不安に揺れている最中は、どうしても止めることはできなかった。

アレッサンドラとて公爵家の跡取り娘として礼儀作法のみならず見た目についても威信をかけて磨き上げられてきている。だからそれなりに美しくはあるだろうが、目の前でライハルトに愛を告げている少女のような、男性が守ってあげたいと思うような庇護欲に関してはまったく持ち合わせていない自覚があった。

どちらかといえば「守って欲しい」と縋《すが》られる存在である。公爵家の跡取り娘として教育されてきたのだから当然なのだが。

真っ黒でまっすぐな黒髪といい、黒にも見える濃い緑色の瞳といい、並みの令息と同じ目線となる背丈といい。毎朝、鏡を見る度に目にするアレッサンドラは、どこまでも可愛《かわい》らしさとは無縁だった。アレッサンドラは、そんな自分のことが嫌いな訳ではない。だが、今だけはどこから見ても強そうな自分から目を背けたくなった。

ずっと鍛錬を続けてきたアレッサンドラは、後継者から外れた今となっても毎朝同じ時間に目が覚めてしまい身体を動かさずにはいられない。服に隠せようとも筋肉の付いた二の腕や足は令嬢らしいやわらかさや華奢という言葉とはほど遠い。

それを恥じる気持ちはないが、それでも、守ってあげたい相手とはとても思って貰えそうにない、華奢さと縁のない鏡の中の自分に落胆する気持ちがあった。

そうして今、ライハルトはアレッサンドラより金貨を積み上げられるならと、ソニアに申し出ている。借金の清算が為されるならば、アレッサンドラが相手でなくとも構わないということだ。

むしろ愛らしい幼馴染みが相手なら、喜んでその手を取ろうというのだろう。

先程の計算違いでアレッサンドラは周囲から冷たい視線をたっぷりと浴びたばかりだ。これ以上、この場で恥を晒《さら》してラート公爵家の名を貶《おとし》める訳にはいかない。

せめて誇り高く。後ろ指を差されて嗤《わら》われる前に、この場を立ち去るのみだ。

息を整え、背筋を伸ばす。元ではあっても、栄えあるラート公爵家の跡取りであった者としての矜持《きょうじ》を胸に、アレッサンドラは相応しい微笑みの仮面を被《かぶ》り、この茶番にケリをつけるべく口を開いた。

「これ以上、この話をここで続けるというのは野暮というもの。お二人の間で話がつきましたら、お二人でラート公爵家に説明にいらして下さい。契約を破棄するにせよ、動く金額が大きすぎて学生である私たちの一存ではどうにもなりませんから」

上品な笑顔を貼り付けて告げれば、周囲からどよめきが上がった。

これは、事実上の敗北宣言だ。

慰謝料を大幅に上乗せしろと言うつもりはないが、さすがに借金の清算金として使った分に関しては返金して貰わねばラート公爵家としても立場が無くなる。慈善事業ではないのだ。馬鹿にされたらオシマイな部分が大きい貴族社会で、お人好しは誉め言葉ではない。

「愛もお金もある結婚生活が、送れるようになると、いいですわね」

お金で壊れる愛というものもあると聞く。金銭面での貧しさに、お互いへの労《いたわ》りがすり減っていくのは想像に難《かた》くない。

そうは思っても、その言葉を口にした途端、それが単なる売り言葉、憎まれ口でしかないと恥じたアレッサンドラは幾分早足になりながら、食堂を後にした。

いや。しようとした。

「確かに、愛もお金もある結婚生活を、私は送るつもりなのですが。ねぇ、アレッサンドラ様。あなたはそうではないのですか？」

掛けられた婚約者の言葉にカッとなったアレッサンドラは、反射的に手を振り上げ振り向いた。

しかし、振り上げたその腕を掴まれて、ぽすんと、広い胸板に抱きすくめられる。

頬に、固いけれどほどよい弾力のある温かいものを感じる。

「え？」

完全に、腕の中へと閉じ込められていた。

すらりとした体形にもかかわらず今も鍛え続けているのがわかる筋肉質な身体は、アレッサンドラが少しくらい身を捩ったところでびくともしない。そのまま耳元で強く訴えられた。

「ねぇ、あんまりじゃないですか。私たちが婚約を交わしたのはつい先週です。それなのに、もう私の手を離そうというのですか。本気で？」

まるで甘い拷問だった。それを仕掛けているのは、間違いなくアレッサンドラの婚約者だ。

だが、つい先程までの、目の前で他の女性の手を取る可能性について話していた男の不誠実さに不快さが湧いて、その胸を力いっぱい押しのけた。

今度は思いの外簡単に抱擁は解け、温かさを失ったアレッサンドラは寒さだけでなく顔を凍らせた。

「……私たちの間に、愛ある生活など」

アレッサンドラは悔しかった。

見透かされていたのだ。己の恋心を。婚約者を持っていた頃でさえ、捨てきれなかった初恋を。だからといって、これほどの辱《はずかし》めを他人の前で行うなど。公開処刑さながらではないか。

顔を背けて逃げるように立ち去ろうとすれば、今度は左手が、温かな大きな手に捕まった。

こんな時でさえ、触れ合った指の感触に胸が高鳴ってしまう。自分の愚かさが悔しい。

「でも、あなたは私のコトがお好きでしょう?」

軽く言い当てられ頬が染まる。

視線を吸い寄せられずにはいられない中性的な美しい顔へと、笑みを浮かべて自分の手の中へと捕らえたままのアレッサンドラの手の甲を引き寄せていく。

――くちづけられる。

しかし、捕らわれた手に柔らかなものを感じることはなく、代わりに、ライハルトの顔のすぐ前まで引き寄せられた手の上を、長くて綺麗な指が滑る。

その指がするりと、アレッサンドラの左手首を飾る包み釦を、意味ありげに撫《な》でていく。

くちづけを期待してしまった混乱と羞恥《しゅうち》と。

最初から分かっていたといわんばかりのあからさまなアピールに、頬とはいわず頭へ血が上った。

他の五つの包み釦へ刺繍されているラート公爵家の紋章とは違って、左手首につけられたその一か所だけ、その包み釦にだけ、金色の四葉のクローバーが刺繍されていた。

事がある度にアレッサンドラが無意識で撫でていたので、他の釦より少しだけ表面が平らになってしまっている、それ。

多分きっと最初から。すべて全部、気付かれていたのだ。ずっと。最初から。

＊＊＊＊＊

ラート公爵家に雇い入れた剣の指南役は、アレッサンドラを公爵令嬢であると知っている。だから手加減してくれていたのにもかかわらず、当時の彼女はそれが分かっていなかった。

大人の指南役を相手にしても楽勝だと驕《おご》る愛娘《まなむすめ》に頭を悩ませたラート公爵が手配したのが、同年代の令息たちが集まる訓練所への入所だった。

「訓練所《そこ》では、ラート公爵令嬢アレッサンドラではなく、偽名を使い、唯《ただ》のアレッサンドロ、一訓練生として過ごせ。そこでの評価を、私も受け入れよう」

尊敬する父ラート公爵から告げられたアレッサンドラは、それを受け入れたが内心では大いに不満だった。大人の指南役ですら自分の剣を避けきれずにいるというのに、いまさら同年代の少年たち相手に何を習えというのか。

だから。たった三日前に入所したと自己紹介したその人が差し出してくれた手を、アレッサンドラは取ろうとしなかった。

「歓迎するよ、アレッサンドロ。訓練所へ先に入所したのは俺《おれ》だからね。何でも訊《き》いてくれ」

「たった三日で先輩面《づら》ですか。きっと、僕の方が強いのに」

なんでそのような憎まれ口を利いてしまったのか。自分でも慌てたが、その理由は痛いほど高鳴る胸が教えてくれていた。

アレッサンドラを見つめる、まるで透き通るアクアマリンのような澄んだ瞳は大きくて、これまでアレッサンドラが見たどんな宝石より綺麗だった。

——なんて綺麗な男の子だろう。

周囲に居並ぶ他の訓練生とはまったく違う、華やかで人目を惹《ひ》く容姿。

アレッサンドラの失礼な態度に吃驚《びっくり》している表情すら、視線を逸らすことが難しかった。

つまり、アレッサンドラの視線は、吸い寄せられるように彼から動かせなくなったのだった。

そう。目を奪われてしまった事が気恥ずかしくて、つい憎まれ口を叩いてしまったのだ。最悪だった。訓練所初日の挨拶《あいさつ》の場で、周囲の空気を一瞬で悪くさせてしまったのだ。

口を突いて出てしまった言葉を戻すことはできなくて、内心びくびくした。

けれども当の彼は、その黄金色の髪に負けないほど輝くような笑顔で笑って、「いいね、一緒にもっと強くなろう」と、少し強引に、アレッサンドラの手を取ってくれたのだった。

それが、アレッサンドラとライハルトとの出会いだった。

忖度《そんたく》なしに組み合ってみれば、アレッサンドラと他の令息たちの剣技は、ほぼ互角であった。

自分の実際の実力を思い知り悔しくはあったが、それでもなんの忌憚《きたん》なく付き合える仲間というものはなにより得難く、訓練所での時間は、アレッサンドラにとって特別なものとなっていった。

木剣で稽古をすれば、気が付かぬうちに身体に青痣《あざ》ができていることなど日常茶飯事だ。

傷跡が残ることのない痣ひとつすら、剣の指南役は公爵令嬢に対して付ける勇気がなかっただけで、アレッサンドラの技量が卓越していた訳ではなかったのだと理解できるようにもなった。

それを知ることができただけでも、父ラート公爵の目論見《もくろみ》は達したことになる。

その時点で辞めさせることも考えていたのだが、アレッサンドラの表情があまりにも明るく変わったから。娘に甘い父親は、ここでも判断が遅くなってしまったのだ。

成長していくに従って、それまで大差のなかった体格に差が開いていく。

身体の厚みも腕の太さも違う相手との組み打ちで、あっさりと撥《は》ねのけられて無様に転ばされることが増えていったアレッサンドラは焦《あせ》りが先走り、つい安易に攻撃の威力を上げようと分不相応の重い木剣を使うことに勝手に決めたのだ。

「素振りはできた。皆が使っているものより軽いくらいだもの。大丈夫、扱える」

そう過信したアレッサンドラは、たった一撃ライハルトと組み打ちを交わしただけで、あっさりと新しい木剣の重さに耐えきれず、手を離した。

呆然《ぼうぜん》とする視界の先で、大きな木剣がくるくると円を描き、ライハルトの顔すれすれを掠《かす》めていく。

痺《しび》れた手は動かず、意味ある言葉も出せないままで、誰よりもアレッサンドラを認めてくれていた水色の瞳が恐怖に見開かれるのを、ただ見ていることしかできなかった。

恥ずかしくて、悔しくて。惨《みじ》めで。

真っ青な顔をしたライハルトが詰め寄ってくるのに、言葉少なく謝ることしかできなかった。

「ごめん……わた、僕、ごめんなさい」

自分の焦りが仲間を傷つけるところだったという事実が、アレッサンドラの胸に痛かった。なのに。

「大丈夫か、アレッサンドロ。調子が悪い時は無理しちゃ駄目だ」

怒っているのではなく。心の底からアレッサンドラの体調を心配しているだけだと伝わるその言葉に、涙を堪《こら》える事などできなかった。

「まぁ、伸び悩んでる時に寝てる気にはなれないよな。わかる。けどさ、そういう時こそ一緒に基礎錬やろう？　付き合うからさ」

アレッサンドラは伸び悩んでいる訳ではない。

皆についていけないのは、男だと嘘をついているからだ。

優しい仲間を騙して、資格もないのに訓練所《ここ》にいる。

それが、今更胸に痛かった。怪我《けが》をさせるところだった嘘つきのアレッサンドラに彼の優しい言葉が、辛《つら》くて悲しくて。本当はこの場所にいる資格のない自分が、嫌で悔しくてたまらなくなった。

偽りの名前で呼ばれることも、辛い。

そうしてアレッサンドラは、訓練所を辞める決心をした。


挨拶もしないまま勝手に辞めてしまったというのに、仲間からたくさんの見舞いの品が届けられた。最近ずっと負けがこんでいた事もあり、実は不治の病だったのではないかという事実無根の噂が訓練所内で広がってしまったのだという。

高級な菓子や武器や防具、玩具などが届いた中で、ライハルト・グリードの名前で届けられたのは、彼が見つけたという四葉のクローバーの押し花だった。

『幸運のお守りだと聞いたので一生懸命探しました。アレッサンドロの未来に幸運を』

歳のわりには綺麗な文字で書かれたメッセージカードと共に届いたクローバーは、時間が足りなかったのか乾燥しきってはおらず少し萎《しお》れていた。

処理の甘かったそれを、アレッサンドラは自らの手で押し花とするべく丁寧《ていねい》に処理をやり直し、栞《しおり》へと作り直した。

今も、その四葉のクローバーの栞はアレッサンドラの大切な宝物で、お陰でつい持ち物のモチーフに四葉のクローバーを選んでしまうようになってしまった。

心が落ち着かない時には、いつしかそれを撫でるのが癖になった。アレッサンドラが撫でやすい位置へ、金の四葉のクローバーモチーフを隠し入れることが当たり前になってしまうほど。

アレッサンドラにとってライハルト・グリードという存在は、その時からずっと特別なままだ。

勿論、そんな感傷はアレッサンドラが勝手に持ったものでしかない。こうして借金を穴埋めできる持参金を用意するまで、顔を合わせることも、会話をすることも叶《かな》わなかった。

婚約を交わしてさえ、アレッサンドラがあの時の仲間であると気付かない程度の、忘れた存在。

それがライハルトの中の自分の位置づけだと、アレッサンドラは理解していた。

だから。幼き日の初恋を、金でモノにしようとしたのが悪だというなら、甘んじて受け入れよう。

けれどそれを、ただ同じ学園に通っているというだけの不特定多数の前で晒し者にされるとは。

苦しさが胸に渦巻く。

それでも、どうしてもこの恋を自分から手放そうと思えない滑稽さが、惨めでならなかった。

「もう、いいわ。勝手になさいな。婚約破棄でも、白紙にでも、何でもお好きに」

「お待ちください。それ以上は、冗談でも口にしないで」

ライハルトから真剣な目で唇を指先で押さえられて、言葉を紡ぐ術《すべ》を奪われた。

恋焦がれた初恋の相手の指を唇へと感じつつ間近で見下ろされ、言うべき言葉を見失う。

「アレッサンドラ・ラート様。私の、初恋。訓練所の君であるあなたと婚約できたという奇跡に、私がどれほど神へと感謝したのか。当のあなただけが、ちっとも分かっていない」

「……くんれんじょ、のキミ？」

言葉の意味がわからない様子のアレッサンドラに、ライハルトは目を眇めて微笑んだ。

「そうですよ、私の初恋。あの訓練所で出会ったたくさんの仲間は、私の宝です。中でも、アレッサンドラ・ラート様。訓練所の君であるあなたはずっと、暗闇《くらやみ》の中でもがく私の、希望の光でした。あなたと出逢《であ》わなければ、私の心は今日を迎える前に潰《つぶ》れていたでしょう」

ライハルトはそう言い切って、目を白黒させたままのアレッサンドラへと微笑みかけた。

そうして、よりいっそう耳元に近づきそっと囁《ささや》いた。

「アレッサンドロが女性で、本当によかったです」

「バレてた⁉」

真っ青になって震えあがったアレッサンドラのその様子に、力が抜けたように笑ったのはライハルトだけではなかった。

むしろ何故アレッサンドラはバレていないと確信できていたのか。

同じ訓練所に通っていた生徒たちは皆、入学当初すでに「アレッサンドロって、アレッサンドラ様だよな？」という会話を一度は交わしていたのだから。

アレッサンドロはアレッサンドラの男性形の名前なだけだ。偽名というには雑すぎて、正体を隠すつもりはあるのかと年長者たちの中には当時からラート公爵家の一女だと気付いた者もいたという。

同じ髪色同じ瞳の色の、美しいその顔に面影を残す令嬢が同学年にいて疑問を持たない訳がない。

それでも話題にならなかったのは、同じ訓練所に通っていた仲間意識があっただけでなく、「アレッサンドロが令嬢で本当に良かった」とホッとした令息が多かったからに他ならない。

周囲の背がどんどん伸びていく中で、ひとり入団当初から見れば背は幾分伸びたものの筋肉らしきものはほとんどついていない肢体は、手首も、腰も細かった。なにより触れれば頼りないほど柔らかく、すれ違うといい匂いがする。洗練された所作《しょさ》とあいまって、どこか艶《つや》めいて見えていたアレッサンドロに、少女特有の色を感じて心を乱された者は多かったのだ。

あれが初恋だということが認められずにいた、けれど幼いながらに真剣な想いを肯定できてホッとしたともいう。


「先ほどの会話ですが。借金まみれの貧乏伯爵家の跡取りとして高く買っていただけるように自分磨きに勤《いそ》しんで来た身としては、自身をより高く買ってくれる人がいるというならば、どんな査定が出されたのかを確認するべきかと思ってしまったのです。グリード伯爵家に残る金は金貨一枚でも多い方がいいですからね」

　アレッサンドラだけを映しているアクアマリンの瞳が後悔に揺れていた。

　自身の言葉に誤解を生む種があったことを反省するその言葉に嘘は感じられなかった。

「それと、この場に着くのが遅れたことは謝ります。友人が呼びに来てくれなかったら、もっと遅れたかも。いいえ、すべてが終わってから知る羽目になっていたでしょう。申し訳ありません」

　ライハルトは整った眉を後悔に歪《ゆが》めて謝罪した。

「繰り返しになってしまいますが、アレッサンドラ様のお陰で、我がグリード家が背負っていた莫大な借金はすべて返済できております。ですから本当は、昼食は食堂で摂《と》る事もできたのです。でも。どうしても、あなたの家から出して頂いたお金で贅沢《ぜいたく》をする気になれなかった。けれど、こんなことになると分かっていたら食堂へ足を踏み入れる事に躊躇《ちゅうちょ》などしなかったのに」

　借金にまみれたグリード家の経済状況では、昼に学食を使う事などできなかった。

　寮費は朝食と夕食代は込みとなっていたので、二食は食べることができるが昼食は出ない。本来は違反だが、目こぼしで貰っていた朝食の残りのパンを隠れて食べていた。

　なぜ隠れて食べる必要があったかといえば、パン二個を堂々と教室や中庭で食べていると仲間や令嬢たちが挙《こぞ》って差し入れにくるからである。

　仲間から施しを受け続けていたら仲間ではなくなりそうだったし、令嬢たちから受け取っては、いつかライハルトを買いに来てくれる誰かに対して不実な関係であると誤解されてしまう気がして、どちらもライハルトには受け入れることができなかった。

同じ理由で学用品を借り受けることも、お下がりを貰うこともしなかった。どちらも街に下りて中古品を買い集めることに決めていた。ライハルトはそういった面ではかなり潔癖であった。

それが今日の失態を生んだのは、ライハルトにとって大きな誤算であったのだろう。噛《か》みしめた唇の色だけでなく、頬の色も失せてしまっていた。

「今日も、あの裏庭へいらしたのですね」

ぽつりと口から零れ落ちたその言葉に、ライハルトの瞳がきらりと光った。しかしアレッサンドラは考えに耽《ふけ》っており、それに気が付くことはなかった。

この場へ出てきた時の謝罪の意味するところは高みの見物をしていたというものではなかったのだ。単にこの場へ来ることが遅れた事に対する謝罪だったのだと知らされて、アレッサンドラの強《こわ》ばっていた身体から、力が抜ける気がした。

ライハルトは意地わるく鑑賞していた訳ではなかった。アレッサンドラ自身への自信の無さから疑心暗鬼になっていただけなのだ。

「うーん。でもやっぱり私の初恋を壊すなら、金貨百枚、いや一千枚は多く……参りましたね。叶ってしまった今となっては、それでも埋め合わせになどならない気が。って、すみません。恥ずかしい事を言ってしまいました」

漏れてしまった本音に照れたのか、ライハルトが慌てて視線を逸らして口元を手の甲で隠した。

しかし、隠しきれていない頬や首元が徐々に赤く染まっていく。

目を閉じて心が落ち着いたのか、軽く咳払《せきばら》いをして姿勢を正すと、自身の言葉への返答を期待するかのように、ライハルトを見つめていたアレッサンドラへ、視線を合わせた。

その視線が、甘い。

これまで一度も見たことがないような、蕩《とろ》けるような甘い表情のライハルトを、アレッサンドラは不思議な気持ちで見上げた。

「え、……あ」

伝えられた言葉が、一歩遅れてアレッサンドラの中で意味を成そうとしていくが、慌てて頭からその都合の良すぎる考えを振り払った。自然と一歩、後ろへと下がる。

そんなアレッサンドラを逃がさないとばかりに、ライハルトが抱き寄せた。

その瞬間、周囲からわっと悲鳴とも歓声ともわからない声が上がった。

「お、お止《や》めくださいさい。みなさま見ておられますわ。それに、それにそんな言葉に騙されたりしませんわ。だって……だって」

「だって？　なんですか、アレッサンドラ様」

透き通ったアクアマリンの瞳にすぐ傍《そば》から覗き込まれて、さらに甘く、言葉の続きを促された。

追い詰められたアレッサンドラは目を閉じ胸元で合わせた腕を絞り上げ勇気を振り絞り、ついにそれを白状した。

「わ、わたくしの事に気が付いていたなんて、嘘です。だって、この学園に入学してからずっと、あの見合いの席でお会いするまで、い、一度も、わたくしに会いに来てくださることもなければ、視線を合わせてくださったこともないではありませんか」

そうだ。訓練所で一緒に過ごしたアレッサンドロがアレッサンドラであると分かっていたならば、何故一度も会いに来てくれなかったのか。

視線すら合わせて貰えたこともない。気持ちを奮い立たせ会いに行っても、実際に会えたことはなかった。

「みんな、入学式でアレッサンドラ・ラート公爵令嬢が新入生代表として挨拶をされたその瞬間から、あなたがあの訓練所の君であると分かっていましたよ。勿論、私もです」

思わず閉じていた瞳を見開いて見上げる。その言葉に嘘がないかが知りたかった。

どこまでも透き通る水のように美しい青い瞳が柔らかく見返してくる。

そうして、そっと他の誰にも聞かれないよう、いっそう声を潜めて囁いた。

「みんなで決めたんです。あの頃を知っているからと馴《な》れ馴《な》れしく付き纏うことなどしないでいようと。憧れのあなたに、決してご迷惑をお掛けしたりしないと」

相手が公表していないことを勝手に噂として流すような無粋《ぶすい》な真似は騎士道に反すると、仲間内でこっそり確認した後は皆黙っていることにしていたのだった。

なにしろ相手は自分たちの初恋の相手なのだ。誰にも言えないし、いわないが。

アレッサンドラはそこまで言われてようやく気が付いた。

聞かれたらきちんと説明すればいいと考えていたが、男だと嘘をついて秘密を抱えていたのはアレッサンドラだ。

関係を修復したいならば、嘘をついたアレッサンドラから働き掛け、真摯《しんし》に説明しなければいけなかったのだ。

一度や二度追いかけても話すことが叶わなかったからといって、諦めてしまうべきではなかった。

こちらが積極的に動かずにいて、どうして爵位も下の異性である彼らから、公爵令嬢であるアレッサンドラに昔の訓練所の仲間であると気安く話し掛けたりできたというのか。

「訓練所の卒業生には騎士になれた者も、私のようになれなかった者もおりますが、私たちは皆、騎士に憧れた仲間ですから。心だけでも騎士でありたいと願う私たちは、姫の心をお守りする為ならなんでも致します」

――秘めた初恋の相手を、視界に入れないように努めることも、ね。

声を顰めて囁かれた言葉に、アレッサンドラの身体が、震えた。

「わたくしは、気が付かぬまま、たくさんの騎士を持っていたのですね」

吐息のように漏らせば、抱き寄せる腕に力が籠《こも》った。

「ええ。皆、あなたの騎士です」

苦しそうに目を閉じ、ライハルトが言葉を続ける。

「私にとって、借金だらけの伯爵家を救うことだけが、生きることを赦《ゆる》されている意味でした。素晴らしい婚約者がいたアレッサンドラ様の傍に侍《はべ》る資格すら持たない私は、あなたから離れた場所にいることこそ、あなたを守ることができるのだと、ずっと信じておりました。そうして、借金のかたとして身売りするからには、心の真ん中に、初恋のあなたを座らせていてはいけないと、忘れなければならないと、何度も思いました」

グリード伯爵家の経済状況、そして一家の主として頼りになるどころかライハルトを売りに出すことでそれを改善しようとする両親の下に育てられた美しすぎる嫡男の、それは悲痛な決意だった。

もっと直接的に両親から金で売り飛ばされそうになることもあった。

尊敬する祖父も祖母も喪《うしな》い、世を儚《はかな》んだ夜も沢山《たくさん》ある。

それでも、細く力のない身体でありながら、冴《さ》えたステップですべての攻撃を躱《かわ》し、歳上の訓練生たちから一本を取ることのできた仲間の言葉だけを頼りに、努力を積み重ねてきたのだ。

『剣士として足りないものばかりだけれど、僕には他の誰も持っていない強みもある。それを伸ばすことで強くなりたい。強くなれるって信じてるんだ』

心に強く残る彼の言葉が、ライハルトの凍えそうな心を温めてくれた。

「見合い前の面談の際には、好きなひとはいないと、言っていらしたわ」

「えぇ。自分自身にだって、一生涯認めるつもりはなかったんです。私の人生のすべてを、私を買ってくださった方へ捧《ささ》げるつもりで研鑽を重ねて生きてきたので。でも結局、そうやって自分に言い聞かせている時点で、できてないってことなんですけどね」

そう苦笑したライハルトの顔が切なくて。アレッサンドラが知らないライハルトの孤独な時間に想いを馳《は》せた。

「ライハルト様」

もっと早くにこの手を差し伸べられたなら。こんな顔をさせずに済んだのかもしれなかったのに。

想いを込めて名前を呼び、万感の想いを込めて愛《いと》しい人の顔を見上げた。

そんな、いまさらどうにもならない過去に囚《とら》われそうになっているアレッサンドラを笑わせたくなったのだろう。ライハルトは冗談めいた口調で、けれども真剣な瞳でアレッサンドラに囁いた。

「初恋の君のお姫様が、貧乏で身売りしようとした王子を金貨の詰まった袋を掲げて迎えに来てくれるなんて。ロマンチックですよね」

ずっと心に秘めた初恋相手のライハルトから、アレッサンドラ自身こそが忘れることができない初恋の相手であったと告白されているのだと、ようやく頭に染みてくる。

見つめられ、熱くなっていくばかりの顔をツンと背けた。

「まぁ。騎士ではなく、ご自分のことを王子と言ってしまうのですね？」

すこしだけ。押されっぱなしは性に合わないのだと、アレッサンドラが混ぜっ返した。

勢いよく顎《あご》をツンと背けたその拍子に、解《ほつ》れて顔に掛かったアレッサンドラの黒髪を、ライハルトが愛し気にそっと指で撫でつけ耳へと掛けてやると、そのままついっと指の背で頬を撫でた。

甘すぎる視線とその仕種《しぐさ》に、アレッサンドラの息が止まる。

頬を染めたアレッサンドラが睨《にら》むように振り返れば、微笑んだライハルトが、アレッサンドラを見つめていた。アレッサンドラが息を詰めるほどその表情は真剣なものだった。

ただそれだけで周囲から憧れのため息があがったが、お互いしか目に入っていない二人にはまったく聴こえていなかった。

「お姫様の相手は、王子と相場が決まってますから。それに、沢山いるあなたの騎士の一人にはなりたくない。私はあなたの婚約者。特別な存在に、なれたのでしょう？」

笑顔になった王子は軽くそう言い切って、握りしめた手を引き寄せ愛するお姫様を自身の腕の中へと閉じ込め抱き上げた。

「きゃっ」

「御覚悟を。もう二度と、私はあなたの傍を離れたりしない。ずっとずっと、あなただけを愛する」

片腕にしっかりと愛するお姫様を抱え上げた王子は、アレッサンドラの恋心そのものである左手首の包み釦へ、愛を誓ってくちづけた。

＊＊＊＊＊

学園の裏庭の奥の奥。外部からの目を遮断する為なのか、まるで林というより森のような樹々の間にちいさなベンチがひとつだけ。

入ってくる学生など誰もいないようなその場所は、けれども確かに誰かが使っているようで綺麗に手入れが為されていた。

「彼はここで、お昼休みを過ごしていたのね」

目を惹きつける容姿をした人気者の彼だが、学生たちで賑わう昼の食堂でその姿を見たことはない。

どこで過ごしているのか、ずっと謎だった。

たくさんの目がある場所で話し掛けるのには勇気がいるし、なにより会話の持っていき方に困る。だから、一人になる時間に会える可能性が高いということは、アレッサンドラにとってまるで神が与えてくれた好機のように思えた。

「四限目が自習時間になって良かったわ。上手く教室からも一人で出てこれたし。昨日までと違って、今日はお天気も良いし暖かいし。時間までここで待っていれば会えるはずよね」

学生たちが一堂に集まる昼時の食堂で、どれだけ探そうともライハルト・グリードの姿を見つけられなかった理由を知ったのは、偶然だった。

隣のクラスの令嬢たちが、「クラスが違うのだから、せめて食堂でご一緒できたらいいのに」と麗しい同級生の令息が食堂に来ない理由について嘆息しているのが聞こえてきたのだ。

「馬鹿ね、あなたのように視線を逸らさず見つめ続ける令嬢に囲まれていたら、食べる物の味だって分からなくなるわ」

揶揄《からか》う周囲の言葉に、後ろの席で聞いていたアレッサンドラの頬まで熱くなる。

それから、学食へ向かう際に遠回りして彼の教室の近くを歩いてみたり、早めに食べ終わった時には、一人で昼食を摂れそうな場所を探して歩いた。

そうしてついに先週、探し回っている間に予鈴が鳴ってしまった時、この校舎裏の林の奥から歩いてくるライハルトの姿を見つけたのだ。

その時は、午後の授業に遅刻してしまいそうだったので、話し掛けることを断念した。けれど、その翌日から長く続いた雨の日に、あの時話し掛けるだけでもしておけば良かったと、どれほど悔やみ枕を濡《ぬ》らした事だろう。

快晴となった今日、お昼休み前の授業が急遽《きゅうきょ》自習となったのは天啓だと思った。

今日こそ、あの、ライハルト・グリードに逢いに行くのだ。

高鳴る胸の鼓動を抑えるように、つい呟《つぶや》く。

「彼と話がしたいと思っているのは、わたくしだけではないのだわ」

ライハルトが昼食を学食では食べていないと知る切っ掛けとなった令嬢たちの会話が胸を重くする。

見ていられるだけでいいのにと嘆く令嬢と、他にもたくさんの視線があって当然だと話す令嬢と。

つまりは、彼は今も誰からも憧れられる存在であるということだ。

けれど、と心の中で続ける。

アレッサンドラはただ彼の見目《みめ》に憧れを抱いている訳ではない。古き友情を取り戻し、できることなら再び交流が持てたらと願っているだけだ。

「これを見て貰えば、信じて貰えるわよね」

紗《しゃ》に包まれているので薄っすらとしか見えないが、確かにそこにあるのはあの日手紙に添えられていた四葉のクローバーだった。

処理が甘くて萎《しな》びていたものを、侍女に教えて貰いながら押し花とする処置をやり直し、栞にした。

お陰で、今も緑色を残している。

アレッサンドラの一番の宝物だ。

まずは男だと嘘をついていた事を謝って、会いたかったと伝えて、そうして……

「そうして、どこをどう話すべきなのかしら。どこまで話そう。上手に説明できるかしら。彼はわたくしの謝罪を、受け入れてくださるかしら」

ラート公爵家の跡取りとして育てられていた一環としてあの訓練所で武芸を習っていたアレッサンドラだが、このままいけばその座を歳の離れた弟に受け渡す事になるのは確実で。

今はまだ婚約者がいる。けれど元々あまりよくもなかった婚約者との仲は悪くなっていく一方で、婚約が無かったことになるのは時間の問題なのだ、と。

「こんなことまで伝えたら、引かれてしまうわね。いまだ婚約者のいない彼に、狙われているって怖《おじ》気《け》づかせてしまうかもしれないし、口を滑らさないよう気を付けなくては」

それでも、たぶんきっと。もしそれを知っても、彼ならきっと笑ってくれる。安っぽい同情を寄せるのではなく、あの頃のような明るい笑顔で笑い飛ばしてくれるに違いない。

そんな想像をして、アレッサンドラは栞を持っていてもおかしくないようにと持参してきた本を開いた。

「ふふ。早くお昼休みにならないかしら」

ずっとずっと夢見ていた再会がついにと思うと心が逸《はや》って、この場所を見つけてからというもの、よく寝られなかった。

多分、夢が叶って話ができたら、今夜も寝られないだろう。

よく晴れて暖かな木漏れ日が差し込むベンチで一人、アレッサンドラは頬が勝手に笑顔となる自分に、悶《もだ》え続けた。

さらさらさらさら
微《かす》かに聞こえる、どこかで聞いたことのある音。

その音が、どこから聞こえているのか分からずライハルトは辺りを見回した。

いつものように、寮から失敬してきたパンで昼食をすませようとやってきた学園の裏庭のベンチ。

そこに、黒髪の令嬢が座っていた。

その長い髪が、風を受けてサラサラとちいさな音を立てていた。

「寝てる？」

ベンチに座って本を読んでいるウチに眠ってしまったのだろうか。その膝《ひざ》の上には開いたままの本が載っていた。

整いすぎてどこか冷たく見える美貌が、眠っている今はどこか幼く、ライハルトの記憶にある少年のものとよく似て見えた。

入学式で、この美しい人の名前を知って驚いた日が懐かしい。

『……この学園の生徒として日々研鑽を重ね、共に栄えあるファーン王国を支える人材となるべく努めて参りましょう。新入生代表アレッサンドラ・ラート』

隣に座っていた訓練所の仲間と馬鹿面晒して顔を見合わせた。

誰もが見惚《みと》れる美しい公爵令嬢が、まさか男性形の名前に変えて男に交じって鍛錬をしていたとは誰が思うだろう。

突然、挨拶もなく辞めてしまった仲間を皆で悲しんだ。

けれど、こうしてその仲間の正体を知ってしまえば、突然辞めてしまった理由を推測するのは簡単だ。

誰が言い出したのか『突然辞めてしまったのは、不治の病に罹《かか》っていたんじゃ』そんな噂が流れて皆でお見舞いを贈った。

――元気で、良かった。

貧乏すぎて、周りの皆が盛大な見舞いの贈り物をしている中、自分だけが庶民のような贈り物をした。もう枯れてしまって捨てられているだろう。

その時、風がそれまでより強く吹いた。

パラパラと、膝の上に載せていた本のページが風に揺れて、そこに挟みこまれていた栞が地面へと落ちた。

そっと近寄って拾い上げる。

「これは、四葉の、」

金のないライハルトが、『幸運のお守りです』と書いて、見舞いの手紙に入れたのは四葉のクローバーだった。伯爵家とは名ばかりとなっていたライハルトが、病気で辞めていった仲間へ贈れたのは、庭で見つけたそれだけだった。

押し花というものにしなくてはいけないのは分かっていたけれど、時間もないしやり方もよくわからないままひと晩だけ辞書に挟んで贈ってしまった。

今でも、グリード伯爵家にあるその辞書には四葉のクローバーの形をした染みが残っていて、目にする度に苦笑していた。

それが今も、彼女の手元にある。その意味。

美しい紗に包まれた栞を、そっと彼女の本へと差し込むと、ライハルトは足早にその場を後にした。

顔が熱い。胸の高鳴りが抑えられない。苦しい。

彼女には侯爵家の三男だという婚約者がいるとライハルトは知っていた。借財だらけの伯爵家の嫡男など、お呼びではないのは分かっている。

あの栞にあった四葉のクローバーが、ライハルトの贈った物と同じ物だとは限らない。

同じクローバーだったとしても、そこに幼い頃の訓練所の仲間との思い出以外の意味などないかもしれない。

都合のいい妄想だと知ってる。わかっている。

だから決めた。これから先、あの美しい人を、視界に入れないことにすると。

あの方に心惹かれてしまうのは、裏切りだ。いつか自分を迎えに来てくれる、夢の女性への裏切り。

心の中でだけだろうと裏切りは裏切り。

元々、気軽な学生時代の恋もするつもりはなかった。身も心もすべて夢の女性に捧げると決めたのはライハルト自身なのだから。

自分には、己自身しか相手に差し出せない。それなのに、心すら捧げられなくてどうする？

心の真ん中に他の女性を住まわせたままでは、グリード家の莫大な借財に見合うだけの返礼になると思えない。

さすがに、そこまでライハルトという一個人に価値があると思い込むことは、ライハルト自身にはできなかった。

だから。

ライハルトは、泣きたくなるようなこの気持ちの、名前を知りたくなどなかった。

悪役令嬢だから死刑!?「異議あり」でございますわ

小《こ》早《ばや》川《かわ》真《ま》寛《ひろ》
ill. すがはら竜《りゅう》

「第三王子カール殿下に婚約破棄を言い渡され逆上した公爵令嬢ヘレーネ・ザクセンが、子爵令嬢シャルロッテ・ヴェルフの殺害を目論《もくろ》んだ当事件。証拠は不十分ではありますが、被告人を死刑に処するのが相当であると思います」

法廷に響き渡った法務官の言葉を聞いた瞬間、私は自分の意識が遠のくのを感じた。

有力な証拠も無いのに？

その場に私がいたというだけで？

二人の仲を引き裂いた悪役令嬢だから？

死刑？

次の瞬間、後頭部に鈍い痛みを感じ、意識が急速に消失する気配を感じる。私は渾身《こんしん》の力で声を絞り出した。

「い、異議あり……でございます……わ」

そう言い切った瞬間、私の意識は完全に消失した。


「ヘレーネ、ヘレーネ！　医者は、医者はまだか!?」

必死で私の名前を呼ぶ声に、ゆっくりと目を開けると、そこにはユーリ・デミドフの姿があった。

青みがかった銀髪で涼し気な目元をしているユーリは、今回の裁判で裁判官を務める人物だ。

今にも泣きそうな顔をして私の体調を心配しているが、全《すべ》ての元凶は彼だった。

シャルロッテ殺人未遂の疑いで逮捕されると聞いた時、私は国外への逃亡を企《くわだ》てた。隣国の修道院では、入信者に信徒としての新たな戸籍を用意している。つまり、入信してしまえば隣国の戸籍を獲得することができるため、我が国の司法機関も簡単に手出しはできなくなるという。

そのため、私の逮捕令状が出る前日の夜、平民の姿に扮《ふん》して逃亡しようとしたのだが、国境に差し掛かる直前にユーリ率いる数人の兵士に拘束されてしまったのだ。

計画を立てた当初は、逃げ切れる自信しかなかった。

まず、私は決して目立つような見た目をしていなかった。シャルロッテのような派手なピンクブロンドの巻き髪ではなく、真《ま》っ直《す》ぐ伸びた黒髪でしかない。顔立ちは決して不細工ではないが、化粧やアクセサリーを付けずに帽子を目深《まぶか》にかぶれば、平民にしか見えないはずだ。

さらに、隣国に接した場所に領地を持つ公爵家。隣国へは馬車で一時間もかからない距離にある。

「捕まるとしたら、よほど運がない奴《やつ》だな」

逃亡の手助けをしてくれた兄に、そう笑われたほどだ。だが、ユーリはきっちりと日付が変わった瞬間、国境の付近にいた私達を捕まえた。

「私から逃げられるとでも?」

私を拘束した時、そう言って勝ち誇った表情を浮かべたユーリの顔は今でも忘れられない。

その後、彼がなんだかんだ言っていたが、よく覚えていないのは、彼が学生時代とは全く変わってしまっていたからに違いない。

ユーリは、学園で一番の友達だった。

生徒の多くが貴族ということもあり、真面目《まじめ》に授業を受けているのは私とユーリぐらいしかいなかったので、自然と仲良くなった。ユーリは授業が終わればいつも真っ先に私の元へ駆け寄り「ヘレーネ」「ヘレーネ」と仔犬《こいぬ》のように嬉《うれ》しそうに声をかけてきていた。

だが、学園の卒業間近から彼の態度は激変した。

学校ですれ違っても挨拶《あいさつ》すらされなくなり、声をかけても無視されるようになった。卒業後、最年少裁判官になったと風の噂《うわさ》で知ったが、その頃《ころ》には態度はさらに悪化していた。夜会で顔を合わせた時、声をかけようとしたら、まるで憎らしい者を見るかのような視線を送ってきた。

何が彼をそうさせたのだろうか……。

友人の突然の態度の変化に戸惑ったが、当時の私は第三王子であるカールとの婚約が決まったばかりで、ユーリに対する関心は徐々に失われていった。

「ヘレーネ！」

しかし、そう言って私の手を握り、今にも泣きそうなユーリは学生時代の彼に戻ったかのようだった。

少し嬉しくなり弱々しく微笑《ほほえ》みながら起き上がると、ユーリの顔はパッと明るくなる。

「ヘレーネ！　大丈夫か？」

あまりにも矛盾したユーリの発言に私は思わず苦笑をしてしまう。小さな怪我《けが》一つで心配するが、彼は私を断頭台へ連れていこうとした張本人ではないか。

「大丈夫でございますわ」

だが、私はあえて彼の矛盾に触れず平静を装う。

ここで彼に泣きついてもどうしようもない。それよりも無実であることを証明する方がよほど重要だ。

「よかった……。医者は呼んだから、すぐに――」

「死んだのか？」

ユーリの言葉を遮るようにして、部屋に押し入ってきたのは第三王子であり元婚約者であるカールだった。短髪の金髪は軽薄そうだが整った顔に、よく似合っていた。

「カール様、お葬式のドレスを仕立てなければいけませんわ。どうしましょう……」

カールの後ろから、そう言って嬉々《きき》として部屋に入ってきたのは子爵令嬢であるシャルロッテだ。

今回の事件の被害者で私が殺害しようとした人物だが、勿論《もちろん》、私には殺害しようとした記憶などない。

「シャルロッテ様、ご安心ください。私、まだ生きておりますわ」

精一杯の嫌味を投げかけると、シャルロッテは小動物のようにサッとカールにしがみついた。

「カール様、怖いですわ」

カールは慣れた調子で、シャルロッテの肩を抱くと小さく「大丈夫だ」と囁《ささや》き、瞬時に私に振り返り鋭く睨《にら》んだ。

「自分の罪を認めないばかりか、反省もしていないとは……。医者には下がるように言っておいたが、正解だったたな」

私の専属メイドであるアンナは「そんな……」と抗議の声を上げようとしたが、カールは視線だけでアンナを黙らせた。

「やはり、死刑が妥当だな。な、ユーリ」

カールの問いかけに「さぁ」と気のない返事をしたユーリは、いつの間にか私が横たわっている長《なが》椅子《いす》から離れた場所にある別の椅子に座っていた。ユーリは自分の手を固く握りしめており、先ほどまでの私を心配する表情は消えていた。まるで仮面をかぶったような無表情なユーリに戻っている。

彼の変化に少し落胆したが、あのまま手をつないでいたらカールに何を言われたか分からない。

「ヘレーネ、いいことを教えてやろう」

カールは、そう言うと大股でユーリが座る椅子に近寄り、肘《ひじ》置きに軽く腰掛け満面の笑みを見せた。

「ユーリと俺《おれ》は親友なんだ」

初めて聞かされた事実に私は耳を疑う。

「ご親友？」

カールもやはり同じ学園の生徒だったが、ユーリとカールが仲良くする姿など一度も見たことがなかったからだ。

「あぁ、ユーリは実は隣国の王子で、身分を隠して我が国に留学していたんだ」

ユーリがあえて否定しないところを見ると、それなりに親しい関係だったのかもしれない。

「今回の事件も自ら裁判官になると名乗り出てくれたほどだ」

「え……」

とんでもない事実に、私は言葉を失った。ユーリが私を捕まえたのも、裁判官として参加していたのも全て業務上仕方なくしていることだと思っていたのだ。

「だから、証拠がないにもかかわらず死刑なのですか？」

「あぁ、そうだ。本当は死刑だけ言い渡して終わろうと思ったんだが、ユーリが正当な手続きを踏むべきと言い出してね」

ユーリに視線を移すが、彼は手を組みカールの言葉を否定も肯定もしなかった。肯定ということに違いない。ユーリに『死刑にしたい』と思われるほどのことを私は、何かしたのだろうか。

「だが、大変だな」

カールは嬉しそうにニヤリと笑みを浮かべる。

「お前は、第三王子の婚約者を殺害しようとした。つまり王族に対する反逆。もし、お前の罪が確定すれば、公爵家の爵位や領地は没収。広大な領地も国のものとなる！」

なるほど、と私は小さく感心していた。

おそらく公爵家の領地を没収するという暴挙に出るためには、裁判で確実に罪を立証しなければいけないのだろう。

「カール、ここは寒い。別室を用意させているから——」

ユーリが、遠慮がちにそういうと、カールは「そうだな」と勢いよく立ち上がった。

「罪人がいる部屋は、王子である俺には不釣り合いだ」

「殿下、私、紅茶とお菓子がいただきたいですわ」

部屋を後にするカールの腕にすがりつくようにしながら、シャルロッテは甘ったるい声でそう言うと、私へ勝ち誇ったような笑みを向け、姿を消した。


二人の姿が完全に見えなくなったのを確認してから、私はゆっくりと重い口を開く。

「ユーリ様、一つお伺いしてもよろしくて？」

床に視線を落としていたユーリが「はいっ」と瞬時に私へ振り向く。

「私がシャルロッテ様を殺そうとしたという証拠はなんですの？」

法務官は証拠が不十分と言っていたが、何かしらの証拠はあるのだろう。

「毒の原材料でございます」

ユーリに代わり、そう答えたのは私の専属メイドであるアンナだった。

「原材料？」

「はい。今回、シャルロッテ様を殺害するために使用されたのは、北部でしか採取できない薔薇《ばら》・ヴェノムクラウンローズから作られたものでした」

「北部……、ね」

私の父親である公爵家の領土は、隣国との境界にある北方の地域だ。ヴェノムクラウンローズは毒性のある薔薇だが、麻酔薬にもなることから公爵家の領地で積極的に栽培されている。

「お嬢様」

アンナは私をジッと見つめると、神妙な面持《おもも》ちで頷《うなず》いた。

「毒の出どころは、あくまでも公爵家だけではないということでございますね？」

アンナの突然の指摘に私は目を白黒させる。私の「北部……、ね」は「北部……（には公爵家以外にも領地はあったはずよ）ね」という言葉が省略されていると、勝手に解釈してくれたのだろうか。

「ヘレーネ様、流石《さすが》です。毒の原料となった薔薇が採取される地域は――」

ユーリはそう言ってサッと懐から地図を取り出し机の上に広げると、北部の地域を指でなぞるようにして指し示す。公爵家の領地が大部分を占めていることに感心していると「もしかして！」とアンナが叫んだ。

「ここ、シャルロッテ様のヴェルフ子爵家の領地ではございませんか？」

アンナが身を乗り出して、北部の小さな区域を指さす。広大な公爵家の北端に接する小さな領地で、油断していると見落としかねない。現に私もアンナが指摘するまで気づかなかった。

「おっしゃる通りヴェルフ子爵家の領地です。子爵家は、主に王都のタウンハウスで過ごしている印象が強いので、北方に領地があったとは……」

ユーリは、その場で小さくうなりながら頭を抱えた。

「ヘレーネ様は、領地の管理もお手伝いされてますので、当然です」

単に婚約破棄されてから王都に居づらくなり、地方にある公爵家の領地で過ごしていたのだが、アンナは「領地管理の手伝いをしている」と思っていたのかもしれない。

「だから、ヘレーネ様は私達にヴェルフ子爵家の領地のことを気づかせてくださったんですね」

アンナは嬉しそうに、そう言ってくれるが、実は今の今までヴェルフ子爵家の領地がどこにあるのかも知らなかったし、彼らにその事実を伝えたかったわけでもない。

「それより、アンナ。この部屋は寒いわ。紅茶をいただけるかしら」

これ以上会話を続けているとボロが出そうなので苦し紛《まぎ》れにそう告げると、アンナはさらに目を見開いた。

「そういえば、事件当日、紅茶をカップに注いだのはシャルロッテ様でしたわ」

微《かす》かな記憶を頼りに私は、お茶会当日のことを思い出すが、頭を打ったせいかあまり記憶がはっきりしない。だが、お茶に招待した日、カールが予告もなしに突然、シャルロッテを連れてきたのは確かだ。

「シャルロッテ様のお茶の準備がなかったので、お待たせしてしまったわね」

「はい！　招待されてもいないのに、突然現れて『子爵家の人間に出すお茶なんて、公爵家にはないんですわ』とか大げさに泣き出して――」

当日のことを思い出したのだろう。アンナは握りこぶしを作り、ワナワナと震えている。

「そうそう、それでシャルロッテ様がお茶の準備を手伝ってくださったのよね」

アンナの怒りを和《やわ》らげるためにシャルロッテの肩を持ってみるが、アンナの怒りに火が付いたようだった。

「お茶を用意するのはメイドの仕事です！　なのにシャルロッテ様が自らお茶を淹《い》れ、公爵家のメイドをバカにされたんです。今でもあの日のことを思い出すと！」

最後は怒りで声にならないようだった。

「そんな……。大したことじゃないわ」

心からの言葉だったが、アンナは何か勘違いしたのだろう。目を潤ませながら「なんてお優しい」と私をジッと見つめる。

「つまり、シャルロッテ様が自ら毒を盛った可能性があるということですね」

ユーリがかみしめるように、そう呟《つぶや》く。

全く私の意図せぬ展開だったが、私の死刑が回避されそうな雰囲気《ふんいき》が濃厚になってきたので、あえて否定する必要はないだろう。私は「そうですわね」と、さも当然のごとく小さく頷いてみせた。

「何か証拠があるかもしれません。私、シャルロッテ様のタウンハウスに行って参ります。少々お待ちください」

アンナは勢いよく部屋から走り出た。

彼女が何故《なぜ》、シャルロッテの家に行くのか理解できなかったが、おそらく何か意図があるのだろう。できれば紅茶を出してくれる方が嬉しいのだけど、と思いながら私は小さくため息をついてユーリに微笑みかける。

「証拠といえば、毒はどこから検出されましたの？」

これは完全な興味本位だった。

シャルロッテ様が遺体になっていない以上、毒がどこからか検出され、毒と特定されたに違いない。

「カップです」

ユーリは、そう言って後ろに控えていた従者に手を挙げた。

少しすると、従者とメイドが紅茶と菓子を持って部屋に現れた。裁判所にもかかわらず準備の良さに感心していると私の目の前に温かい紅茶が差し出された。

「カップの底に残っていたんです」

ユーリは空のカップを私の方に見せて、その底を指さす。私は「なるほど」と感心する。確かにカップの底に残っていたなら、簡単に検出できるかもしれない。

「不思議ですわね」

私は紅茶を一口飲んで首をかしげると、ユーリは「えっ？」と驚いた。

「何故、気づかなかったのかしら」

私の質問に、ユーリは難題を出されたように、眉間《みけん》に皺《しわ》を寄せる。

「二つの疑問が残るということですね」

『(私は、) 何故 (カップの底に毒が残るという可能性に) 気づかなかったのだろう』という意味で言ったのだが……。疑問が二つに増えているではないか。驚きを隠せなかったが訂正するのも面倒なので「ええ」と頷くことにした。

「シャルロッテ様が紅茶を淹れる時に自ら毒を入れたならば、その場でヘレーネ様が気づかれたはずだ。それなのに何故、気づかなかったのか」

全く予想していなかった一つ目の疑問に私は、驚きを禁じ得なかった。

基本的にあまり人をジロジロ見る習慣はないので、気づかないのは当然だ。現に今も気づいた時には目の前に紅茶が差し出されていた。

だが、訂正すると話が複雑になりそうなので、やはり無言で頷きユーリの言葉を肯定しておく。

「そして、二つ目の疑問は何故カップの底に毒が残ったかという問題ですね」

一つ目の疑問同様、全く想定していない二つ目の疑問に、私はもう微笑むことしかできなかった。

「今回使われた毒は、非常に溶けやすい性質があります。特に温かい温度となれば。もし、紅茶全体に溶かされていたならば、シャルロッテ様のカップの底にだけ毒が残るのは不自然だ」

そう言ってユーリは従者から受け取った紅茶を飲もうとするが、何かを考えているのだろう。すぐにその動作が止まった。

おそらく彼の脳は想像もつかないほどフル回転しているのだろう。なんたって、私の適当な疑問から、事件の核心に近づきそうな疑問を新たに二つも導き出したのだから。

徐々にユーリの眉間の皺が深くなる。きっと脳に糖が足りていないに違いないと、私は目の前に置かれたシュガーポットを手に取った。

「砂糖、お入れになります？」

「え……、あっ！」

ユーリは、何かが閃《ひらめ》いたかのように、持っていたカップを机に慌てて置くと、私の手をシュガーポットごとギュッと握りしめた。

「砂糖の中に毒を入れていたということですね！」

親切心で提案したことが、またもや思わぬ形でヒントを与えたことになり、自然と笑みが漏れてしまった。私の微笑みを指摘と感じたのか、ユーリは「すみません」と慌てて私の手を離した。

「砂糖に毒を仕込んでいたならば、自分だけ毒が入った砂糖を入れても違和感はありませんね」

少し照れたように、結論付けたユーリに私は感心するしかなかった。

「私は砂糖を入れずに、紅茶本来の味を楽しみたいですし、カール様も砂糖はお入れになりませんわ」

答えとは出されてみると、簡単に事実と結びつくものだから面白い。私はユーリの推理が正しいことを証明するための事実を口にした。

「そうなると、ますますシャルロッテ様が怪しくなりますね」

再び真剣な表情で考え始めたユーリの横顔が、学園時代の横顔ソックリで思わず笑みが漏れてしまった。

驚いたように顔を上げるユーリに「ごめんなさい」と私は思わず首を横に振る。

「学園にいた時を思い出して。よく、教授が出した難問を二人で一緒に解きましたわよね」

なんの授業だかは忘れたが、珍しく毎回課題を出す教授がいた。その課題は非常に難しく、なかなか解けなかったため、二人で知恵を出し合って解いたものだった。

「課題をこなしていたのは、私とヘレーネ様だけでしたけどね」

ユーリも思い出したのだろう。小さく苦笑を漏らす。

「あの頃は、解けない問題がたくさんありましたのに、本当に楽しかったですわ」

それは、お世辞《せじ》でも嘘《うそ》でもない。学園を卒業する直前に、第三王子の婚約者になることが決まってからの私の人生は決して楽しいものではなかった。貴族同士の人間関係、王族になるための教育が単純に大変だっただけではない。

浮ついていて、表面的なことしか見られず、自己中心的なカールの伴侶《はんりょ》となることが苦痛だったのだ。そして、それに対して抗《あらが》うことができない自分の無力さが、ただただ悔しかった。

だからこそ、婚約破棄を言い渡された時、全てから解放されると喜んだ。事件について尋問された時も何度も「シャルロッテ様を恨んでいない」と訴えたが、誰も聞き入れてくれなかった。

「それは、私もです」

そう同意したユーリの眼差《まなざ》しは、熱がこもっていた。

「あの時が一番楽しかった」

おそらく彼も大変なのだろう。最年少で裁判官となれば妬《ねた》みもあるだろうし、何より人を裁くという裁判官の仕事は決して楽ではない。

「では、何故、母国に戻られませんでしたの？」

ユーリの正体を聞かされてから、ずっと疑問に思っていたことだった。

自由な学園生活を楽しむために、隣国の王族や貴族が身分を隠して我が国へ留学することはよくあることだ。だが、彼らの多くは学園を卒業すると母国へ帰り、自国で要職に就くのが恒例でもある。

ユーリのように、わざわざ我が国に留《とど》まり働くというのは非常に珍しい。

ユーリは「それは……」と口ごもる。

「あっ！　分かりましたわ」

私は、ある可能性に気づき思わず両手をたたく。

「我が国に想いを寄せられている方がいらっしゃいますのね」

私の推理に、ユーリは耳まで真っ赤にしながら「はい」と小さく呟いて頷いた。今回、初めて自分の推理が当たったことが嬉しく、思わず満面の笑みを浮かべてしまった。

「あんなに仲良くしてくださっていたのだから、教えてくださってもよろしかったのに」

そう言いながら、さらに重要なことに気づいた。

「だからですのね！　卒業直前から疎遠になられたのも。確かに、私とユーリ様はいつも一緒でしたから、その方に誤解されてしまうかもしれませんわね。何も気づかず、ショックを受けていたなんてお恥ずかしいですわ」

この数年間、ずっと疑問に感じていたことに対する答えが見つかり、私は思わず深く頷いてしまう。

それと同時に「嫌われていなかった」という事実に安堵《あんど》させられた。

「ショック、だったんですか？」

ユーリは、驚いたような表情を見せる。

「勿論ですわ」

私はユーリの疑問に対し、大きく頷いて肯定する。

「私、何かしてしまったのではないかと心配しておりましたのよ」

「いえ、それは誤――」

ユーリは、半ば立ち上がるようにしてそう言った瞬間、部屋の扉が勢いよく開いた。

「ございました！」

そこには、肩で息をしているアンナの姿があった。

「流石、アンナですわね」

彼女は、我が公爵家でも屈指の体力自慢のメイドだ。おそらく裁判所から徒歩数十分ほどの距離にあるシャルロッテの邸宅まで数分で到着し、戻ってきたに違いない。

「何を騒いでいる」

アンナが扉の前で息を整えていると、カールとシャルロッテが再び連れ立って現れた。どうやら、アンナが騒いでいる音を聞きつけたのだろう。

「ちょうど良かった。実は、新たな証拠が見つかったんだ」

ユーリはおもむろに椅子から立ち上がると、先ほどとは打って変わり少し不機嫌そうな声でそう言った。

「新たな証拠？　素晴らしいじゃないか。聞かせてもらおう」

どうやら私が犯人である新たな証拠が見つかったと思ったのだろう。カールは嬉しそうにそう言って、空いている長椅子にシャルロッテと共に座った。

「アンナ、何が見つかったか教えてくれ」

ユーリに促されるが、アンナは本当に話していいのかと言わんばかりに私へチラチラと視線を送ってくる。

「改めてお二人に聞いていただく手間が省けましたわ。何があったのか教えてちょうだい？」

私が、そう促すとアンナは観念したように、口を開いた。

「シャルロッテ様のタウンハウスに伺ったのですが、ヴェノムクラウンローズを栽培していた痕跡がありました」

「あんた！　自分が何を言っているのか分かっているの⁉」

シャルロッテは、そう言って長椅子から勢いよく立ち上がった。もし、アンナが近くにいたら掴《つか》みかかっていたに違いない。

「シャルロッテ様、落ち着きになられて。うちのメイドはあくまでも『痕跡』しか見つけられませんでしたのよ」

痕跡では、有力な証拠にならないではないか、と小さく落胆しつつも、目の前で大騒ぎするシャルロッテを止める方が先だった。だが、アンナは「そうなんです！」と嬉しそうに深く頷く。

「賄賂《わいろ》を渡したら、庭師が全部話してくれました。中庭に植えられていた全てのヴェノムクラウンローズは、先月、内密に刈り取られたそうなんです」

「毒を精製した証拠になる、ということですね。ヘレーネ様」

勢いよくユーリに振り返られ、私は再び微笑むしかなかった。どうやらユーリとアンナは、私の言動全てに意味があり、謎を解く鍵であると妄信しているようだ。

「つまり、今回の事件は、シャルロッテの自作自演ということなのか？」

カールは怪訝《けげん》そうな表情を浮かべながら、シャルロッテを振り返った。

「カール様、違いますの！」

シャルロッテは、床に勢いよく座りこみ、すがるようにカールの膝《ひざ》に抱きついた。

「確かに北方に領地がある我が家では、ヴェノムクラウンローズを栽培しております。王都でも珍しい品種ということで、中庭で栽培していました」

カールは、不機嫌そうにシャルロッテの言葉を聞いている。

私が何を弁明してもすぐに言葉を遮られ、まともに話すこともできなかった。ずいぶんと対応が違うではないかと不満に思ったが、完璧に巻かれていた髪を振り乱し、半泣きになりながらすがりつくシャルロッテは同性の私から見ても可愛《かわい》らしかった。

「先月急に全て刈ったのも事実です。ですが、決して毒を作ったわけではございません！　ましてや自分で飲んで騒動を起こすなど、そんなことするわけがございません！」

シャルロッテの必死の弁明だったが、カールは大きなため息をつき、首を大きく横に振った。

「お前がこんな愚かな女だったとは……」

自分の弁明が通じないと察したのだろう。シャルロッテは大きく「カール様！」と叫び、カールの足に抱きついたが、カールはそれを勢いよく蹴った。

「これで、ヘレーネ様が無罪ということが立証されましたね」

アンナは嬉しそうに、そう言って満面の笑みを見せるが私は腑《ふ》に落ちていなかった。

私はゆっくりと長椅子から立ち上がり、床で打ちひしがれているシャルロッテを起こし、近くの長椅子に座らせた。

「でも、不思議ではございません？」

私の疑問の言葉に、ユーリとアンナの間に緊張が走った。二人が私の言葉を一言一句、聞き逃さないように集中しているのが伝わる。

「何故、ヴェノムクラウンローズなのかしら」

ヴェノムクラウンローズは、薔薇にしては珍しく青みがかった花びらをしていて非常に珍しい。中庭に植えていたならば、とても綺麗《きれい》だっただろう。わざわざ毒にする理由が分からなかった。

「確かに……。ヴェノムクラウンローズから毒を精製するのは、非常に大変です」

再びユーリが、私の言葉を明後日《あさって》の方向に解釈し始めた。薄々、分かってきたがもう放っておくのが一番だ。

「花びらを圧縮してエキスを抽出。さらに煮詰めて濃度を高くする必要があります。先月、シャルロッテ様の邸宅の薔薇が刈り取られていますが、毒薬を精製するには、それこそ一ヶ月の時間が必要だ」

そんな手の込んだ工程でヴェノムクラウンローズから毒が作られていることを知り、内心感心させられるが、アンナもさも当然といわんばかりに頷く。

「毒薬ならば、他にも砒素《ひそ》、ジギタリス、アーセニックなど手に入りやすい毒はいろいろあるのに、わざわざヴェノムクラウンローズで毒を作るのは不自然ですね」

アンナはそう言って納得しているが、私からすると世の中にそんな恐ろしい毒が多数あったことに驚かされる。ユーリがアンナの言葉に驚かないところを見ると、私が単に無知なのだろうか、と不安にすらなってきた。

「あえてヴェノムクラウンローズを使うということは――」

ユーリはそう言って、大きく息を吐く。

「ヘレーネ様は『ご自身やシャルロッテ様を陥れようとした人物がいる』とおっしゃりたいのですね」

再び、ユーリに同意を求められ、私は神妙な面持ちで頷くしかなかった。私の顔を覗《のぞ》き込んだ二人の様子を見ると、どうやら私が犯人の目星をつけていると思っているようだ。

だが、もちろん見当はついていない。

毒薬を使ってまで人を陥れようとする恐ろしい人がいるならば、一刻も早く捕まえていただきたい。

ただ、それだけだった。だが、二人がジッと私の回答を待ち続けるので、私は仕方なく重い口を開く。

「真犯人が誰か、ということでございますが……」

ユーリとアンナ、私の隣にいるシャルロッテの喉が緊張でゴクリと鳴るのが聞こえてきた。ユーリ達の推理と大きく外れた人物の名前を口にしては格好がつかない。脳をフル回転させ、適切な回答を探す。

あの日、あの庭園を訪れており、かつ砂糖に毒を仕込めた人物は……。

シャルロッテ。

カール。

カールの従者。

アンナ。

公爵家のメイド達。

私。

憶測だけで、誰かの名前を挙げて間違っていたら政治的な問題にもなりかねない。数秒、間を置き私はゆっくりと口を開く。

「私の口からは申し上げられませんわ」

アンナは「失礼いたしました」と慌てて頭を深々と下げる。

「ヘレーネ様が一番お辛《つら》いのに。こんなことをお聞きして、申し訳ございませんでした」

アンナの口ぶりからするに、彼女はどうやら犯人の目星がついているのだろう。やはり下手《へた》なことを言わなくて正解だったようだ。

「アンナ、気になさらないで。私が悪いのだから……」

犯人が誰であろうと、問題がなさそうな言葉を口にしながら視線をそらすと、ユーリが「カールなんだろ？」と低い声で、そう言った。

カール？

候補者の中にはいたが、何故カールが犯行を計画しなければいけないのか全く分からず、思わず聞き返しそうになった。だが、ユーリの推理の邪魔になる可能性もあるので、あえて視線をそらしたままにして彼の言葉の続きを待つことにした。

「は？　なんで俺が？」

私の代わりにカールが、勢いよく反論してくれた。

「カールはヘレーネ様を死罪にし、公爵家の領地を国有化することを計画していると言ってたが、おそらく自分の領土にするつもりなのだろう」

そう尋ねられた瞬間、カールの視線が左右に勢いよく揺れる。どうやら図星のようだ。

「すみません……。ちょっと伺ってもいいでしょうか?」

ユーリの言葉に疑問の声を上げてくれたのはシャルロッテだった。自分に罪が及ばないと察したのだろう。元来、彼女が持つ図々しさを発揮し始めた。

「ヘレーネ様が処刑された場合、公爵家の領地が国のものになるのは分かります。ですが、それがカール様にとってどのような得になるのでしょう?」

シャルロッテの質問にユーリは嫌な顔一つすることなく、微笑みながら「いい質問だ」と頷いた。

「公爵家の領地は重要な貿易の拠点です。さらに、地下資源も豊富と聞いております」

公爵家の領地は、農作物がほとんど栽培できない北方に位置する。その一方で、いたる場所に鉱山があり、様々な鉱物が採れている。

「ヘレーネ様が犯人になれば、元婚約者であるカールが自分の領地にするという流れは自然だ」

これが現在のカールの思惑であり、だからこそ私の死刑を彼は望んでいるのだろう。

「もし、シャルロッテ様の自作自演と発覚すれば、騒動の原因となったとして喧嘩《けんか》両成敗。両家から爵位と領地を取り上げるよう話を進めるつもりだったんだろ?」

「なんて狡猾《こうかつ》な……」

シャルロッテはカールの狡猾さに怒りを覚えているのだろう。私の隣で顔を赤くしてワナワナと震えている。私はその隣でカールの賢さに震えていた。てっきり可愛らしいシャルロッテと恋に落ち、周囲が見えなくなっている馬鹿《ばか》だと思っていたのだ。

「お、おいおい。ユーリ、何か忘れてないか？　俺は王子だぞ？」

明らかに動揺して、そう切り出したのはカールだった。にじみ出るような汗が額に浮き上がっていたが、その表情はいつもと変わらず余裕を見せている。

「公爵家の領地は確かに価値がある。だが、俺はそんなに金には困ってないぞ？」

第三王子であるカールも学園卒業と同時に、南方の資源が豊かな領地が割り当てられた。だからこそ、彼は特に仕事もせずにフラフラとして生活できているのだ。

「これは憶測だが……。カール、王位継承を目論んでいるんだろ？」

「王位!?」

驚きの声を上げたシャルロッテに、ユーリは「静かに」と諌《いさ》めた。

カールには二人の兄がいるため、カールの現在の王位継承順位は第三位だ。そんな「カールが玉座を狙う」という話は賛成するにしても反対したとしても誰かに聞かれたら、問題になりかねない。

「第一王子も第二王子も亡くなられた前王妃様のご子息。一方、カールは現王妃様のご子息ということもあり、王宮での立場は決して悪くはないんだ」

先ほどよりも一段と声を落としてユーリは説明してくれる。

「お嬢様とカール様のご婚約も不思議でしたが、そういうわけだったんですね」

アンナが感心するように、第三王子との婚約はザクセン公爵家では歓迎されたものではなかった。

当初は、第一王子と私の婚約の話が進んでいたのだが、王妃様が「ぜひ我が息子と」と押し切られる形で婚約が決まったのだ。

「王妃様のご出身は西国の王家だ」

「昨年、内戦が勃発した西国ですか？」

アンナは器用に小声で悲鳴を上げている。

「あぁ。当初、カール様を王位につけるために王妃様は、ご実家である西国の国庫をあてにしていたんだ」

「西国からの支援が内戦で期待できなくなり、ザクセン公爵領に目を付けたということですね？」

そう質問したシャルロッテは、既に答えを知っているようだ。答えを聞かずに、絶句している。

王位継承権三位から一位に押し上げるということは、決して容易なことではない。人脈や根回しだけではなく、大前提として膨大なお金が必要となる。

「ヘレーネ様には、兄上がいる。おそらく公爵家もカールの即位に対して援助はするだろうが、あくまでも『婿《むこ》』に対しての援助だ」

父がカールを国王にするために、公爵家の財産を全て使うとは考えにくい。

国王の弟である父だが、現国王が即位するまで骨肉の争いに巻き込まれたという。それ以降、父は政治的な問題に関わることを何よりも嫌っていた。王家とも適度な距離が取れるからこそ北方の自治領で一年の大半を過ごしているぐらいだ。

「そ、そんなの憶測だ！　ユーリ、頭でもおかしくなったのか？」

顔面蒼白《そうはく》になったカールの声は震えていたが、まだ威勢はいい。確かに彼の言うように彼が仕組んだという証拠はない。

「だから、ヘレーネ様は『犯人の名前を言えない』とおっしゃっていたんですね。思慮が足りず申し訳ございません」

アンナの尊敬の念がこめられた眼差しに居心地の悪さを感じ、私は首をゆっくり横に振る。何も知らなかったのだから、当然といえば当然だ。

「事件があった日、君もその場にいたんだよね？」

ユーリの問いかけにアンナは深く頷く。

「今でもあの時のことは一分一秒だって忘れていません。シャルロッテ様は、公爵家のお茶会を馬鹿にされたんですからね」

「馬鹿に？」

ユーリに促されるようにアンナは鼻息も荒く語り始めた。

「ヘレーネ様もカール様も砂糖はご利用になられないんです。だから、用意していなかったんですが、シャルロッテ様は『お砂糖とミルクがないと飲めないぃ～。公爵邸って、お茶会も満足にできないんですねぇ～』って言い出したんです」

あまりにもシャルロッテに似ていたので「アンナ」と思わずたしなめてしまった。案の定、私の横でシャルロッテは苦虫をかみつぶしたような表情を浮かべている。

「それは、災難だったね」

アンナの物まねに、ユーリはそう言って小さく苦笑した。それを了解されたと受け取ったのかアンナはさらに、当日の様子を語り始めた。

「そしたら、カール様は自家製の砂糖を出してきたんです」

「自家製の？」

ユーリが不思議そうに首をかしげたので、私はアンナの言葉を補足することにした。

「あれは、砂糖菓子ですわ」

ユーリとアンナの期待に満ちた視線が集まる。ようやく彼らの期待に応《こた》えられる回答ができることが嬉しく少し声が高くなるのを感じた。

「ユーリ様の母国で作られている珍しい砂糖菓子ですわ。お菓子の中央部分が空洞になっていて、花や果物を入れる……、何と言いましたっけ？」

「クリスタルシュガーですね」

ユーリはそう言うと机の端に追いやられていたお菓子が盛り付けられた皿の中から小さな小箱を取り出した。小箱を開けると、そこには宝石を模した砂糖菓子が数個入っている。

「そう。これですわ。ね、シャルロッテ様？」

私が同意を求めると、シャルロッテは無言で頷きながら、差し出された小箱から砂糖菓子をつまみ自分の口に放り込んだ。

「これだと思います。あの時、カール様が紅茶に入れてくださったので、正確な味は分かりませんが、ちょっとえぐみがある感じが似ています」

シャルロッテの言葉で自分の証言が正しかったことを確信することができ、思わず微笑んでしまう。

「王都ではなかなか見かけませんのに、さすがユーリ様ですわね」

クリスタルシュガーは、特殊な技術が必要なため我が国では生産されていない。手に入れるならば、輸入菓子を扱う店に注文して取り寄せてもらうのが一般的だ。そのため、一つ一つが非常に高価で、メイドであるアンナは見たことも食べたこともなく、普通の砂糖菓子と区別がつかなかったのだろう。

「小さな薔薇が入っていて、芸術的よ」

せっかくなので、薔薇が入ったクリスタルシュガーを小皿に取りアンナに手渡した瞬間、ユーリがその皿を勢いよく掴んだ。

「カールはクリスタルシュガーの中に毒を仕込んだ、とおっしゃりたいんですね」

どうやら私は、また知らないうちに謎を解いてしまったようだ。

「砂糖で毒を包んでいたならば、毒が紅茶に溶け出すまで時間がかかり、ティーカップの底に毒が顕著に残っていたのも説明がつく」

ユーリはそう言うと、ゆっくりとカールに近づき、その腕を掴み勢いよく立たせた。既に観念したのか、カールもされるままになっている。

「カール、詳しくは別室で話を聞かせてもらおうか」

シャルロッテ殺人未遂事件が解決してから一ヶ月後。改めて私の無罪が証明された。この日、私は最終的な手続きのために裁判所へ向かっていた。

カールは、元婚約者であるシャルロッテを殺害しようとした罪で王宮に軟禁されているという。王妃様が画策し、シャルロッテ殺人未遂ではなく食中毒だった、という事件にすり替えられ、事態は収束することになった。

勿論、シャルロッテにそれを納得させる代わりに、王家はそれ相応の対価を支払うことになる。カールの自治領をシャルロッテに進呈。ヴェルフ子爵家には伯爵の爵位が授けられた。

「今日こそ、お嬢様に対する補償を増やすようにお願いしましょう」

裁判所へ向かう道中、馬車の中でアンナはそう抗議をした。

冤罪《えんざい》をかけられた私だが、特に私や公爵家に対する補償はなかった。

「婚約破棄の慰謝料はいただいたわ。それでいいじゃない」

「で、でも……」

アンナが言うようにシャルロッテが手にした補償と比べれば、婚約破棄の慰謝料の額は微々たるものだ。今日、着ている外出用ドレスを仕立ててしまえば無くなる程度の金額でしかない。

「それに、事件に巻き込まれてしまったのは、あの晩、事件に向き合わずに逃げようとした罰よ」

逮捕されると分かった日、私は逃げるべきではなかったのだ。事件と向き合い、司法を——ユーリを信じていれば、被告人となることもなかった。

「ですが……」

まだ、納得いっていないという様子のアンナに、私は形のいい笑顔を作って見せる。

「それに、私は大切なものを取り戻したもの」

「大切なもの？」

アンナは不思議そうに首をかしげる。

「ええ、大切な友をね」

あの事件以降、ユーリとは以前のように会話をするようになった。最初は「ヘレーネ様」と様付けで呼んでいたが、次第にかつてのように「ヘレーネ」と呼んでくれるようになった。

「そして、大きな謎も解けたのよ」

ちょうど馬車が止まったので小窓から外を覗くと、馬車止めの前でソワソワと嬉しそうに待っているユーリの姿が見えた。

「ユーリの想い人の正体がね」

私がそう言うと、アンナは呆《あき》れたように大きくため息をついた。

「そんなの、誰だって知っていますよ」

「あら、そう？」

御者《ぎょしゃ》が開けてくれた扉から、顔を出すとユーリがサッと手を差し出してくれた。ユーリの手の冷たさから察するに、おそらく一時間近く馬車が来るのを外で待っていたに違いない。「ありがとう」と言って、ユーリの手の平の上に自分の手を重ねると、ユーリは崩れんばかりの笑顔を見せる。普通、ただの友人にここまでするだろうか？　そんなはずはない。ユーリは待っていたのだ。

そう……、アンナを。

ユーリの想い人がアンナというなら、全てのことに説明がつく。学園時代、寮で生活していたこともあり、私の隣には常にアンナがいた。おそらく、ユーリは学園生活を送る中で、私の隣にいるアンナに恋をしたのだろう。だから、あえて私と距離を取ることで、アンナに私とユーリに何の関係もないことを伝えたかったに違いない。

だが、鈍感な私は、二人が十分な関係を築くだけの時間を与えることができなかった。だからこそ、アンナがいない夜会で再会した際、ユーリは私に憎しみに満ちた視線を送ったのだ。

「ヘレーネ。今日は、相談したいことがあるんだ」

ユーリの執務室へ続く道を歩いている時、ユーリにそう言われ私は思わず驚きの声を上げた。

「実は、私もですのよ」

昨日、アンナをヴェルフ子爵家——伯爵家の養女にしてもらう話が決まり、今日はその事実をユーリに伝えたかったのだ。

「俺は、ずっと資格がないと思っていたんだ」

「私もですわ」

王族であるユーリが、平民のアンナを妻に迎えることはできない。だから、ユーリはアンナに想いを告げられなかったのだろう。

「我が国では形式が何より重要ですからね」

二人の想いを実らせるのに資格なんて必要ないと、私は思っている。だが、貴族社会で生活するためには、その形式を踏襲しないと純粋な想いを否定されてしまうことも少なくない。

「俺の国でもそうだ」

ええ、知っていますのよ。という言葉を私はあえて飲み込む。

実は、ユーリが母国へ帰る手はずを整えているということを王宮で働く兄から聞いていたのだ。おそらくアンナを連れて行きたいという相談なのだろう。

もしかすると、こうしてユーリと会えるのも今日が最後かもしれない……。そう思うと、何故か胸の奥に痛みが走るのを感じた。

せっかく学生時代のように仲良くなれたユーリと離れるのが辛いだけではなく、物心がついた頃からずっと世話をしてくれていたアンナがいなくなるのだ。辛いのは当然だ。

だが、大好きな二人の幸せを願わずして、友人と言えるだろうか。

私は胸の痛みを無視して、案内された執務室の長椅子に笑顔で腰を下ろした。私が長椅子に座ると、すぐに彼の秘書が温かい紅茶を出してくれる。

「華やかな香りのお茶ですのね」

そう呟くとユーリは、恥ずかしそうに頷いた。

「ヘレーネが好きそうだなと思って、買っておいたんだ」

「あら、嬉しい」

アンナの雇用主の機嫌もしっかり取るあたりは、流石ユーリだ。「アンナの結婚なんて認めない」なんて台詞《せりふ》を絶対言わせないつもりに違いない。そこまで準備されると、逆に反抗心が湧いてくるというものだ。

そこで私は、この一ヶ月考えていたある仮説を口にしてみることにした。

「ユーリは、今回の事件も様々な根回しをされたんじゃありませんか？」

私がふいに投げかけた問いかけに、ユーリの表情が一瞬にして固くなる。

「責めているわけではないんですのよ。でも――」

私は、ゆっくりとティーカップを机に置いて、向かいに座るユーリを見据える。

「私、どうしてもカール様が、真犯人とは思えませんの」

「な、何を言っているんだ。カールだって、自分が毒を準備し砂糖菓子に仕込み、シャルロッテ様に飲ませたって自供したじゃないか」

「ええ。でも……」

私は、その言葉を言っていいのか、分からず思わず口ごもってしまう。もう少しマイルドな表現があるはずだが、いくら考えても適切な言葉が思い浮かばない。私は諦《あきら》めて当初の言葉を口にすることにした。

「カール様が本当に計画できたと思います?」

私の指摘にユーリは絶句する。

「カール様は、直感を大切にされる方ですわ」

シャルロッテが可愛いから親が決めた婚約者との婚約を破棄する、そういう単純すぎる思考回路の持ち主なのだ。

「私やシャルロッテ様を陥れるような毒の使い方、最終的に公爵領を手にしようとする狡猾さ。カール様らしくないと思いません?」

ユーリは何かを考えるかのように腕を組み、真剣な表情で私を見つめる。

「一番の違和感は砂糖菓子でした」

「クリスタルシュガーが？」

ユーリは不思議そうな表情を浮かべ、眉をピクリと神経質そうに動かした。

「カール様は王子でありながら、他国のことに驚くほど興味を持たれません」

我が国と隣国がどのようなものを輸出入しているか、カールはおそらく把握していないだろう。

「取り寄せるしか購入する方法がないクリスタルシュガー。アンナが知らなかったように、国内でその存在を知る人間はごく一部ですわ。そんなクリスタルシュガーを使う方法をカール様が思いつけるでしょうか。それよりも誰かに教えてもらったという方が自然ではありませんこと？」

「そうだね……」

ユーリに肯定され、私の推理はさらに加速する。

「その人物はカール様が真犯人として捕まり、私やシャルロッテ様の無実が証明されることを望んだ」

おそらく、それこそがユーリの目的だからだ。

シャルロッテがカールによって冤罪を被せられれば、今回のような補償を得るのは自然な話だ。そこで、アンナの養子話を自然な形で進めるのが目的だったのだろう。

「話していただけませんこと？」

私がそう言い切ると、ユーリは「流石だな」と大きく息を吐いた。

「そうだ。俺がカールに毒のこと、クリスタルシュガーのことを教えたんだ。勿論、殺せとは言っていないけど、シャルロッテが死んだとしたら、という仮定の話を彼にしたことはある」

想像した通りだ。おそらく、それとなくカールに知恵を吹き込んだのだろう。カールが「ユーリにそそのかされた」と言わない程度に。

「だから、国外逃亡しようとした私を必死で捕まえられたのね」

「ああ。君の国外逃亡の話を聞いた時は焦ったよ。全ての計画が台無しになってしまうからね」

もし、私の国外逃亡が成功したならば裁判にもならず、シャルロッテが冤罪を被せられることもなくなってしまう。

「アンナ、あなたが密告したのね？」

私は私の背後で息をのむアンナに視線を向けずに、そう尋ねる。

「申し訳ございません！」

アンナが勢いよく地面に膝をつく音が聞こえた。

「ですが、ユーリ様から聞いておりました。ヘレーネ様は無罪であると、裁判でそれを証明したいと。ただ、国外逃亡されてしまうとそれが実現しないとも……」

「アンナを責めないでくれ。俺が裁判官を務める裁判で、きちんと冤罪を立証する予定だったんだ」

かばいあう二人を見て、私は責めるつもりはないと、ゆっくり首を横に振る。

「いいんですの。でも、最初から言ってくださればよかったのに」

二人が想いを寄せていることが分かっていれば、最初から手助けをしたのに、と残念な気持ちになる。

「ヘレーネは、俺の計画を責めないのか？」

ユーリは驚いたように私を見つめる。

「確かに、一つでも失敗しましたら、私は死ぬところでしたけど……。ユーリには、それだけの覚悟がおありだったのでしょ？」

ユーリは私の手を取ると「その通りだ」と深く頷く。

「愛した人と一緒に母国に帰れるなら、俺は悪魔にだって魂を売れた」

情熱的な告白に驚き「アンナに言ってやって」とアンナに振り返ろうとした瞬間、ユーリは私の手を取ったまま、その場にひざまずいた。

「ヘレーネ、結婚してくれ」

突然の申し出に、私は目を白黒するしかできなかった。

「え？」

思わず驚きの声が出たが「ワタクシ？」という言葉を飲み込めた自分に拍手したい。

「学園時代から君のことをずっと好きだった。でも、なかなか言い出せなくて……。その代わり君との婚約を公爵様にお願いしていたんだ」

『第一王子』との婚約の話が出ていたことは知っていたが、我が国の第一王子ではなく、隣国の第一王子だったのか。自分の意見を聞いてもらえないからと諦め、話をほとんど聞いていなかった自分が悔やまれた。

「ところが、王妃様の横やりでカールとヘレーネの婚約が決まり、俺は身を引くしかなかった。君もカールとの婚約に乗り気だったみたいだし……」

「そ、それで無視をされましたの？」

卒業間近になって、ユーリから無視された理由が明らかになり、内心驚きの悲鳴を上げていた。

「だって、婚約者がいる君と学園で仲良くしていたら、よからぬ噂が立って君に迷惑をかけてしまう」

学園時代、私達の仲をからかう人間も少なくなかった。もし、私に婚約者がいたならば、冗談では済まされず大問題になっていただろう。

「では、夜会では何故？」

夜会でユーリから睨まれた記憶は、今でも鮮明に思い出せる。

「夜会にカールと一緒に来ていただろ？」

「ええ、あの頃は婚約者でしたから」

王家が主催する夜会だったこともあり、その時、私は常にカールの隣にいることが求められた。

「カールの隣で微笑む君は、あまりにも綺麗で……。あと一年、いや、あと半年でも早く婚約の話を進めていたならば、君の隣にいれたのはカールではなく自分だと思えてしまったんだ。そう考えると、怒りすら覚えたよ」

ユーリはそう言うと、まるで過去の自分を笑うように乾いた笑いを浮かべる。

「夜会で再会した日、何としてでも君を取り戻そうと決意したんだ」

あの憎しみの眼差しの裏で、そんなことを考えていたのかと感心させられた。

「だが、第三王子とはいえ、王子の婚約を簡単には破棄できない。だから、この計画を思いついたんだ。全て君にはお見通しだったようだけどね」

最終的にも私は何も見通せていなかったことになるのだが……。とてもではないが、言い出せる状況ではなかった。

「ヘレーネ。愛している。一緒に我が国に来てくれないか」

改めてユーリにそう告げられ、私は自分の中で生まれていた喪失感のことを思い出す。

カールから婚約破棄を言い渡された時よりも、ユーリから無視されたことの方が辛かった。

勝手な誤解だが、アンナとユーリが恋仲なのかもしれないと知った時、祝福で気持ちを誤魔化《ごまか》したが、どうしようもない喪失感があった。

本当に私は何も見えていなかったようだ。

私は、ずっと前からユーリのことを誰よりも大切な存在として認識していたではないか。立場や自分の自尊心を守るために、その気持ちを見てみないふりをしていただけだった。

「ええ、異議はございませんわ」

それまで、ユーリに一方的に握られていた手を私はしっかりと握り返し、ユーリに微笑みかけた。

冤罪で獄死したはずが死に戻りました。
大切な恩人を幸せにするため、壁の花はやめて
悪役令嬢を演じさせていただきます。お覚悟はよろしくて？

石河《いしかわ》 翠《みどり》
ill. 風《ふう》ことら

「ルイーズ嬢、最近の君の発言は目に余る！」

「まあ、ジリアンさまったら。お会いできたと思ったらいきなりお小言だなんて。怒ってばかりいては、眉間《みけん》に皺《しわ》ができてしまいましてよ。それで、私の言動に何か問題でも？」

「問題しかない！」

「大声を出さずとも聞こえております。人間というものはお腹《なか》が空いていると苛々《いらいら》してしまう生き物。ジリアンさまも良ければおひとついかが？」

「また君は話をそらし……むぐっ」

「お気に召したかしら。売り切れ必至の人気商品でしてよ」

目を白黒させる侯爵令息ジリアンに向かって、伯爵令嬢ルイーズはころころと笑ってみせる。ここは貴族の子女が通う王立学園の裏庭。池のほとりの東屋《あずまや》でひとり昼食をとっていたルイーズは、上級生であるジリアン相手に一歩も引くことなく話を始めた。

「先ほどジリアンさまがおっしゃっていたのは、学園長先生に不自然すぎる特殊な帽子はおやめになるべきだと話したことでしょうか」

「そんなことを学園長先生に言ったのか」

「毛根のことを考えての忠告でしたのよ。もちろん、おひとりの時にこっそり伝えましたわ」

手にしていたフォークを指揮棒のように振りながら、ルイーズは続ける。

「それとも学食の質が低すぎるので、職員の総入れ替えと食材の購入先の見直しを申し入れた件でしょうか」

「料理人たちが昼休みに決闘騒ぎを起こしたのは、それが原因か」

「生徒の声を集めて文書化し、料理人の皆さまにお渡ししたのですけれど、『自分たちの料理が美味《おい》しくないなどありえない』と一蹴されてしまいましたので、現実を突きつけることにいたしましたの」

「学外の人気食堂の店主たちを招き入れ、料理対決をしたようだったが」

「勝敗はわかりやすい方が良いでしょう？　学園の料理人たちは相当にやり込められたようでしてよ。取引先との癒着《ゆちゃく》も判明いたしましたので、料理対決以降は我が領で収穫された農作物や畜産物を適正価格で納品させていただいておりますわ。まことにありがたい限りですわ。おーほっほほほ」

　ぐわぐわぐわぐわ。ルイーズの高笑いに合わせて池にたむろしていた鴨《かも》たちも一斉に鳴き出した。

料理人たちの威信をかけた料理対決以降、食堂の評判は急上昇している。利用率の低さから廃止も検討されていた食堂だったが、この度存続だけでなく施設の改築工事も決定していた。なにせ人気が出すぎて利用者の行列が生じてしまい、昼休み中に食事にありつけない生徒まで出てきているのだ。彼女が今食べている持ち帰り商品も、そんな彼らにも食事を提供するべく生まれたもの。好きな場所で美味しいものを食べられるということで好評のようだ。学食の工事が終わっても、持ち帰り商品の提供は続けられる予定らしい。

「本当に料理の質が上がって嬉《うれ》しゅうございますわ。鴨のパストラミのキッシュも鴨のテリーヌも、私の大好物なのです」

「なんだか、鴨たちが怯《おび》えているような……」

「失礼ですわね。池の鴨を私が食べるとでもおっしゃるの？　あんなものを口にしたらお腹が痛くなってしまいます」

ルイーズが池の鴨をにらみつければ、彼らは慌てて移動を始めた。鋭すぎるルイーズの眼光に気がついたのかもしれない。ルイーズが猟銃を構えるような仕草でばんっと呟《つぶや》いた途端、鴨たちが一斉に空へ飛び立った。意外とさまになっているのが恐ろしい。

「あるいは、王太子殿下と聖女さまが『運命のふたり』やらなんやらとさえずっていて鬱陶《うっとう》しいので、さっさと引き取ってほしいと中央神殿に苦情を入れたことでしょうか」

「まったく、やはり君なのか！」

「深い愛によって結びつき、死してなお時を超えて蘇《よみがえ》り、国難に立ち向かったと言われる第三代国王とその正妃に自分たちをなぞらえるなんて片腹痛いですわ。それに私、発情した猿の交尾を観察する趣味はございませんの」

王太子の寵《ちょう》を受ける聖女は下町育ちの元平民だ。聖女としての力が現れるまでは、夢見がちではあるもののごく普通の町娘だったらしい。だが聖女となってからは、我儘《わがまま》娘として有名になってしまった。淑女教育と人脈作りのために入学した学園でも、人脈作りの前に王太子との子作りを始めかねない始末。

『非常に不愉快ですわ。学園の生徒に相応《ふさわ》しい行動をお願いいたします』

『やあん、怖いわ』

『あなたは平民というだけで彼女を差別して、まったく恥ずかしくないのか』

『昼日中からチューベローズの香水を頭からかぶったような殿下に、「恥」について問われるなんて』

チューベローズの香水とは、男女の仲についてのさまざまな逸話を残している官能的な香水である。

『ルイーズ嬢、さすがに不敬だ。殿下、落ち着いてください』

青少年の情熱というものはそう簡単に抑えられない。ルイーズが注意すればするほど燃え上がるふたり。さすがのジリアンもお手上げだったところに、神殿から聖女に対して教育的指導が行われたのである。神殿に物申すことができる人間など一握りしか存在しない。

「本人に言うよりも、ずっと効果的でございましょう？　我が家は敬虔《けいけん》な信者ばかりですので、神殿への献金も頻繁に行っておりますの。神官さまたちも快く協力してくださいますわ」

「正直に言って君のおかげで、学園内の風紀が取り締まられていることは確かだ」

「ジリアンさまも、遊興にふける殿下と聖女さまの尻ぬぐいに追われてお気の毒ですこと。それに副会長も副会長です。王太子殿下の婚約者であり公爵令嬢というお立場にありながら、ただ耐えるだけで殿下と聖女さまに注意ひとつなさらないなんて一体どういうことなのかしら」

「生徒会の仕事を率先して手伝ってくれていることはありがたい。だが、どうしてそう露悪的に振舞うんだ。君なら、もっと穏やかに周囲の和を乱さないようにすることだってできるはずだ」

学園は社交界に出る前の予行練習。それぞれの実家に頼ることなく、何事もまずは自分たちで解決に向けて動く場所だ。権力や金の力で圧力をかけるようなルイーズのやり方は美しくない上に、さまざまな禍根《かこん》を生みやすい。

「他の方の迷惑にならないように生きていたところで、死ねば終わりでしてよ。『良い方でしたのに』

と惜しまれたところで、『どうでも良い方でしたのに』と言われるのと同じこと。ならば私は自分の好きなように振る舞いますわ」

「だが、僕は君が誤解されるのを見たくはない」

「良いではありませんか。言いたい者には言わせておけば。私の心は、私が大切に思っている方に理解していただければ十分ですもの」

「またそうやって、君は孤高を気取ってみせる」

どこか疲れた様子で、ジリアンは中指で眼鏡《めがね》の位置を直す。そのまま銀の髪をかき上げる仕草に密《ひそ》かに見惚《みと》れながら、ルイーズは口の端を上げた。

（やはりジリアンさまはお美しいですわ。このお姿を見るために生き返ったと考えて間違いありませんわね）

とんでもない台詞《せりふ》を胸の内に留《とど》めたまま、ルイーズは苦悩してなお麗《うるわ》しいジリアンを堪能《たんのう》していた。

＊＊＊

伯爵令嬢ルイーズには、一度死んだ記憶がある。聖女及び王太子の婚約者である公爵令嬢へ嫌がらせを行ったとして、卒業式後の夜会で拘束され、そのまま獄中で死亡したのだ。

『ルイーズ嬢。あなたは我が婚約者の仕業に見せかけて、国の宝である聖女に嫌がらせを行った。私物を隠す、壊すといった貴族とは思えないくだらない悪戯《いたずら》もさることながら、ならず者を雇い聖女を辱《はずかし》めようとしたことは断じて許しがたい。その身をもって償うがいい』

『恐れながら、何かの間違いでございます！　私は決してそのような卑劣なことはしておりません！』

『……誰が発言を許した。早くこの女をひっとらえろ！』

もちろん冤罪《えんざい》である。口下手《くちべた》で引っ込み思案なルイーズが、大それたことを企《たくら》むはずがない。それに聖女や公爵令嬢に嫌がらせを行ったところで、中立派に所属するルイーズの実家に何の益があるというのか。だが必死の弁明は誰の耳にも届かぬまま、彼女は衛兵によって投獄されてしまった。

（どうしてこんなことになってしまったのかしら）

そもそもこの騒動は、王太子が公爵令嬢に婚約破棄を突きつけたことが発端となっている。彼女が王太子の悪意にさらされていた時、黙って見ていた罰《ばち》が当たったというのか。だがルイーズの疑問に答える者などあるはずもなく、鉄格子越しの空からはただ物悲しい鴨の声が聞こえるばかり。

夜会の最中の婚約破棄は、巷《ちまた》で流行している大衆小説に感化された王太子の暴走だと思われた。めったに本を読まない王太子に入れ知恵をしたのは、平民育ちの聖女だったのかもしれない。夜会に参加していた生徒たちは、王太子が王の器でないことに落胆しつつ茶番を見守っていた。婚約者兼お世話係である公爵令嬢が、今回もまた王太子の後始末をする羽目になるのだろうと気の毒にさえ思いながら。

公爵令嬢は、王太子のことを猫可愛《かわい》がりする国王により婚約者に据えられている。公爵家の後ろ盾なしに王太子が即位することは不可能であり、聖女は愛妾《あいしょう》以上の地位を求めるべくもなかった。それなのに。

『証拠はございますの？』

『もちろんだ、それぞれの事件の詳細は聞き取りを書き起こして書類にしている』

『全部でたらめですわ。事件が発生した時間帯は、城で王妃教育を受けていたり、殿下の代理として仕事をしたりしております。大体、愛してもいないのに、わたくしがどうして嫉妬《しっと》をするというの？』

『そ、それは……、わかったぞ。わたしは、彼女に嵌《は》められたのだ！　諸悪の根源はルイーズ嬢、君だ！』

ルイーズにとって不幸だったのは、王太子が予想以上に残念で、頭が足りなかったこと。公爵令嬢にことごとく論破され、進退窮《きわ》まった結果、この一連の出来事をルイーズに唆《そそのか》されたのだとうそぶいた。ただ会場で目が合っただけ。ただそれだけの不運によって、ルイーズは地獄に巻き込まれたのである。

とはいえ、ルイーズは信じていた。自分は悪いことなど何もしていない。身の潔白はすぐに証明できるはずだと。その考えが甘かったと思い知ったのは、翌日のことだ。王家は自分たちの面子《メンツ》を保つために、「悪役令嬢」の存在を望んだのである。

『力のない我々をどうか許してくれ……』

『ルイーズ、ごめんなさい。本当にごめんなさい』

『お父さま、お母さま……』

ルイーズの両親は泣きながら頭を下げた。彼女の実家は、大した産業もない田舎《いなか》町だ。とりたてて有名な特産物もなければ、目を見張るような交易品もない。大商会との縁もなければ、武勇に優れた私兵団もいない。その一方で自然災害は多く、国からの援助がなければ、あっという間に立ち行かなくなってしまう。そんな弱小貴族が王家の圧力に耐えうるはずがないのだ。泣き崩れる両親に恨み言をぶつけることなど、心優しいルイーズにはできなかった。

仲の良かった友人たちに出した手紙は、すべて受け取りを拒否されて舞い戻ってきた。下手に関わりを持てばどんなお咎《とが》めがあるかわからない。貧乏くじを引いたルイーズのことなど無視するに限る。人間誰しもわが身が可愛いのだ。こうなることは予想できていたはずなのに、ルイーズは涙が止まらなかった。

天高くそびえる古びた塔は、貴族たちへの戒めの象徴だ。恐ろしいほど静謐《せいひつ》で、死の臭いに溢《あふ》れている。娘に合わせる顔がないとルイーズの両親さえ足を運ばなくなったこの場所に、足繁《あししげ》く通ってくる人物がたったひとりだけ存在した。それが侯爵令息ジリアンである。

『重罪人ゆえ、定期的な面会が必要だ。心身に不調をきたし、事件の背景がわからなくなることは避けねばならない』

『ありがとうございます』

『勘違いするな。君のためではない。法がきちんと守られるために必要なことを行っているだけだ』

『承知しております』

不器用なジリアンの優しさは、確かにルイーズを守ってくれていた。ジリアンがいなければ、女性としての尊厳さえ無残に奪われていたかもしれない。

当時のジリアンも王太子の側近候補であり、生徒会長としての役割を果たさない王太子の代わりに仕事を一手に引き受けていた。王太子が健全とは言い難《がた》い交遊にふけっていたからだろう、彼は学園における生徒たちの振る舞いに常々目を光らせていたのだ。その指摘は非常に細かいことで有名で、悪魔のように小煩《こうるさ》く、一度捕まれば日が傾くまでねちねちいたぶられると噂《うわさ》されるほど。

けれどジリアンは誰に対しても厳格であると同時に、誰に対しても公平だった。そんな彼だけが、彼女の無実を周囲に訴えていた。彼の父親はこの国の法の番人である。法の重さを知る彼だからこそ、無関係のルイーズに罪をかぶせ、事件の幕引きを図ることを許せなかったのだろう。


ルイーズはジリアンのことが密かに好きだった。誰でもできるような仕事をこっそり手伝ってみたり、疲れがとれるような甘味を菓子屋に働きかけて献上してみたり。姿を見せずに家事手伝いをする妖精以下のやりとりしかできなかったけれど、彼女は満足していた。

時折見せてくれる不器用そうな微笑《ほほえ》み。普段は冷たく光る目元が、眼鏡越しににじんわりと柔らかい色を帯びていく様子を見るだけで天にも昇る心地になる。だから、塔への訪《おとな》いを拒否できなかった。

(ジリアンさま。もう大丈夫です。これ以上行動を起こせば、あなたまで王家から疎《うと》まれるでしょう。

どんなに露悪的に振る舞っても、あなたが私のために動いているのは誰の目にも明らかなのですから）

ルイーズのために心を砕くことは、彼にとって不利益しかもたらさない。それにもかかわらず必死になって動いてくれた彼は、やはりルイーズが恋をした清く正しいジリアンだった。だからルイーズは、処刑前日に彼が持ってきてくれた差し入れにだって喜んで口をつけたのだ。

『ここ最近、何も口にしていないと聞いている。最後の晩餐《ばんさん》だ。好きなものなら食べられるのではないかと思い用意した。君が嫌でなければ……』

『ありがとうございます……』

用意された甘味には、見覚えがある。意外と好みがうるさいジリアンが気に入っていた焼き菓子だ。濃厚なチョコレートとバター、たっぷりのくるみが入ったブラウニー。どうせ明日には死んでしまうというのに、わざわざ好物を用意してくれた心遣いが嬉しくて、ルイーズは必死に体を起こす。この頃《ころ》には、椅子《いす》に座ることさえできずに寝たきりになっていた。

滅多なことでは表情も変わらず、どんなことでも飄々《ひょうひょう》とこなしてみせるジリアンが静かに指先を震わせている。盆にのせられた紅茶がこぼれてしまわないのが不思議なほど。そんな彼を目にして、無《む》邪気《じゃき》に喜ぶほどルイーズも愚かではない。

（ブラウニー……いいえ、紅茶の方に毒が入っているのね）

もちろんルイーズには、ジリアンの行動が彼なりの優しさによるものだと分かっていた。王太子の婚約者と今代の聖女を傷つけ、平穏な世の中を乱そうとしたというのが彼女にかけられた罪状である。

公開処刑は免《まぬか》れない。処刑の日取りが早まったのも、ジリアンの働きかけに王家が焦《あせ》っただけではなく、食事を拒否するルイーズが衰弱死する前に刑を執行してしまいたかったからだ。

処刑は庶民にとって数少ない娯楽のうちのひとつだ。笑われ、なじられ、石を投げられ、死ぬまでの間に心はさらにずたずたにされる。目を背けることさえ許されず、ルイーズは絶望の中で死ななくてはならない。だから彼は毒を用意したのだ。おそらくは、彼の独断で。

（私に毒を与えればどんな理由であれ、「人殺し」となってしまうのに。私の苦痛を和らげるために、誰よりも正義を重んじたあなたが手を汚すなんて）

己の正義を曲げてまで、ルイーズのことを案じてくれたジリアンが愛《いと》おしい。彼が看取《みと》ってくれるなら、死ぬのもきっと怖くない。渡された紅茶は、彼女の好みに合わせて牛乳と砂糖がたっぷりと入れられているようだ。毒特有の異臭は感じられない。一口飲んだところで、空っぽの胃が一気に熱くなったことを今でも覚えている。激しく咳《せ》き込み、思わず口を覆ったてのひらは真っ赤に染まっていた。

ゆっくりと紗《しゃ》がかかるように周囲の景色がぼやけていく。ルイーズにとって最後まで心残りだったのは、愛するジリアンに自分を殺させてしまったことだ。優しい彼を傷つけてしまったことが申し訳なくて、けれどジリアンの心に確実に自分の記憶が残ったであろうことが嬉しくて、涙が頬《ほお》を伝った。

（もしも願いが叶《かな》うのならば、私が死んだ後、ジリアンさまが罪に問われることなく幸せに暮らせますように。どうぞ日の当たる道を歩んでください）

ただひたすらに祈って、祈って、祈り続けて……。次に目が覚めた時、彼女は時を遡《さかのぼ》っていた。

俗に「死に戻り」と呼ばれる現象が自分の身に起きたと気がついた時、彼女はこの世界のどこかにいるという魔女に感謝を捧《ささ》げたのだ。魔女は愚かなルイーズに、奇跡を与えてくれたのだと。

思い返してみれば、小言の多いジリアンは王太子にひどく疎まれていた。必死に王太子を支え続けた結果が、濡《ぬ》れ衣《ぎぬ》をかけられた女生徒を毒殺する未来なのか。そんなのあんまりだ。王太子が聖女を運命だと呼ぶのなら、ジリアンだって彼の運命を見つけて幸せになるべきなのだ。

だからルイーズは決意した。自らの力で、ジリアンを幸せにすると。そのためなら、王家がのたまった「悪役令嬢」とやらにだってなって喜んでなってやると誓った。

＊＊＊

十年前に死に戻ってからというもの、ルイーズは毎日大忙しだった。なにせ悪役令嬢というのは、多くの人間の現状を把握していなければならない。悩みを解決したり、弱みを脅迫したりすることで、自分にとって都合の良い状態に持っていく必要があるためだ。その上、国の援助に頼らずともよいように、領地の産業を発展させ、潤沢な資金を確保する必要さえあった。

（奇跡というのはただ待つものではなく、自分から起こすものなのです）

卒業を控えたある日の週末、その日もルイーズは小さく震える女生徒たち――死に戻り前の世界の友人たち――を引きつれて、寮母に外出届を提出していた。

「さあ、本日は待ちに待った週末ですわ。皆さま、存分に楽しみましょうね」

「は、はひっ」

「嫌ですわ、そんな辛気臭《しんきくさ》い顔をなさって。皆さま、全体的に幸薄《さち》そうなお顔をしていらっしゃるのですから、もう少し笑ってくださいませ。言いたいことはしっかり言えるようにならなければ、お飾りの妻にされたあげく、用済みになった途端に捨てられますわよ」

「わ、わかりました」

どうにも不安げな女生徒たちの姿は、寮母に事件性ありと捉えられていたらしい。わずかに歩く速度に緩急をつけて進んでいたルイーズは、にぎやかな大通りの広場まで来たところで唐突に立ち止まると、勢いよく後ろを振り返った。悪役令嬢たるもの、ひとの気配には敏感なのだ。見慣れた眼鏡の青年が、珍しく焦った顔をしている。後ろにいる女生徒たちを観察していたのか、慌てて目をそらされた。

「ごきげんよう、ジリアンさま」

「……ルイーズ嬢。こんなところで出会うとは奇遇だな」

「まあ、本当に。休日にたまたま、思いがけず、お会いできるなんて珍しいこともあるものですわね」

最初は本当に偶然かと思ったものの、一定の距離を保ってついてこられれば尾行されているとわかる。わざとらしく感心してみせたルイーズは、ジリアンを無遠慮に眺めた。きらびやかな王太子が近くにいるせいで忘れられがちだが、ジリアンは美男子である。道行く人々も足を止めて彼らに視線を向けていた。修羅場《しゅらば》だと思われたのかもしれない。

「それは嫌味か」

「まさか。制服ではないお姿を見ることができるなんて、幸運以外の何物でもありませんわ」

「僕の私服を見て何が楽しいのやら」

「あら、ジリアンさまは私服姿の私を見て何も思ってはくださいませんの？」

「……とてもよく似合っている」

「当然ですわ。我が領の特産品である最高級の絹を使用しておりますのよ。おーほっほほほ」

十年かけて領地を発展させた成果である。誉《ほ》められたくて努力したわけではないが、嬉しいものは嬉しい。

ぐわぐわぐわぐわ。広場の噴水の鴨たちが、ルイーズの高笑いにつられて鳴き始める。鴨たちに見せつけるように淑女の礼をとり、ジリアンに対して可愛らしく小首を傾《かし》げてみせた。

「それで、私に何か不審な点でもございましたか？」

「学園では見ない組み合わせだが、ご友人たちとどちらへ？」

「乙女《おとめ》の秘密を暴《あば》き立てようだなんて無粋ですこと」

「学園の複数名から、君が女生徒たちを泣かせているのを見たという報告が入っている。どの女生徒も君より実家の爵位が低く、学園側に訴え出ることができないのではないかという話だった」

無言で肩をすくめるルイーズを、不機嫌そうなジリアンがにらみつけた。ルイーズが引きつれていた少女たちの肩が跳ねる。

(平日は王太子殿下のお守り、休日は悪役令嬢の尾行ともなれば苛々してしまう気持ちもわかります。とはいえ、今回の外出は彼女たちの名誉にかかわることですから)

ふたりの応酬を前に慌てふためく女生徒たちを無視し、ルイーズは派手な扇をわざとらしく広げて高飛車に言い返した。

「それで、ジリアンさまもそう思われたのですか?」

「君がわざわざ裏庭の東屋に彼女たちを呼び出していたというのが引っかかっている。君は陰湿ないじめなどせずに、正面切って相手をけなすだろう?」

「まったく誉められた気分にならない信頼感ですわね。ちなみに、彼女たちに対して聞き取り調査は行っておりまして?」

「もちろんだ。一方だけの情報で物事を判断してはならない。だが彼女たちは、僕に事情を話すことを嫌がった」

当然のことだろうと、ルイーズは鼻を鳴らした。公にしたくないと思われることだからこそ、ルイーズは人目につかないところに彼女たちを呼び出していたのだから。

「なるほど。それならば、私の口からお話できることは何もありませんわね」

「罪のない女生徒をいじめたという噂を払拭《ふっしょく》できないことになるが。甘んじて汚名を被ると?」

「先日も申し上げましたでしょう。勝手に言わせておけばいいのです」

「君というひとは……」

「あ、あの、ルイーズさま。わたしたちはルイーズさまの判断に従います。先日、ジリアンさまにお話できないとお伝えしたのは、恥ずかしいからではなく、どこまで公開して良いかわたしたちには判断がつかなかったからです」

小さな声で一生懸命訴える女生徒の姿に、ルイーズは満足そうに口角を上げた。小ねずみのように震える彼女たちのことを都合よく現れた迎えの者に任せ、改めてジリアンに向き直る。

「やれやれ、手間のかかるお嬢さんたちですこと。もちろん私もいじめるために連れてきたわけではありませんのよ」

「わかっている。ただ、そこかしこで誤解を招いているという状況はもう少し考えた方がいい」

「ご忠告痛み入りますわ。それではジリアンさま、問題です。もうすぐ卒業式を控えた私たちにとって、頭の痛い問題とは何でしょうか？」

「卒業後の進路だろうか。長子でなければ結婚するか出仕先を見つける必要があるだろうな」

やはり殿方というのは何もわかっていない。ルイーズは首を横に振りながら、ジリアンの見落としを指摘した。

「ジリアンさま、それよりももっと手前で問題が発生しているのです」

「もっと手前だと？」

「卒業式後の夜会で着るドレスが準備できないのです」

「だがドレスの着用は義務ではないはずだ」

「おっしゃる通りです。ドレスの準備ができなければ、制服での出席も認められておりますわ。ですが、壁の花になるにしても寂しすぎるではありませんか。ドレスが用意できないから、夜会でのエスコートのお相手、ひいては結婚相手を探すことができないと嘆くご令嬢だってたくさんいらっしゃるのですよ」

(それに下手に壁の花にもなれない状態ですと、厄介《やっかい》事に巻き込まれる可能性もございますし)

実際ルイーズは、あの時王太子と目が合った理由は、悪目立ちしていたからではないかと疑っている。とびぬけて美しい公爵令嬢がひとの目を引いていたように、流行遅れのドレスを身にまとった自分は、物笑いの種として浮いていたに違いない。

弱小貴族の令嬢であれば、多少粗末に扱ったところで問題はないだろう。王太子が婚約破棄のいざこざの中でとっさに計算するくらいには、ルイーズは軽んじられても仕方のない見た目をしていた。

「私の実家の領地は養蚕《ようさん》業が盛んですの。最近は独自の絹織物と刺繍《ししゅう》を元に、仕立ても始めております。とはいえ、王都でも通用するような職人はすぐには育ちません。そんな彼らの下積み時代の作品を、彼女たちに安価で貸し出しているのです」

「そういうことか。悪いことをしているわけではないのだから、ひた隠しにしなくてもいいだろうに」

「『お金がなくてドレスを仕立てられないから貸衣装屋を紹介していただくのです』なんて繊細な乙女が言えるはずがないではありませんか」

「すまなかった」

これだから男性陣はと腰に手を当てて頬を膨らませるルイーズに、ジリアンはひたすらに頭を下げる。

「せっかくですから、我が領の絹織物を使用している腕利きの仕立屋をご紹介しましょう」

「いや、誤解が解けたのだから、先ほどの女生徒たちと合流すればよいのでは」

「何をおっしゃっているのです。ジリアンさまがおいでになっては、彼女たちも緊張して選ぶものも選べないではありませんか」

ようやっと自分の意見を人前で出せるようになってきているのだ。ドレスの試着を通して自分の主張を述べる経験を積んでもらわねばならない。ひいては彼女たちの身を守ることにも繋《つな》がるのだから。

「そうではない。問題も解決した以上、僕が君たちについて回る必要はないはずだが」

「あら、ここまで引っ掻《か》き回してくださったのに放置してお帰りになるつもりでしたの？　この件のおわびに何かしら注文していただかなければ割にあいませんわ。お母さまやご姉妹への贈り物に我が領の絹織物を使ったドレスはいかがでしょう」

「学生の小遣いで買える範囲ではないだろう。勘弁してくれ……」

「高位貴族女性の衣装としては、適正範囲でございますのに」

辛辣《しんらつ》なルイーズの言葉にがっくりと項垂《うなだ》れると、ジリアンは黙ってルイーズに従い歩みを進めた。

＊＊＊

ルイーズが案内した仕立屋は、大通りにほど近いにもかかわらず、ずいぶんこぢんまりとしている。だが店の中に足を踏み入れたジリアンは、感嘆の声を漏らした。

「すごいな。この生地はまるで明け方の空を切り取ってきたようだ。ここまで鮮やかに、かつ柔らかな色合いに染めあげるとは相当な職人技だろう」

「こちら染色など一切しておりませんの。正真正銘《しょうしんしょうめい》の天然物でしてよ」

ルイーズが得意げに胸を張った。色のついた繭《まゆ》を作る蚕《かいこ》は珍しく、美しい色合いの絹織物に仕上げるのはとても難しい。技術を確立させるまでにいろいろな問題も発生したが、今では実家の領地収入を支える大事な柱となっている。

(かつては珍妙な色合いの蚕として捨て置かれたものですが、養蚕業として発展できたのは幸運でしたわね)

他では見ることのできない色合いの絹は、国内だけでなく国外からも取引を望まれている。おかげで、ルイーズの実家は大きな商会との繋がりも持つことができた。弱小貴族だった頃からは考えられないほどの影響力を手に入れたのだ。

「絹の生産が盛んになったのは、君が生まれてからだったか」

「もともと山ばかりで、小麦の生産が厳しかったそうです。小麦ばかりにこだわっていた頃は領地経営もひどい有様だったとか。独特の気候を活《い》かして養蚕や他領ではまだ珍しい作物の普及に力を注いだ結果、ずいぶん豊かになりましたの」

「努力したのだな」

「現在も鋭意努力中ですわ。ちなみにこちらが今開発中のものです。いかがです？　ジリアンさまのお眼鏡にかないますかしら？」

「これは……」

ルイーズが取り出してきたのは、美しい海を彷彿《ほうふつ》とさせる絹織物だった。

「私は海を見たことがありませんので、本物に近いのかよくわからないのですけれど。綺麗《きれい》な色でしょう？」

「ああ、本当に」

「完成しましたら、ぜひお買い上げくださいませ。男性のお召し物としても問題ない色ですわ」

「まず君に着てもらいたい色だな」

「まあ、お上手《じょうず》ですこと。宣伝としてはそうかもしれませんわね。実際にさまざまな場所で着用してみて、ドレスの経年変化の確認も長期でやりたいところですし。では、絹織物が完成しましたらお声をかけますので、私用にドレスを仕立てて贈ってくださいませ。仕立てはぜひこちらの仕立屋でお願いいたします」

にんまりとあくどい笑みを浮かべて見せると、ジリアンは呆《あき》れたように肩をすくめた。

「二重三重に巻き上げるつもりだな」

「お金はあればあるだけ良いですもの。私が生まれた時は実家は貧しく、本当に大変だったのですよ。

さあジリアンさま、どんどん私に貢《みつ》いでくださいませ！」

「たぶん君は、いろいろ間違っていることに気がついた方がいい」

「おかしいですわね」

「失礼いたします。ご歓談中に申し訳ありません。少々困ったことになりまして」

「まあ、一体どうなさいましたの」

ルイーズとジリアンの漫才を止めたのは、困り顔をした仕立屋の店主だった。ちらりとジリアンの方を見て言いよどむ。

「……あの、お嬢さま」

「大丈夫。この方は口が堅いから。信用して構わないわ」

「僕も口外しないと約束しよう」

小さくうなずくと、店主は現状を話し始めた。先日、やんごとなきお方からドレス製作の依頼を受けたところ、店への苦情が連日入ってくるようになったのだそうだ。よくある嫌がらせかと思いきや、やんごとなきお方の婚約者を名乗る高貴なご令嬢が店まで抗議にやってきたのだという。

「なんでも、自分にドレスひとつ贈ってきたことがない婚約者が、浮気相手にドレスを仕立てるなど言語道断だと。そもそも支払われたお金も、王立学園を卒業する婚約者への贈り物として費用が計上されているそうで、このままでは横領に当たるとも言われてしまいました」

「状況が非常に限定的な上、どこかで聞いたことがあるお話ね。そうは思いませんこと、ジリアンさま」

「まさかドレスの依頼主は王太子殿下で、こちらに抗議をしてきたのは副会長なのだろうか？」

「依頼人は王太子殿下、贈る相手は聖女さま、苦情を入れてきたのは公爵家のご令嬢で間違いないのね？」

「さようにございます」

予想外の方向から巻き込まれてしまったルイーズは、思わず苦虫を噛《か》み潰したような顔になる。

（どうあっても、王太子殿下は私の人生に関わってこられるのですね。なんて迷惑な）

ちなみに王太子殿下に依頼されたドレスを確認したところ、あまりに開放的すぎる代物《しろもの》だった。一体どこへ着ていくつもりなのだろうか。ドレスと夜着を勘違いしているのかもしれない。ジリアンは顔を赤くしたり青くしたりしながら、紐《ひも》状に編まれたドレスをこわごわと突《つつ》いていた。

じっと考え込んだルイーズは小さくうなずき、要求に従うように指示を出す。

「わかりました。出来上がったドレスはご令嬢に引き渡してください。万が一、彼女が人前で着用するようなことがあれば一大事です。なんとかドレスとして認識できるように手直しをお願いします。引き渡しの際には、念のため私が立ち会いましょう」

「承知しました」

「それから貸衣装屋に置いてあるドレスから、撫子《なでしこ》色のドレスを装飾品と一緒に準備しておいて。神殿に事情を話した上で、聖女さまにお届けします。さすがに神殿側も聖女さまの破廉恥《はれんち》な格好など認めないでしょうから、神殿から王家にお断りを入れていただきます。これで店の信用と公爵家の面子、両方を守れるはずです」

（王太子殿下が納得してくだされば話はこれでおしまいなのだけれど……）

ドレスを抱えた店主が下がると、ルイーズとジリアンは同時にため息をついた。

「婚約者にドレスを贈らずに、公にできない間柄の相手にドレスを仕立てようとするとは」

「そもそも王太子殿下と聖女さまの関係は、学園内で完全大公開ではありませんか。むしろ包み隠していただきたいところでしたわ」

「店としての義理は通したが、結局殿下は副会長にドレスを贈っていないままだ。先ほど店主に指示していたが、あれを副会長が着るとはさすがに思えない」

「私も同じ意見ですわ。とはいえ、婚約者の浮気の証拠です。王家との取引にうまく使うか、あるいは夜会会場ですべてをぶちまけるか。どちらの可能性が高いと思われますか？」

「そこまで愚かな行動を副会長がとるとは思いたくないが……」

「会場には、ちょうどよい八つ当たりの相手がおりますでしょう。例えば、依頼を引き受けた店の代表者であるとか。まったく困りましたわね」

ルイーズが片目をつぶって茶化してみせたというのに、ジリアンは渋い顔をした。

「……つまり、波乱は覚悟しておけと。ドレスを製作しただけで面倒事の責任を取らされるなんて、理不尽にもほどがある」

「どうぞ私にお任せくださいませ。深入りしてはいけませんことよ」

「どうして君はひとりで厄介事を背負いこもうとするんだ。そんなに僕は頼りないのか」

それはかつてのジリアンに、ルイーズ自身がかけてあげたかった言葉だ。死に戻った今、大切なひとにあげたかった言葉を逆に贈られている事実がおかしくて、ルイーズは小さく笑い声をあげた。

（大切だからこそ、巻き込みたくないのです。今回こそは幸せになっていただきたいの）

予想外の対応に追われたルイーズたちをねぎらうように、湯気の立つ紅茶が用意された。一緒に出されたブラウニーを前にして、思わずルイーズの頬が緩む。

「甘いものが大丈夫でしたら、ぜひご一緒にどうぞ」

「ブラウニー……。君の好物なのか？」

「ええ、昔から大好きなのです。濃厚なチョコレートとずっしりとしたくるみの歯ごたえがたまりませんわ。ジリアンさまのお口に合えばよいのですけれど」

「久しぶりに食べるが、変わらないな。懐かしい味がする」

「ブラウニーがお好きだなんて、ジリアンさまも可愛らしい一面をお持ちでいらっしゃるのね」

「君は僕を一体何だと思っている」

「美味しいものを前に、眉間に皺を寄せてはいけませんわ。糖分を取れば苛々が和らぎましてよ」

学園で観察した限り、ジリアンが甘いものを食べている様子はなかったが、今も昔と変わらずブラウニーは好物のままらしい。ルイーズにとって最後の晩餐となった牛乳たっぷりの紅茶と濃厚なブラウニーは、ジリアンとの大切な思い出だ。死の恐怖や痛みではなく、彼の優しさと温《ぬく》もりに繋がっている。

（かつてと同じものを食べながらおしゃべりできる日が来るなんて、なんと幸せなことなのでしょう）

牛乳がたっぷり入った紅茶がゆっくりと身体《からだ》を温めていく。その時、ルイーズは窓の向こうからふと視線を感じた。こぢんまりしているとはいえ、繁盛している仕立屋だ。店の雰囲気《ふんいき》を下見がてら、覗《のぞ》くお客だっているだろう。だが、この視線の鋭さは友好的とは言い難い。ちらりと窓の外を確かめる。

「何か気になることでも？」

「いいえ、なんでもありませんわ。ジリアンさま、紅茶のおかわりはいかがでしょうか。ブラウニーもまだありましてよ」

（気のせいでしょうか。副会長によく似たご令嬢がいらっしゃったような）

死に戻った世界でも隙《すき》がなく、ほとんど関わりを持つことができなかった人物、それが公爵令嬢だ。彼女が一体何を考えて行動しているのか、ルイーズにはどうしてもわからなかった。

＊＊＊

ルイーズが死に戻ってからの世界でも、やはり王太子はポンコツで、聖女は尻が軽く、公爵令嬢は冷静すぎるほど冷静だった。そして、悪役令嬢として元気いっぱいのルイーズと死に戻る前よりもいささかくたびれたように見えるジリアンは、とうとう卒業の日を迎えていた。

卒業式はつつがなく終わり、残るはお祝いの夜会だけ。かつて経験した運命の別れ道を前に、うっすらと手に汗がにじんでくる。けれどルイーズは下を向くことなく、足音高く歩みを進めた。

（さあ、戦いの始まりですわ）

前回、断罪と断罪返し、巻き込まれによる冤罪事件が起きた現場では、またもや騒ぎが起きていた。破廉恥なドレスを着たルイーズが会場に現れた上、王太子と聖女が彼女を泥棒呼ばわりしたからだ。

「あなたが着用しているドレスは、わたしが聖女殿のために注文したもの。あなたがどうやってそのドレスを手に入れたのか。聞かせてもらおうか」

「そうよ。あたしのために作ってもらったドレスなのよ。どうして、勝手に着ちゃうの。ひどいわ、すごく楽しみにしていたのに」

瞳《ひとみ》を潤ませた聖女が、王太子の腕に絡《から》みつきながら頬を膨らませている。けれどルイーズはどこ吹く風。そのまま、王太子と聖女の後ろで頭を抱えているジリアンに挨拶《あいさつ》などしてみせる。

「ジリアンさま、ごきげんよう。もしや、私に見惚れてしまわれましたか」

「君はまた無茶をする」

「誉め言葉はいくらでも受けつけますわ。どうぞ遠慮なさらないでくださいませ」

「すべてわかってやっている君に、回りくどい言葉を使う意味がない」

「そうであれば、はっきり指摘してくださってよいのよ。娼婦《しょうふ》のような下品なドレスは卒業を祝う夜会に相応しくないと」

「手直しを指示していたから安心していたが、こんな状態なら喧嘩をしても止めるべきだった。とりあえずこれを」

ジリアンは、羽織《はお》っていたマントをルイーズにかける。さらにルイーズを守るかのように彼女の肩に手を回した。そんなふたりの会話に口を挟んだのはまさかの公爵令嬢だった。今まで王太子と聖女の奔放《ほんぽう》すぎる行動にさえ直接的な注意は避けてきたはずの彼女が、厳しい口調でルイーズを責め立てる。

「王太子殿下がご用意したドレスを盗み、着用したあげく、何食わぬ顔で夜会に現れるなんて。不心得もいいところだわ。恥を知っているのなら、即刻会場から出てゆきなさい。窃盗《せっとう》と公序良俗違反で学園を退学にならないだけ感謝してほしいものね」

公爵令嬢の一方的な命令にジリアンが眉《まゆ》をひそめた。ルイーズはといえば、公爵令嬢の言葉を待っていたかのようにお得意の高笑いを上げる。今日も池のほとりの鴨たちがつられて叫んでいるようだ。

「あら、私は副会長であるあなたさまに頼まれただけですわ。下着のようなドレスを、王太子殿下が聖女さまにお贈りしたとあっては大問題である。私が着用して公に非難されれば、王太子殿下や聖女さまも自分たちの判断の拙《まず》さに気がつくはずだと。店の代表として、公爵家と神殿にも事前に説明に伺った上、副会長のお願いにも特別対応をさせていただきましたのに、ここにきてまさか窃盗犯の汚名を着せられるとは夢にも思いませんでしたわ」

「わたくしがあなたにそのドレスを渡して夜会に出るように指示したという証拠はどこにあるのかしら？　証人でもいるというの？」

「その通りでございます」

「ではお呼びしていただける？」

絶対の自信があるのだろう。公爵令嬢は軽蔑しきった眼差《まなざ》しでルイーズを見つめた。

「もちろんですとも。おーほっほほほ」

ぐわぐわぐわぐわ。夜会の会場を鴨の一群がとてとてと歩いている。可愛らしい姿に参加者が一瞬戸惑っていると、笑顔のルイーズが先頭の鴨を素早く捕まえた。手練《てだ》れの猟師のような隙の無さに、囚《とら》われの身の上の鴨が哀れな声を上げる。

「いらっしゃいませ。さあ出番でしてよ。え、話したくない？　嫌ですわ、ここまで来て今さらです。それとも鴨鍋になって美味しく頂かれたいのかしら」

「あなた、誰と話をしているの？　まさか鴨が証人とでも言うつもりかしら」

「そのまさかでございますわ。さあ、まずは飾り羽をむしってしまいましょう。それでも話す気にならないようでしたら、頭の先から羽を一本ずつ全部抜いてさしあげます。元に戻った時にどんなお姿になるのか、実に楽しみですわね」

ぷるぷると震える鴨を前に、凄味《すごみ》をきかせるルイーズ。言っている内容は完全に脅迫である。その妙な光景に終わりを告げたのは、ルイーズに首を絞められかけている鴨自身だった。

「……そこにいる公爵令嬢が、ドレスをルイーズ嬢に渡したことを証明しよう。聖女殿が多くの奢侈《しゃし》品をねだっていたことも、王太子殿下が婚約者用の予算からそれらを用意していたこともまた同様に証明する」

「その声は学園長先生！」

わなわなと震える公爵令嬢を前に、ルイーズは肩をすくめた。とはいえ、万が一のことを考えて鴨は握りしめたままだ。学園長も諦《あきら》めたのか、くたりと力を抜いている。

「考えてもみてくださいませ。この学園は社交界に出る前の練習場。そんな場所に監督がいないなんてありえるかしら？」

それは前回、牢獄にいた時に偶然知った秘密だった。窓にとまった鴨が「可哀想《かわいそう》に」と話しかけてきたかと思ったら、自分の正体は学園長だというではないか。ルイーズの冤罪を見過ごしたくせに、今さら憐《あわ》れんでくるなんてどういうつもりだ。牢《ろう》に放り込まれた直後だったなら、鴨を問答無用で締め上げていたかもしれない。秘密を知った頃には気力も体力も失ってしまっていて、そんなことは無理だったのだけれども。

公爵令嬢はルイーズをにらみつけた。

「全部わかっていて、わたくしを嵌めたのね」

「副会長がおかしなことをなさらなければこんな結末にはなりませんでしたわ」

「全部お前のせいよ。この悪魔め！」

「悪魔だなんて、まさかそんな。どうぞ悪役令嬢と呼んでくださいませ。おーほっほほほ」

ぐわぐわぐわ。高笑いにはどうしてもつられてしまうらしい鴨たちとともに、ルイーズは腹の底から笑い続けた。

(ジリアンさまは、きっと呆れていらっしゃるでしょうね)

死に戻りを最大限に活かして行動してきたが、それは淑女とはかけ離れたものばかり。今回だってそうだ。もちろん後悔なんてひとかけらもしていないのだけれど、ほっとした分だけ急に恥ずかしさが押し寄せてくる。ちらりとジリアンの様子を確認すると、彼は困ったような、けれど肩の荷が下りたような優しい顔でルイーズに微笑みかけていた。

＊＊＊

王太子と聖女の不適切な関係と、王太子の婚約者である公爵令嬢が学内の有力貴族の令嬢を嵌めようとした件は、それなりの処分が下されることになった。冤罪をかけられそうになったルイーズと、彼女の味方についていたジリアンが周囲の学生たちを味方につけ、学園と王家に圧力をかけ続けた結果の勝利と言える。

ルイーズを大切にしている家族はあらゆる金と縁を使って全面戦争を主張していたし、なぜか妙に張り切っていたジリアンの父親は容赦なく王家と一部上位貴族の闇《やみ》を暴いていった。下位貴族の内部に関しては、かつてのルイーズの友人たちが率先してまとめあげてくれたおかげで、おかしな下剋上や革命などは起きずに、それなりに平和裏に解決した。

まず手始めに、王太子はその地位を返上、臣籍降下した上で、隣国でも有名な変わり者の公爵夫人に引き取られることになった。「大きいお姉さま」として多くの貴族女性に慕われている彼女の趣味は、「駄犬を躾《しつ》ける」ことだという。よく吠《ほ》える馬鹿な犬ほど、可愛がりがいがあるのだとか。今回はあまりにも楽しみで待ちきれなかったため、わざわざ迎えに来てくれるほどの歓迎ぶりであった。

「どうして、わたしがあなたの婿《むこ》に？　王太子が婿に行ってしまっては、誰が王位を継ぐというのだ」

「まあ、ご自分が王太子ではないことをまだ理解していらっしゃらないのね。おかわいそうに。それから公爵夫人であるあたくしは、既に夫がおりますの。婿に迎える気などなくってよ」

「そんな、話が違う。わたしは！」

「あらまあ、よくしゃべるわんちゃんですこと。おしゃべりはこれくらいにしましょうね。こんなに無駄吠えが多いようでは、口輪をしなければいけなくなってしまいますわ」

「ううう？」

「向こうに着いたら、早速《さっそく》お勉強を始めましょう。しっかり『処置』しておくから、無駄に種をばらまくこともないわ。みなさま、どうぞ安心なさってね」

おっとりとした雰囲気ながら鞭《むち》を振り回しつつ片目をつぶってみせた彼女の言葉に、後ろ暗い部分のある男性陣はおおいに肝を冷やしたらしい。国王陛下の顔も引きつっていたらしく、本当にどうしようもないと国王の産みの親である王太后陛下もぼやいていたという。公爵夫人の厳しい教育と深い愛情で、王太子がどのような成長を遂げるのか。本当に忠犬に育つようなら、犯罪者向けの更生訓練の参考にさせてもらうそうだ。

一方の聖女はといえば、非常に戒律に厳しい神官たちとともに聖地巡礼の旅に出ることになっていた。国内の僻地《へきち》に建てられた祠《ほこら》に魔力を注いで回り、国全体の浄化と民への布教を同時に行うことになるという。簡素な神官服に身を包んだ聖女は何度も逃げ出そうとしたせいで、監視役の神官と仲良く手を繋ぎながら一日を過ごす羽目になったそうだ。

「その手を離しなさいよ、あたしは聖女なのよ。汗水垂らして、ド田舎を歩き回るとか絶対に無理だから。さらにはお風呂もお手洗いもない、虫やらなんやらがいっぱい出てくる場所で野営とか絶対にいやあああああ」

「わがままばっかり言ってんじゃないわよ、このお子ちゃまが！」

「いやあああ、こわいいいい。美形神官がいるって言ったのに。嘘《うそ》つきいいい」

「怖い？　あら、可愛いの間違いよねん？」

筋骨隆々としたおねぇ神官は、文句ばかり垂れ流す聖女の根性を一から叩《たた》き直しているらしい。王都とは異なり身の回りの世話をしてくれる侍女などいないため、炊事洗濯から魔物退治まで何でも自分でこなしていく必要があるのだとか。

あの聖女が男性でもひるむような過酷な環境に耐えられるのかと思いきや、もともと平民として暮らしていたこともあり、案外すぐに馴染《なじ》んでしまったのだという。食事中は男性陣と肉を取り合いながら和気あいあいと過ごしているらしい。

（もしかしたらあのとんでもないドレスも、彼女は本気で素敵なドレスと認識していたのかもしれないわね）

聖女の育った場所は、下町の中でもかなり治安が悪い方だったらしい。そんな場所で見ることのできる小綺麗なドレスを着た女性の仕草というのは、確かに日頃の聖女の振る舞いに近いものなのかもしれなかった。

——すぐに弱音を吐き、文句が多いが、ここぞという時に弱き人々を守る強さを発揮する。鍛え直せば大聖女も夢ではないが、本人はどうも中央神殿に戻るつもりはないように思われる——

辺境から定期的に届けられる報告書からは、義理人情に厚い庶民的な聖女の姿が浮かび上がってくる。聖女は欲望に忠実で頭も良くなかったものの、王太子とは違って陰険な意地悪をするような人間ではなかったことから、彼女の聖地巡礼の旅は多くの人々から応援されることとなった。

そして最後に残った公爵令嬢だが、彼女もまた海の向こうの国へと輿入《こしい》れすることになった。側妃や愛妾の存在を全否定していた彼女が、後宮を持つ国王の元に嫁ぐことになろうとはなんという皮肉だろうか。

出立の日、絶望に震える公爵令嬢は真珠のように美しい涙を流していた。国王から問いただされても、父親である公爵から叱責されてもなお頑《かたく》なに謝罪を拒み続けた彼女が、見送りに来た人々の顔をひとりひとり確かめるように見た後、さめざめと泣き始めたのだ。国を離れる段階になってようやく彼女も己の犯した罪の重さに気がついたのだろうというのが、大方の意見らしい。人づてにそれを聞いたルイーズは小さくかぶりを振った。

（そんなわけないでしょう。ジリアンさまはどこまでわかっていて見送りに行かなかったのかしら……）

今回、改めて周囲を観察した結果わかったことがある。それは公爵令嬢が、密かにジリアンに想いを寄せていたであろうということ。おそらくは死に戻る前の世界でもずっと。公爵令嬢と王太子の婚約は、かなり早い段階で決まっていた。不出来な王太子を支えるためにお膳立てされていたのは、何も婚約者ばかりではない。賢く、控えめで何事もわきまえた側近候補だって同時に用意されていたのだ。

彼ら三人は、いわゆる幼馴染《おさななじみ》という間柄なのである。そして公爵令嬢と侯爵令息という遠すぎる身分ではないがゆえに、彼女は夢を見たのではないか。愚かな王太子の身勝手を許しておけば、いずれ彼は自滅する。それをうまく切り抜けさえすれば、その時にこそ本当に愛するひとと結ばれることができるはずだと。

（公爵令嬢ともあろうあなたが、愚かですわ。どうして……）

ここにきてようやく、かつて冤罪をかけられた時に誰からも見捨てられた理由がわかった気がした。王家だけでない。公爵家も一枚噛んでいたのだろう。彼女は、ジリアンがルイーズを救うために奔走すること自体が許せなかったに違いないのだ。

（ジリアンさまなら、きっと誰が相手であっても、理不尽に貶《おと》められたひとを助けるために戦ったでしょうに）

そもそも死に戻り前のルイーズは、公爵令嬢を尊敬していた。国のために政略結婚を受け入れた誇り高き憧れの淑女、それが彼女だったのだ。王太子と聖女が失脚したら、ジリアンと公爵令嬢が結ばれるように働きかけようと考えていたくらいには信頼していた。それが勝手に敵視されたあげく、嵌められそうになったとあっては計画を変更せざるを得ない。

（ジリアンさまに相応しい心優しいご令嬢を見つけるには、まだ少し時間がかかりそうね）

小さくため息をつくと、ルイーズは寮の自室に戻り、盛りに盛った厚化粧を粛々と落とし始めたのだった。

＊＊＊

麻のワンピースに着替えたルイーズは、寝台に寝そべりながら今後の計画を練り直していた。

（私たちと同世代で、婚約者がおらず、ジリアンさまと対等に話すことができる将来有望な女生徒。第二王子殿下が王太子の座に就くことから考えると、私の学年だけでなく、下級生にも顔の広い方がよいのですけれど……。一体どこを探せというのです）

かつては心から信頼していた相手に憎まれていたという事実に、ルイーズは自分が思っていた以上に傷ついていたらしい。いつの間にかうとうとしていたルイーズは、窓を叩く音で目を覚ました。

無視してやり過ごそうとしたものの、窓の向こうの相手はしつこく合図を送り続けてくる。どうせ、池の鴨……もとい学園長先生が文句を言いに来たのだろう。首を振りながら、ルイーズは窓を開けて驚いた。そこにいたのは若干頭の毛が寂しい鴨ではなく……。

「ジ、ジリアンさま！　どうしてここに？」

「やあ、こんばんは。夜分申し訳ない。ただ、どうしても君に会いたくてね」

「な？　え？　おーほっほほほほ！　ぐうぅぇ、げほっ、ぐっほう、おうえ」

「まったく君は、無理して慣れないことをするから」

いつもの高笑いを発動させようとしたものの、あっさりと失敗し咳き込んだルイーズは、渡された水筒の水を飲みながら呼吸を整える。

（まさか、ジリアンさまが女子寮にいらっしゃるなんて！）

ルイーズにとって高笑いは、「地味な自分」と「高飛車な悪役令嬢」を切り替えるためのものである。派手な化粧もまた戦場に赴くための武装であるというのに既にすっぴんのルイーズは、慌てて寝台に潜り込んだ。毛布をかぶって震えていると、ぎしりと寝台が小さくきしむ。

（どうして当たり前のように、寝台に腰を下ろすのですか！）

無言で籠城するルイーズの頭を、ジリアンが優しく撫《な》でた。その心地よさに結局ルイーズは毛布の中から顔を出し、ジリアンに声をかける。

「異性の寮への侵入はご法度《はっと》です。いくらジリアンさまが卒業を迎えたとはいえ、学内にとどまっている限りは校則に従わなければ」

「約束しただろう。一緒に海に行こうって」

「……海、ですか？」

覚えのない約束にルイーズは固まった。ジリアンの実家の領地は、有名な港町だ。漁業や貿易だけでなく、夏場は観光地としても栄えている。高位貴族や裕福な商人の中では、ここに別荘を持つことが一種の社会的地位になっているくらいだ。

「どなたかとお間違いではなくて？」

冷たい声が出てしまうのは許してほしい。ジリアンの良縁を願っているとはいえ、別の女生徒との約束を聞かされて笑顔でいられるほどルイーズは心優しくはない。

（私だって、一緒に海へ行きたいですわ。でも、どなたかと勘違いされていらっしゃるようなのに、お誘いに乗ってしまうことはできません）

ひとり心の中で血の涙を流すルイーズに、ジリアンが寂しそうに微笑んだ。

「やはり思い出せないか。大丈夫、気にしないでくれ。もしよければ、僕の家に遊びに来ないか。君と一緒にこれからの未来を歩んでいきたいんだ」

「そのような台詞、お相手に勘違いされても知りませんわよ」

「勘違いではない。僕は、君を愛している」

――もう一度、やり直すことができたなら、僕の家で一緒に暮らそう。海の見えるいい街でね。明け方になると、君の瞳によく似た紫が空と海を染めるんだ。必ず迎えに来ると君に誓うから、どうか待っていてほしい――

知らないはずの記憶が流れ込み、ルイーズはめまいがした。気を失いそうになった彼女を、ジリアンがそっと抱きかかえる。ジリアンに抱きしめられたのは初めてのはずなのに、その温もりが驚くほど懐かしくて自然と涙が溢れた。

（そうだわ。あの時、ジリアンさまは毒に倒れた私をずっと抱きしめていてくれたじゃないの。怖くないように、寂しくないように、ご領地にある美しい海の話を聞かせてくれたのだわ）

「まさかあの後、ジリアンさまも毒を？」

「復讐《ふくしゅう》を果たしてから、君の後を追ったよ。君のご両親だけでなく、我が家も、君の友人たちも立ち上がって王家を倒したけれど、それではあまりに遅すぎた」

「ジリアンさまが死ぬ必要なんてなかったではありませんか」

「君がいない世界なんて意味がないだろう。それにあの毒薬は、魔女殿のとっておきだ。『運命のふたり』という、かつて第三代国王が時を遡った時に使ったものと同じ奇跡の秘薬。僕はどうしても君と一緒に幸せになりたかった」

　死に戻った時にすべての記憶が戻ったわけではなかったのは、魔女との契約を行ったのがルイーズではなくジリアンだったから。けれど、死の間際に彼が語ってくれた海の色は、きっとルイーズの魂に刻まれていたに違いない。だからこそルイーズは、まだ見ぬ海の色を持つ蚕を生み出すためにあれほどまでの情熱を傾けていたのだ。

　手の甲に口づけがひとつ落とされた。

「君がほしい」

　ジリアンに乞《こ》われて、ルイーズはみるみるうちに頬を染める。一方通行の恋だったはずなのに、ルイーズを見つめるジリアンの顔は、差し入れのブラウニーを口に運んでいた時のように柔らかく甘い。

「もしかして、私がお仕事をお手伝いしたり、お菓子屋さんにブラウニーを献上するように働きかけたりしたこと、最初からご存じでしたか？」

「そもそも信頼している相手からのものでなければ、気軽に口にしたりはしない。君は僕たちに迷惑が掛からないように差し入れを選んでくれていたようだけれど、本当は君の手作りが食べたかったと言ったら作ってくれるかい？」

どうやら、死に戻り前からルイーズの気持ちはジリアンに筒抜けだったらしい。ルイーズは羞恥《しゅうち》で頬を染めると、慌てて話をすり替えた。

「ジリアンさまは、何年前にまで遡られたのですか」

「十年前だ。本当はすぐにでも君と婚約して、ずっとそばにいたかったけれど、僕の近くにいればまた騒動に巻き込んでしまうかもしれない。だから会いたい気持ちを押し殺してきた。君が学園に来るまでの一年間は不安と期待で気が狂いそうだったよ。君が入学したら、遠くから見守っていようと決めていたのだけれど」

「私が自重しなかったのですね」

「君が見たこともないくらいはっちゃけていて、僕だけ違う世界線に来てしまっていたのかと肝が冷えたよ。魔女殿との契約では、やり直しが完了するまで細かいことは誰にも話せないという制約がついていたのに、危ないことはやめろと言っても君は引かないし」

「でも、ジリアンさま。私、それなりにうまくやれていたのではありませんこと？」

「自分が何をしてきたか胸に手を当てて思い出してごらん。可愛いお転婆《てんば》娘さん」

「ジリアンさま、私は悪役令嬢として頑張ってきたのです。悪女ならともかく、お転婆娘だなんて」

目にうっすらと涙をため、顔を赤らめながら抗議するルイーズは、年相応の可愛らしいご令嬢だった。

「ようやっと真実を伝えられた。もう、離さない」

「は、離れろと言われたって、離れませんわ！」

照れ隠しに飛び出るのは、ここしばらくの間に身につけた高飛車な台詞。けれど毛布にくるまり、顔を真っ赤にさせていれば居丈高《いたけだか》さなど微塵《みじん》もなくてただ愛らしいばかり。

「まったく君は本当に可愛いのだから」

「ジリアンさま、いけません。確かに離れないとは言いましたが、ちょっと近すぎます。学園長先生に見られでもしたら……」

「大丈夫、いい子だから目をつぶって」

「！」

ふたりの影はさらに近づき、やがてそっと重なりあった。

翌日、池のほとりに生息していた鴨が学園長室に押し込められていたことが判明した。鴨たちはまるで酒でも飲んだかのように覚束《おぼつか》ない足取りだったという。ジリアンが市場で米や麦といった穀物を大量に買い込んでいただとか、卒業記念という口実で購入していたはずのお酒が夜会では振る舞われていなかっただとか、珍妙な事実はいくつか見つかったものの、当のジリアンは輝くばかりの笑顔でルイーズの口をふさいでしまったのだった。

＊＊＊

前よりも化粧の薄くなったルイーズと、口元が柔らかく孤を描くようになったジリアンの姿が王都から少しばかり離れた海辺の街で見られるようになるのは、それからしばらくしてからのこと。

「おかしいですわ。せっかく海に来たというのに、どうして水着で泳ぐことが禁止されているのでしょう」

「それはそうだろう、あんな露出の多い格好を公衆の面前で妻にさせたいと思う馬鹿がどこにいる？」

「露出だなんて。水着とはいえ、身体全体がしっかりと布で覆われておりますのに。だいたい、露出度の高さで言うならば、夜会で着用した王太子殿下特注の紐ドレスの方がよほど破廉恥で……」

「その通りだよ、ルイーズ。君はあの時、僕がどれだけ周囲の男性陣の目をえぐり取ってしまいたいと思ったか、想像もつかないだろう？」

「いけませんわ、ジリアンさま。暴力反対です！」

「まあ嫉妬で怒り狂っていれば、魔女殿が証拠隠滅を手伝ってくれそうな気もするが」

「魔女さまって、結構野性的な方なのですね」

「ひとの恋路を見守ることが大好きな乙女だったたな」

「世界で一番強い乙女……。すごいですわ」

貧しかった土地を豊かに変えたルイーズと、王宮にはびこる汚職を払拭したジリアン。結婚後はジリアンの故郷である海辺の街もまた、さらなる発展を遂げたそうだ。ふたりはまるで魔女の加護でも与えられているかのように、幸せな人生を過ごしたと言われている。

IRIS NEO

『ノベルアンソロジー◆訳あり婚編 訳あり婚なのに愛されモードに突入しました』

カバーイラスト：サカノ景子

トラブルだらけから幸せ一色に塗りかえられちゃいそうです？
絶対「幸せ」保証つきの訳あり婚アンソロジー♡
収録作品は、第２回アイリス異世界ファンタジー大賞・審査員特別賞受賞作＆人気作家が書き下ろした、訳ありな男性と結ばれた令嬢たちが幸せを掴むまでを描いた珠玉の９編！

『ノベルアンソロジー◆溺愛編Ⅱ
脇役令嬢なのに溺愛包囲網に囚われています』

カバーイラスト：凪 かすみ

愛されヒロインにはなれないと思っていたのに……あなたと結ばれて幸せになってもいいの？
絶対「幸せ」保証つきの溺愛アンソロジー第２弾♡
収録作品は、第２回アイリス異世界ファンタジー大賞・審査員特別賞受賞作＆
人気作家が書き下ろした、溺愛される令嬢たちの恋愛模様が楽しめる珠玉の８編！

『悲劇の元凶となる最強外道ラスボス女王は民の為に尽くします。』

著：天壱《てんいち》　イラスト：鈴ノ助

８歳で、乙女ゲームの極悪非道ラスボス女王プライドに転生していたと気づいた私。攻略対象者と戦うラスボスだから戦闘力は高いし、悪知恵働く優秀な頭脳に女王制の国の第一王女としての権力もあって最強。周囲を不幸にして、待ち受けるのは破滅の未来！……って、私死んだ方が良くない？　こうなったら、攻略対象の悲劇を防ぎ、権威やチート能力を駆使して皆を救います！　気づけば、周囲に物凄く愛されている悪役ラスボス女王の物語。

ノベルアンソロジー◆悪女編《あくじょへん》

なりきり悪女《あくじょ》は溺愛《できあい》までがお約束《やくそく》です

2024年5月5日　初版発行

著者　アンソロジー

発行者　野内雅宏

発行所　株式会社一迅社
〒160-0022 東京都新宿区新宿3-1-13 京王新宿追分ビル5F
電話　03-5312-7432（編集）
電話　03-5312-6150（販売）
発売元：株式会社講談社（講談社・一迅社）

印刷所・製本　大日本印刷株式会社
ＤＴＰ　株式会社三協美術

装幀　世古口敦志・丸山えりさ（coil）

ISBN978-4-7580-9639-3

Printed in JAPAN

ファンレター・ご意見・ご感想は下記にお送りください。
おたよりの宛て先
〒160-0022 東京都新宿区新宿3-1-13 京王新宿追分ビル5F
株式会社一迅社　ノベル編集部　気付